新潮文庫

あしたの名医

伊豆中周産期センター

藤ノ木 優著

目次

あしたの名医

伊豆《いず》中《なか》周産期センター

第一話　カイザーと着任祝いの金目《きんめ》鯛《だい》

東海道新幹線こだま719号を降りると、1枚のポスターが北条衛《ほうじょうまもる》を出迎えた。新緑をバックに清流が流れているさまを写した写真に、『ようこそ、水の街三島へ』と、大きなキャッチコピーが記されている。東京からわずか1時間とは思えないような自然を目にしながらも、衛はため息を抑えることができなかった。

一人用キャリーケースを引いて改札を出ると、大きなロータリーの道に沿うように舗装された石畳に水が流れている。まさに『水の街』だ。視線を上げると、いくつもの土産屋や食事処《どころ》の看板がひしめきあっていて、いかにも観光地といった風情《ふぜい》を感じさせた。

目的地はここではない。ロータリーに沿って、右に30メートルほど歩みを続けると、寂《さび》れた駅舎が見えてきた。木組の外装は落ち着きのある茶で統一されているのに、なぜか青々とした『伊豆箱根鉄道　三島駅』の大きな文字看板が配置されているあたり、なんとも田舎然としたセンスを感じさせる。これまでの生活では決して目にすることがなかったひなびた光景に、気分が一層重くなるのを実感した。

前任者の佐伯《さえき》から聞いた話が脳裏に蘇《よみがえ》る。

『伊豆箱根鉄道は、Ｓｕｉｃａが使えないから気をつけろ』

紙切符を購入するのなんて、いつぶりだろうか。もやもやした気持ちを抱えながら３３０円の切符を購入する。自動改札を抜けると、直接ホームへと繋《つな》がっていた。白と青の２色でデザインされた３両編成の車両に乗り込む。車内には老人が数名いるのみで閑散としていた。

長座席の真ん中に腰を下ろすと、駅の雰囲気におよそ似つかわしくないポップな発車メロディーが流れてきた。聞いたことのない曲に顔を上げると、すぐに扉が閉まり、ゆっくりと車両が動き始めた。

三島広小路《ひろこうじ》、三島田町《たまち》、三島二日町《ふつかまち》。街中を電車が走る。単線のせいか、線路沿いの住宅がやたらと近く感じる。駅を三つ過ぎると、まもなく車窓にのどかな田園風景が広がった。田と森林の緑ばかりの絵面《えづら》が、延々と左から右に流れていく。

東京が遠ざかる。それを実感させるような光景だった。思い描いていたキャリアもまた、遠ざかっていく。

まさかの異動命令だった。

『来週から伊豆長岡に行ってくれ。1年で戻すから』

6月中旬、異動としてはなんとも中途半端《はんぱ》な時期に教授から突然そう告げられた。大学医局員にとって、異動は宿命だ。突然の辞令に対する心構えくらいは持ちあわせている。しかし、よりによって伊豆中《なか》か、というのが率直な感想だった。

天渓《てんけい》大学医学部附属伊豆中央病院、通称『伊豆中』は、東京から最も遠い関連病院だ。しかし、問題なのは伊豆半島という立地ではなく、その特殊性だった。伊豆中は、産科救急特化型の施設なのだ。

総合周産期母子医療センターを有するこの病院は、業務のほとんどを産科関連が占めている。婦人科手術は少なく、特に腹腔鏡《ふくくうきょう》手術はほとんどないようだ。入局5年目、ようやく腹腔鏡手術の術者を任され、これから症例数を増やし、ゆくゆくはその道のエキスパートになりたいと考えていた矢先の異動命令だった。

佐伯から色々と話を聞いた。わずか半年で伊豆中から逃げるように戻ってきた6年目の医師の評価は、散々だった。

あそこは軍隊のように規律が厳しい。医師たちは曲者揃《くせものぞろ》いで、今も封建社会然とした体制が敷かれている。トップの三枝《さえぐさ》教授が恐ろしいほどの絶対権力者で、頑固かつ医師の好き嫌いが激しく、一度嫌われたら、伊豆中では生きていけない。

妊娠出産で職場を空けるから女性医師の異動を三枝が拒絶しているなどという、今の時代では考えられないような話もあった。

しかも、治療や検査の手順は事細かに決められている。その一式は『教授ルール』と呼ばれていて、前時代的な治療や症例によっては不必要な検査も往々にしてあるのだが、異議を唱えようものなら、烈火の如《ごと》く叱《しか》られるのだという。

苦々しい表情で語った佐伯は、最後にこう言った。

『でも、飯だけは美味《うま》いぞ』

それ以外の気休めの言葉が思い浮かばなかったのだろう。

もう何度目かわからないため息を吐《つ》いたとき、電車のアナウンスが伊豆長岡駅への到着を告げた。

伊豆長岡駅は、三島よりも一層うらぶれていた。土産屋の軒先に立てられた温泉まんじゅうの看板くらいしか、目にとまるものがない。駅前の道にポツリポツリとあった土産屋があっという間になくなり、なんの変哲もない田舎道へと変わる。

退屈な道を10分ほど歩くと、やがて大きな橋にさしかかった。

青いアーチ鉄橋の下に大きな川が流れている。緩やかにカーブした川面《かわも》は太陽の光を反射してきらきらと輝き、数名の釣り人が川に足を踏み入れて長い釣竿《つりざお》を構えている。急にひらけた視界の先に見えた光景は、息を呑《の》むほど美しく、思わず見入ってしまった。

しばらくしてから、ここにきた目的を思い出す。

目線を上げると、古びた温泉街にはおよそ似つかわしくないような施設が視線の先に見えた。外来棟を含む5階建ての横長の一号棟。その後ろに、8階建ての三つの棟が並ぶ。えんじ色を基調とした四つの棟で構成された巨大な建造物は、山を背に、まるで要塞《ようさい》のようにそびえ建っている。

天渓大学医学部附属伊豆中央病院。600床の病床を有し、診療科は34を数え、250を超える医師を抱える。中央の屋上に大きなヘリポートを備えたその施設こそが、衛の新たな職場だった。

事務手続きを終えた衛は、白衣に着替えて急ぎ足で産科病棟へ向かっていた。

初日は12時の出勤でよいと言われていたが、駅から徒歩で30分もかかった上に、事務棟に辿《たど》り着くのに手こずった。

伊豆中は山裾《やますそ》に建てられており、増築を繰り返しているうちに迷路のような構造になってしまったのだ。本来なら医師寮への入寮を済ませておきたかったのだが、キャリーケースを医局に置いて、すぐに病棟に向かうことになった。

産婦人科病棟は5階だ。エレベーターを降りると、ナースステーションが見えた。やや狭いステーション内に、胎児心拍モニターの画面が並べられている。

中央の壁にかけられたホワイトボードに、分娩《ぶんべん》進行中の妊婦情報が書き込まれていた。二人の名前の横に、『11時40分　子宮口全開』、『11時　3センチ』と記されている。一人はもうすぐ分娩になりそうだ。

産科においては、先進的な治療をするために、必ずしも最新鋭の設備が必要というわけではない。しかし、どうにもアナログな分娩管理システムは、周産期センターというよりは一昔前の産院の雰囲気を感じさせた。看護師たちが忙《せわ》しなく働いている。声をかけるのもはばかられ、ステーションの端に居場所なく立つ。なんとも言えない疎外感《そがいかん》に苛《さいな》まれていると、背後から声が響いた。

「北条先生ですか?」

振り向くと若い男性が立っていた。どこかで見たことがある顔だったが、思い出せない。

「今日から赴任した北条衛です。えっと、先生はたしか……」

男性が笑う。背丈は180センチくらいで、痩《や》せている。端正な顔立ちだが、その笑顔はどこか弱々しい。

「入局3年目の神里真司《かみさとしんじ》です」

そうだ、埼玉の有名な産科病院、神里医院の御曹子《おんぞうし》だ。数年前に医局誌の新入局員挨拶《あいさつ》の顔写真を見た記憶がある。すっと通った鼻筋にきりっとした太い眉《まゆ》、それに若干青みがかった澄んだ瞳《ひとみ》に、相当な男前が入局したものだと思ったが、実際に目にする神里はひどくくたびれた印象だった。

神里が柔和な笑みを浮かべる。

「ほんっとうに、お待ちしておりました」

壁掛け時計を見ると、すでに12時を回っている。

「ああ、ごめん、遅刻だよね」

神里が大きく首を振った。

「いえ、違うんです。そういうことではなくて」

　神里が眉を下げた。

「助かりました。ようやく人が増えてくれて」

　遭難した山から生還したような安堵《あんど》が、顔に浮かんでいる。どれだけ大変な思いをしたのかと訝《いぶか》しみつつも、自身が歓迎されているらしいことを知って、ひとまず胸を撫《な》で下ろした。

「よろしくね、神里先生」

「後輩に先生なんてつけないでください。呼び捨てでいいですよ」

「じゃあ神里。改めてよろしく。俺はずっと本院にいたから、外の病院のことをあまり知らないんだ。色々教えてくれたら助かるよ」

「もちろんです。北条先生」

「こっちにも、先生はつけなくていいよ。本院では衛さんとか呼ばれてたから」

「わかりました衛さん。わからないことがあったら、遠慮せずに訊《き》いてください」

　そう言いながら笑う神里の白い歯が、弱々しく輝いた。

　人はよさそうだ。それだけでずいぶん気持ちが楽になった。

「じゃあ、お言葉に甘えて訊いちゃおうかな。この病院ってそんなにヤバいところなの？　けっこう怖い噂《うわさ》を聞いてきたから、不安なんだけど」

神里は途端に表情を硬くした。慌《あわ》てた様子で周囲を見まわし、他の医師がいないことを確認すると、改めて衛を見据えた。

「衛さん」

低く小さな声に緊張が走る。

「ここは、戦場ですよ」

腹の底から搾《しぼ》り出した言葉に背筋が強張《こわば》った。『あそこはまるで軍隊だ』神里の言葉は、佐伯のそれと重なった。

「でも……」と神妙な声で続けた。

「なに？」

こわごわ聞き返すと、その顔に笑顔が戻った。

「飯は美味いっすよ」

またその話かと思ったところで、神里が忙しない様子で口を開いた。

「実は僕、衛さんを案内するように言われてたんですけど、これからがん検診のバイトに行かなきゃならないんです」

「えっ、ちょっと神里……。俺はどうすれば？」

せっかく話しやすそうな後輩と会えたのに、ここで居なくなってしまうのは心細い。

しかしそんな心配などつゆ知らぬように、神里が快活に言った。

「もうすぐ塔子《とうこ》さんがオペから戻ってくると思うので、あとは塔子さんから聞いてください」

「とっ……、塔子さんって誰？」

「城ヶ崎《じょうがさき》塔子部長。教授の次に偉い先生です。その人から話を聞いていただければ、おおむねオッケーです」

ざっくりした物言いに不安が募る。軍隊のナンバー2と顔を合わせる心の準備は、まだ出来てない。名前からすると女性医師だが、そもそも三枝は女性医師を嫌っているはずではなかったのか？

「ちょっと……神里くん」

不安からか、なぜかくん付けしてしまう。ようやくこちらの心情を察したのか、神里が衛の両肩に手を載せた。

「大丈夫です！」

「なにが？」

「塔子さんはいい人なんで」

じゃあ一体、よくない人は誰なんだ？　疑問を感じるも、神里は爽《さわ》やかな表情で右手を上げた。

「では、失礼します」

みるみるその背中が遠ざかっていった。

あっという間に取り残された。東京の天渓大学本院にいた頃は、病棟で独りにされるなんてことはなかった。しかもここは、衛の専門とは畑違いの施設だ。背中がじとりと汗ばんだ。

およそ10分。途方に暮れかけたところで廊下から声が響いてきた。耳を澄ますと、ハスキーがかった声と可愛《かわい》らしい声が聞こえてくる。いずれも女性のものだ。

きっと、どちらかが城ヶ崎部長だ。そう思うと肩がびくりと持ち上がった。

衛は、廊下に飛び出て直立不動で二人を待った。ナンバー2は、本院なら准《じゅん》教授だ。非礼があってはならない。

視線の先に人影が見える。右の人物は、身長が170センチを超えているだろう。瘦身《そうしん》でスラリとした長い手足が伸びている。左には低い人影。跳ねるような歩き方で、後ろで1本に結んだ髪が動物の尻尾《しっぽ》のように左右に揺れている。

やがて、二人の風貌《ふうぼう》が見えてくる。

背の高い女性は、健康的な小麦色に焼けた肌が特徴的で、顎《あご》のラインまで伸びたウエーブがかった髪はところどころ色が茶に抜けている。スッと伸びた鼻と切れ長の瞳《ひとみ》、瞼《まぶた》から伸びる長いまつ毛は、病院というよりもビーチの方が似合いそうな印象だ。

隣の女性は真っ白な肌色で、髪をまとめた額は広く、大きな目と小さな鼻が中央に寄っている。全体的に幼い顔貌だ。大きめの黒縁メガネがなければ、子供と間違えてしまいそうなくらいだった。

背の低い女性が大きく手を振った。

「ようこそ、北条先生！」

可愛らしい声の主は、こちらの女性のものだと理解する。

「本日からお世話になる北条衛です。よろしくお願いします」

背の高い女性が笑った。曇天《どんてん》を吹き飛ばすような明るい声だ。

「そんなにかしこまらなくてもいいよ。じゃあ、さっさと自己紹介しちゃいましょ。私は城ヶ崎塔子、よろしくね」

ということは、こちらが部長だ。早口で歯切れの良い喋《しゃべ》りは、いかにもさばさばした印象を与える。部長というからにはある程度上の年齢だろうが、全くそれを感じさせない。

　塔子が、隣の女性の肩をポンと叩《たた》く。

「こっちは下水流明日香《しもつるあすか》。こんな童顔でもあなたの先輩だからね」

「ちょっとー、やめてくださいよ」と、明日香が塔子をこづく真似《まね》をする。背丈の関係上、明日香の肘《ひじ》が届いたのは塔子の腰あたりだ。

　二人のやり取りは、話に聞いていたような、厳しい規律で統制された軍隊のイメージとはかけ離れている。呆気《あっけ》に取られていると、ひとしきり笑った塔子が再び口を開いた。

「下水流だとややこしくなるから、ウチでは明日香って呼んでる」

「ややこしいって、どういうことですか？」

「後で説明する。そういえば、神里には会えた？」

「はい」

「じゃあ、病棟の案内は終わったのね」

「いっ、いえっ、実はまで……。彼はバイトの時間になってしまったらしくて」

　会話のテンポが異常に速い。ついていくのがやっとだ。

　塔子が唇を尖《とが》らせた。

「もおっ、神里ってば、病棟仕事で手一杯になっちゃったのかしら。ちゃんと案内しとけって言ったのに」

神里が悪く言われている様を見て、衛は慌てて口を開いた。

「部長。違うんです」

一層眉を寄せた塔子が、衛の鼻を指差した。

「塔子でいいよ。部長って呼ばれるの嫌なの。柄じゃないし」

「すみません。塔子さん。そもそも俺が遅れてきてしまったのが原因で、神里くんに非はないんです」

塔子は首を傾《かし》げている。

「本当に？　神里をかばってるだけじゃないの？」

「違いますって」

塔子は一瞬だけ眉をひそめたが、すぐに「ま、いっか」と言って、足早に歩き出した。

「おいで」

まるで犬を呼ぶかのように呼ばれ、慌ててついてゆく。

「時間がもったいないから、病棟の説明をしちゃうわよ」

「はい」

「分娩室はそっちで、ベビー室はあっち。母体搬送の救急隊はそこのエレベーターからくる。緊急手術は……おいおい説明するね」

方々を指し示しながらの説明は、相当荒っぽいものである。

「あっち、そっち？」

困惑していると、明日香がピョコリと顔を出す。

「塔子さーん、私、午後は外来に降りなきゃいけないので、先にご飯行ってきていいですか？」

「オッケー。よろしくね。バイバイ」

塔子の返事を聞きおえぬうちに、明日香が跳ねながら病棟を去っていく。なるほど、食堂は向こうなのかと納得しかけて首を振った。

「今の説明で覚えられる自信が全くないんですけど……」

塔子が豪快に笑った。

「なんとかなるよ。習うより慣れろだから。お産もオペも沢山あるから、1週間もしたら目を瞑《つぶ》ってでも移動できる」

「いや、でも」

気がつくと目の前から、すでに塔子の姿が消えていた。

「こっちきて」

顔を向けると、ナースステーションのど真ん中に立っていた。瞬間移動でもしたのかと錯覚するような俊敏さだ。

急いで駆け寄ると、塔子は長い指を3本、ピンと立てた。

「これから、三つ大事なルールを教えるから、しっかり覚えて」

衛は反射的に背筋を伸ばした。

中央の書類棚から取り出したのは、クリアホルダーに収められた1枚の紙だった。

「連絡先一覧?」

「そう。スマホの電話番号とメールアドレス。一応、役職順に書いてある」

神里と明日香の間の男性医師の名が二重線で消されていた。佐伯だった。

「後で北条も、事務さんに連絡先を伝えておいてね」

「えっ」

つまり、非番の日だろうと病棟から呼び出されるかもしれないという意味だ。医師の働き方が見直されている昨今、いつでも呼び出すことが出来る状態にしておくなんて、本院ではあり得ない。

「絶対に書かなきゃならないのですか？」

「そう。ルールだから」

即答され、それ以上の反論は、はばかられた。

「つぎはこれ」

塔子が手に取ったのは、壁にかけられたカレンダーだった。

「週末に都内に帰るときは必ずここに書き込んで。帰り時間もね」

目を移すと、月末の土曜日から日曜日に赤いマジックで両矢印が引かれていて、線の上に文字が書かれている。

『田川　東京　(日)夕方戻り』

「プライベートがダダ漏れじゃないですか」

こんなにも個人情報が晒《さら》される職場などあっていいものか。衛の顔色が変わったのを見て、塔子が取りつくろうように言った。

「あっ、流石《さすが》に移動目的までは書かなくてもいいからね」

――当たり前だ、という言葉は、なんとか心の内に留《とど》めた。

「まあ、家族とかパートナーに会いに行くのがほとんどだけどね。うちは単身赴任が多いから」

塔子が悪戯《いたずら》っぽく笑った。

「ちゃんと予定さえ書いてくれれば、オフの日の行動まで縛ることはないから。だから、彼女に存分に会いに行っていいよ」

「彼女って……」

不意に今朝の出来事が頭をよぎった。新幹線に乗る前に沙耶《さや》に送った『じゃあ、静岡に行ってきます』のLINEには、まだ既読すらついていない。

チクリと心が疼《うず》いたのを自覚する。

「彼女と喧嘩《けんか》でもしてるの？」

顔を上げると、塔子が興味津々《しんしん》といった笑みを浮かべていた。

しまったと思う。

「ちっ、違いますよ」

慌てて否定するも、その反応が確信を強めたようだ。口角が一層上がる。

「わかるよ。うちの病院への異動は遠距離恋愛になっちゃうから、若い子たちは不安になっちゃうことも多いの。でも、逆に絆《きずな》が強まったってカップルもいるから悲観しすぎちゃダメだよ。どんまい」

「だから……、そんなんじゃないですって」

「大丈夫。その話は後でいっぱい聞いてあげるから」

ニンマリと笑って、書類棚から1冊のクリアファイルを取り出した。

「はいこれ。これが最後にして一番重要なルールよ」

ファイルには、『指示セット』と表題が書かれている。

噂に聞いていたあれに違いない。

「教授ルール」

思わず、その言葉が飛び出てしまった。

「知ってるの？　なら話は早い」

塔子がてきぱきとファイルを開いた。

「このページは、母体搬送の指示出しだから読んでおいて。どんな週数でも、どんな病状でも、対応できるようになっているの。母体搬送の時にはなにも考えずにこの指示通りにやればオッケーよ」

教授ルールにざっと目を通す。破水検査や腟内《ちつない》細菌培養検査、手術前の検査一式など多数の検査に関する指示が並ぶ。入院した妊婦は、まずは全員ベッド上安静とされて、子宮収縮抑制剤が投与されるようだ。行動制限を許可する指針も、段階的に細かく規定されている。

たしかにこのマニュアルは、どんな症例をも網羅しているのかもしれない。しかしそれは同時に、多くの患者にとっては無駄な検査や治療が含まれているともいえる。しかも、現在では効果が疑問視されているような治療までが記載されているのだ。

「ここって、周産期センターですよね……」

ぼそっと呟《つぶや》いた言葉に、塔子が反応する。

「正確には、総合周産期母子医療センターね。22週の超早期の母胎異常から受け入れ可能な、日本でも数少ない施設よ」

妊娠22週の胎児は500グラムにも満たないほどの大きさだ。極低出生体重児の分娩にも対応できる施設では、産科、新生児科ともに、非常に高度な医療が求められる。

そんな施設で、依然としてこんな杓子《しゃくし》定規な治療が行われていることに違和感を覚えた。

「高度な治療をする場所にしては、方針が古いように思えるんですけど……」

個人の尊厳を侵害するような数々の決まり事に、不満がつのっていたのかもしれない。教授ルールに対する批判がつい口から飛び出てしまった。

塔子の顔からスッと笑みが消えた。不穏な空気を感じた衛は、慌てて手を振った。

「すみません。別に文句ってわけじゃなくて」

しかしその言葉は、塔子の声に掻《か》き消された。

「私でよかったね」

「えっ？」

「教授の前でそんなことを言ってたら、殺されてたよ」

物騒なセリフに言葉を失っているうちに、塔子の頬が緩みだした。

「冗談よ、冗談。だってここは病院よ」

どこまでが冗談なのか、全くわからない。言葉を失っていると、塔子が釘《くぎ》を刺すように言った。

「悪いけど、この病院に来たからには最初はここのルールに従って。教授ルールは絶対。いい？　これはあなたのためでもあるのよ」

警告するような口ぶりだった。

要するに教授の怒りを買わないために従え、という意味だろう。しかし、教授が怖いからといって、不必要な検査や治療を機械的に積み重ねて得る経験が将来の役に立つだろうか。ただでさえ自分は、この異動により理想のキャリアから遠ざかってしまっているというのに。

しかし、移ったばかりの職場の絶対的ルールに異を唱える気概は湧《わ》いてこなかった。

「わかりました」

力なく答えると、塔子がパンと手を叩いた。

「オッケー。じゃあご飯に行っちゃおうか。忙しくなる前にね」

「このあと、大きなオペでもあるんですか？」

塔子が全身で笑う。

「今日はなんにもない。明日香の外来と、進行中のお産がどうなるかってくらい」

「じゃあなぜ？」と訊こうとしたところで、着信音が鳴った。塔子がポケットから院内携帯を取り出す。

「あっ、たがっさんからだ」

「たがっさん？」

「田川《たがわ》先生のニックネーム」

カレンダーに予定を記入していた医師だ。

「もしもし、城ヶ崎です」と電話を受けながら、もう一方の手で私用スマホの画面を示した。

飲み会の写真だろう。座敷に体を寄せた面々が映っていた。その中の一人を塔子が指差した。齢《よわい》50くらいの男性だ。ずんぐりした体軀《たいく》にスキンヘッド、頭に似合わないつぶらな瞳。酔った顔は真っ赤に染まっている。その姿はまるで……

「タコ入道」

思わず口走ると、塔子がささやく。

「1回見たら忘れないっしょ？」

たしかに忘れようもない特徴的な姿だ。田川との通話に戻る。

「はいはい」「あー、なるほどっ」「オッケーです」軽い口調のやりとりを交わしながら、ホワイトボードに文字を書き込んでいく。ほどなく電話を切った。

「なんの話をされていたんですか？」と訊くと、塔子がくるりと振り返る。

「これから、36週3日の完全破水が病棟に上がってくる。既往帝王切開後妊娠で子宮収縮もあり。すぐにカイザーをやるよ」

あっさりと告げられて、一瞬理解が遅れる。

「北条はカイザーできる？」

「えっ、えっと」

唐突に訊かれて、思わず口ごもる。衛の専門は腹腔鏡手術で、本院ではその手術だけを執刀するチームに属していた。帝王切開もできないことはないが、経験症例数は30例で、これは専門医取得における必要最低数だ。

「背伸びしないでいいの。正直に答えて」

塔子の鋭い声が飛び、慌てて口を開いた。

「自分はラパロチーム《腹腔鏡》だったので、カイザーのオペレーターはしばらくやっていません。前立ちならなんとか」

「お産はとれる？」立て続けに質問が飛んでくる。

「正常分娩なら」塔子が、チラリと胎児心拍モニターに目をやった。つられて衛も、そちらを見る。今まさに2件の分娩が進行中だった。

「落ちるわね」

呟いた瞬間、胎児心拍がみるみる低下してアラーム音が鳴った。

「八重《やえ》ちゃん」

明日香と同じくらいの身長のピンクのスクラブ姿の助産師に、そう呼びかけた。振り返ったのは、見たところ20代半ばの黒髪ショートの女性だ。つり目の大きな真っ黒な瞳が猫を思わせる。

「はい、塔子先生！」

潑剌《はつらつ》とした声とともに、瞬時に駆け寄ってくる。指示を待つ八重の瞳は輝いている。

塔子がモニターに目線をやった。

「あの妊婦さんの対応をお願いできる？　酸素投与と……」

「体位変換と内診ですね。心拍戻らなかったら塔子先生を呼べばいいですか？」

塔子が満足気に微笑《ほほえ》みかけて、頭を撫でる。八重の瞳の輝きが一層眩《まぶ》しくなった。

「その通り。八重ちゃんがいてくれると助かる。お願いね」

心底嬉《うれ》しそうな顔をして、八重が分娩室に向かって駆け出していった。飼い主を敬愛する猫そのものだ。去っていく背中をボーッと眺めていると、塔子の声が飛んできた。

「私たちはカイザーの指示出しをやっちゃうよ」

塔子はすでに電子カルテに入力を始めている。衛は慌てて駆け寄った。

遅れていた思考が、ようやく事態に追いついてきた。

穏やかだった病棟に嵐《あらし》がやってきたのだ。破水した妊婦の帝王切開と同時に、危険な分娩が迫っている。こちらも経過によっては緊急帝王切開になる。病棟にいるのは塔子と衛だけだ。人手が足りない。心臓の鼓動が速まるのを自覚した。

すると突然、けたたましい音が響いた。塔子が首からかけている真っ赤な携帯電話からのものだ。繰り返される無機質なアラーム音は、災害の緊急速報を思わせた。

塔子はわずかに顔を歪《ゆが》めると衛に向かって電話を放り投げた。反射だけでその携帯を摑《つか》む。

「出て」

恐ろしく端的に言われて戸惑う。

「なんの電話ですか？」

「母体搬送の電話。いいから、すぐに出て」

キーボードを叩く手を止めずに命じる。有無も言わさぬ勢いに、衛は慌てて電話をとった。

男性の声が耳に届く。

『もしもし、沼津の岩関《いわぜき》産婦人科院長の岩関です。母体搬送をお願いしたいんですが』

緊迫した口調に、しばし圧倒された。

『もしもし！』

「はっ、はいっ、すみません」

衛は、慌ててホワイトボードのマジックを手にとった。外したキャップが手元からこぼれて足元に落ちる。指先が細かく震えているのを自覚した。

「状況は？」

『23週、2回経産婦、切迫早産《せっぱく》です。胎児の推定体重は595グラム。子宮頸管長《けいかんちょう》は5ミリですが、破水はなしです。患者は現在、軽い子宮収縮を自覚しています』

情報をホワイトボードに書き込んでいく。震えでひどく歪んでしまった文字を見ながら、衛は状況の厳しさを改めて認識した。

重症の切迫早産だ。通常40ミリほどある子宮の出口が、わずか5ミリにまで短縮している。子宮収縮が抑えられなければ、分娩に移らざるを得ない。早期の帝王切開は高度な技術が必要な上に、わずか600グラムの赤子が生まれたなら、新生児の専門家がつきっきりで対応しなければ、生命を維持することすらできない。

しかし、病棟では高リスクの患者対応が複数重なり、それどころではない。受け入れなど無理だ。申し訳ないが断るしかない。

「現在病棟が立て込んでいまして、ちょっと」厳しいです、という言葉は、塔子の鋭い声にかき消された。

「受けなさい！」

とっさに通話口を塞《ふさ》ぐ。衛は塔子に向き合った。

「これから緊急カイザーで、分娩だって……」

指示入力を終えた塔子が、ホワイトボードの脇《わき》に立った。

「いい？　1回しか言わないからよく聞いて」

指差したのは、マグネットで貼《は》り付けられた静岡県の白地図《はく》だった。いくつか黒点が打たれており、横に病院名が記載されている。表題には『静岡県産科拠点病院一覧』と書かれている。塔子の指が、静岡県を左右に分けるくびれを縦になぞった。

「ここが富士川で、ここから東が静岡県東地区」

東地区を見て、あることに気づく。富士川より西には複数の病院が点在しているが、東地区には極めて少ない。こと伊豆半島上には、たった一つの点しか存在しない。そう、伊豆中だ。

塔子の言わんとする意味を察し、背筋に緊張が走った。

「東地区には、うち以外の総合周産期センターが存在しないの。だから私たちが母体搬送を受けなきゃ、妊婦さんは行き場所を失ってしまう。ここは沢山の施設が集まっている東京とは違う」

返す言葉を失った。

「わかったら、早く受けなさい」

一層鋭い声にハッとして、衛は通話口を塞いでいた手を外した。

「お待たせして申し訳ありません。受けます」

そう伝えた瞬間、全身からどっと汗が噴き出した。

『ありがとうございます。準備が出来次第、そちらに連絡します』

「はっ、はいっ。わかりました」

一瞬の間を置いて、安堵が伝わってきた。

『いつもありがとうございます。よろしくお願いします』

託すような声が耳に響き、電話はそのまま切れた。しばらく立ち尽くしてハッとする。放心している暇などない。塔子を見ると、作業台の前に座って考え込んでいた。

「言われた通り、受けちゃいましたよ」

赤い携帯を渡すと、塔子は一点を見つめながら受け取った。

「どう考えても人手が足りないですよ。どうするんですか？」

「いま考えてる」

考えたところで人が湧いてくるわけないと首を捻《ひね》っていると、分娩室から八重が走ってきた。

「塔子先生、心拍戻りません。子宮口全開、ステーションはプラス2センチです！」

息を切らして報告する様子からは事態の深刻さがうかがえた。

「決めたっ！」と叫んで、塔子がスッと立ち上がる。

「明日香はいる？」

「さっき昼食に行ったばっかりですよ」

すると、作業台からぴょこりと頭が飛び出てきた。

「戻りました」

どれだけのスピードで飯を食っているのかと驚いているうちに、塔子がパンと手を叩いた。

「3人ともよく聞いて」

強い輝きを放つ塔子の瞳には、見るものを引き込む魅力がある。衛は塔子の言葉に集中した。

塔子が明日香に赤い携帯を握らせる。

「沼津から23週の切迫早産が搬送されてくる。30分以内に到着すると思うから、そっちの対応は明日香に全部任せるわ」

「オッケーでーす」

あまりに軽々しい返事に困惑する。搬送されてくるのは、超早期のハイリスク患者なのだ。衛は思わず、二人の間に割り込んだ。

「ちょっと……、新生児科は大丈夫なんですか？　ＮＩＣＵが空いてなかったら怒られちゃいますよ」

塔子に笑い飛ばされる。

「大丈夫よ、明日香の旦那《だんな》は新生児科の部長だもん。下水流圭一《けいいち》くんっていうの」

「下水流、くん？」

だから明日香を苗字《みょうじ》で呼ぶとややこしいのかと納得する。

「朝の時点では、ベッドは空いてましたよ」

呑気《のんき》な答えが返ってくる。塔子の声との対比にどうも調子が狂うが、母体搬送はどうにかなったらしい。しかし……

「緊急カイザーとお産はどうするんですか？」

塔子が、隣に立っていた八重の肩を抱き寄せた。

「お産は私が対応する。最悪カイザーになっても、自分で麻酔をかけて八重ちゃんとやるから、全部任せて」

うっすらと頬を赤らめた八重が、胸の前で手を組んで「はい」と言葉を発する。

「でもまだ、緊急カイザーが残ってるじゃないですか」

八重からキッと睨《にら》まれた。塔子先生の指示に異論を唱えるとは何事かと、その大きな目が主張している。あまりの威圧感に怯《ひる》みそうになるが、どう考えてもまだ人が足りない。

残った面子《メンツ》は衛しかいないのだ。まさか、今日赴任したばかりの自分に緊急帝王切開をやれというのか？　初めての施設で、久しぶりの帝王切開を完遂できる自信などない。

戸惑う衛に塔子が告げたのは、予想外の言葉だった。

「それは教授にお願いする」

「教授にヘルプを頼むんですか？」

医局において、教授とは神様のような存在だ。気軽にオペを頼むことなど、本院ではあり得ない。

「だって、人手が足りないじゃん」塔子があっさりと言う。

「そりゃそうですけど」

塔子の長い指が、衛の鼻先にスッと向けられた。嫌な予感しかしない。

「一緒にカイザーに入って。教授のお相手よろしくね」

「ちょっと待って下さいよ」

胎児心拍モニターのアラームが、再び大きく鳴った。モニターを一瞥《いちべつ》した塔子が、さらに鋭い声を上げる。

「選択肢はないの。早く行って！」

「は、はい」

有無を言わせぬ勢いに、衛はナースステーションを飛び出した。

「オペ室は1個下ね！」塔子の声を背中越しに受けとめた。


手術室にモニター音が響き渡っている。手術台の上では、破水した36週の妊婦が海老《えび》のような体勢をとっており、腰椎《ようつい》麻酔の針が今まさに背中に刺されようとしていた。産まれてくる赤子の体温を奪わないようにするため、室内の温度は高い。しかし衛は肌寒さを感じていた。

まさか異動初日の手術室で、たった一人で教授と顔合わせをするなんて思ってもみなかった。

三枝善次郎《ぜんじろう》は、伊豆中の名物教授だ。

東京大学医学部卒。数々の研究実績を残し、25年前に伊豆中の教授に着任した。その後に周産期医療センターを設立し、高い手腕で組織を成長させてきた。

華々しい業績の裏で、本院には数々の悪評が伝わってきている。伊豆中の絶対権力者で、その性格は苛烈《かれつ》。実力のないものには女子供といえども容赦がなく、何人もの医局員が潰《つぶ》された。治療方針に異議を唱えようものなら、伊豆中では生きてはいけず、踏んではならない地雷がいくつもある。

朝の新幹線で、ウェブに載っていた三枝のインタビュー記事に目を通した。内容よりも印象的だったのは三枝の写真だ。瘦身の白髪男性は、笑顔を浮かべてみせてはいるものの、その瞳は全く笑っていなかった。鋭い眼光は、スマホ越しにもかかわらず、ナイフを突きつけられているかのような威圧感を衛に与えた。

その三枝と、このタイミングで対面するのだ。

恐怖心に苛《さいな》まれているうちに、手術室の自動扉が開いた。

扉の先に見えたのは、まさにその三枝だった。記事から想像していたよりも、随分背が高い。齢《とし》は70に近いはずだが、それを感じさせないほど背筋が真《ま》っ直《す》ぐに伸びていて、首から上だけが軽く前傾している。その姿はどこか機械的で、精巧なサイボーグを思わせた。目深《まぶか》に被《かぶ》ったオペキャップからは、記事で感じた以上の光が覗《のぞ》く。

スタッフたちが三枝に向かって頭を下げる様子を見て、ハッとする。慌てて駆け寄ると、三枝が視線だけをこちらに向けた。

「自分はっ」

緊張で掠《かす》れた挨拶は、三枝に遮られた。

「話はあとだ。患者が起きているだろう」

そうだった。突然の帝王切開を決定された妊婦が、これから腹を切られようとする不安の中にいるのだ。彼女の麻酔は下半身だけのもので、意識ははっきりしている。そんな中で初対面の医師同士が挨拶を交わすなんて、配慮が足りないと気づかされた。

「すみませんでした」

三枝はギロリと睨みを利《き》かせると、手洗い場へと歩いていった。慌ててその背中についていく。正直、生きた心地がしなかった。


準備が整えられた手術室の空気は張りつめていた。患者の下方に視線を落とすと、ドレープに囲われた大きな腹が見えた。恥骨《ちこつ》の2横指《おうし》上方には、前回の帝王切開を行った際の傷跡が盛り上がっている。その傷跡を見て、衛は帝王切開の手順を必死に思い出していた。

帝王切開は独特の手術である。

手術というものは通常、周囲の血管を慎重に処理し、極力出血しない状況を作り出してから目的の臓器や腫瘍《しゅよう》の切除に至る。

しかし、帝王切開はその逆の手順を踏む。なぜなら取り出すのは胎児で、生きているからだ。だからこそ出血をいとわずに子宮を切り、いの一番に胎児を娩出《べんしゅつ》する。止血操作はその後だ。

だからスピードが命になる。時間をかけすぎると、胎児の状態も悪くなるし、大量出血すれば母体だって危険に晒《さら》される。スピードを生み出すのは、術者の腕と、助手との呼吸である。

顔を上げると、メスを手にした三枝が立っている。彼のメスについていかねば手術のリズムが狂ってしまう。

「準備はいいか？」

まるで、衛の不安を見透かしたかのような口調だった。

「大丈夫です」返事をするやいなや、三枝が盛り上がった創部《そうぶ》を有鉤鉗子《ゆうこうかんし》で摑んで、引き上げた。

「持ってろ」

「はいっ」

鉗子を上に引き上げる。古い創部の周りを電気メスで焼き切っていくのかと思いきや、三枝は手持ちのメスを一閃《いっせん》させた。あっという間に創部が切除され、返すメスで脂肪層に切り込んでいく。帝王切開の既往があるため、脂肪や筋膜が癒着しているのだが、あたかも層の境が見えているかのように、迷いなくメスを走らせていく。息を吐く暇もなく筋膜が展開された。本院の医師では数分はかかる操作を、三枝は1分もかからずに完了させた。

3倍速で手術ビデオを見ているかのようだ。

「ほらっ、腹膜を展開するから、筋鈎《きんこう》をかけろ」

「わっ、わかりました」

鋭い指示に、ついていくのがやっとだ。展開した筋膜にL字型の筋鈎をかけると、腹膜が薄く引き伸ばされた。

手順を追っている間に、すでに次のステップに進んでいる。術野には、あっという間に子宮が姿を見せた。赤々としたその臓器は、周りに怒張した血管が螺旋《らせん》状に張り巡らされ、豊富な血流が注がれている。数ミリの厚みの子宮壁の先には、胎児がいる。

三枝が、ジロリと衛に視線をやった。

「切るぞ。いいか？」

「大丈夫です」

三枝が子宮壁にメスを入れた。思いの外深い切開に息を呑《の》んだ。子宮壁に切り込みを入れすぎると、胎児まで切ってしまう。加減を知らぬ術者が、赤子の頬に傷をつけてしまう例だって稀《まれ》に起こる。だから普通は、少しずつメスを入れていく。

三枝のメスは迷いなく大胆だった。一刀目は深く、回数を重ねるごとに、浅く繊細なタッチになる。わずか三度のメスで子宮壁が開いた。間をおかずに、その手が子宮内に滑り込んだ。

「出すぞ」

三枝の手に誘導され、赤子が姿をあらわす。無影灯の光に照らされた赤子はすぐに大きな産声《うぶごえ》を上げた。その姿につい見入ってしまった。生命が誕生する瞬間には、得も言われぬ力がある。

「ボケっとしてないで、臍帯《さいたい》を切れ」

慌てて、刃先が内側に曲がったクーパーで臍帯を切断する。

「子宮を揉《も》んで、胎盤を出しとけ」

言われるがままに子宮を揉み込むと、赤黒い胎盤が押し出されてきた。

三枝は、赤子を抱えて妊婦に声をかけた。

「おめでとうございます。元気ですよ」

意外に感じられるほどの柔らかい声に、子宮を揉み込む手が止まった。

「お疲れさん。じゃあこのあとは、ゆっくり休んで下さい」言いながら麻酔科医に目配せをすると、鎮静薬が投与され、妊婦はほどなく眠りに陥った。

「胎盤は剝《は》がれたか？」

すぐに元の声音に戻る。

「剝がれました」

「じゃあ、縫合していくぞ。ゼロバイクリルをくれ」

差し出した右手に、子宮縫合用の太い糸が取り付けられた持針器《じしんき》が手渡された。瞬時に、筋層に針がかけられる。

「結べ」

「はい」慌てて糸を手に取って結ぶ。その様を見た三枝が、低い声で呟いた。

「全《すべ》ての介助が三手《て》遅い」

三枝のスピードについていけていないのは、重々自覚していた。

「すみません」

「どんどん縫っていくぞ。筋層は2層単縫合だ」

帝王切開は、子宮を切って赤子を出して、切った子宮を縫い合わせるという単純な手術だ。しかし、子宮の縫い合わせ方については、施設によってバリエーションがある。三枝のやり方は、筋層を2層に分けて一針ずつ縫合していくというものだ。

「俺の術式は1回で覚えろ」

喋りながらも、縫合のスピードは全く落ちない。三枝が恐ろしい速度で縫合し、衛の糸結びが遅れたテンポで完了する。そんな操作が続いた。

「お前、5年目だったよな」

低く発せられた声に、手が止まりそうになる。なんとか手を動かしながら、衛は三枝の問いに答えた。

「はい。入局2年目からは、ラパロチームです」

「経歴は訊いてない。産科はどこまでやれるんだ?」

どう答えればいいのかと思った瞬間、塔子の言葉が脳裏に蘇《よみがえ》った。

『背伸びしないでいいよ。正直に答えて』

三枝と目を合わせる。汗が滝のように流れ出た。

「すみません。正直、正常分娩と、カイザーは上級医と一緒であればなんとか執刀できるレベルです」

三枝の鋭い視線が突き刺さる。

「だろうな。術野を見る目線と手の動きを見ればわかる。お前は産科に関しては、ひよっこだ」

上から頭を押さえつけられたような感覚を覚える。

「箕輪《みのわ》の奴《やつ》、産科ができる奴を送ってこいと、いつも口を酸《す》っぱくしていっとるんだがな」

呼び捨てにされた苗字が、本院の教授のものだと気づくのに少々遅れてしまった。そういえば箕輪も東大卒だ。後輩教授に対する苦言と同時に、自分自身が批判されているのだとすぐに理解する。

三枝のぼやきは止まらなかった。

「向こうは最近、若い医者をさっさと専門分野に進めるから、産科を最低限できる奴が、めっきり減っちまってるんだよ」

豊富な医師を擁する本院は、入局2年目の若手から、産科、婦人科、腹腔鏡《ふくくうきょう》と専門グループに分かれ、互いの治療には関与しなくなる。三枝はそれに大いに不満を感じているようだ。実際に衛はここの産科に全く対応できていないから、反論の余地もない。

老教授より遥《はる》かに動かない自身の手に目をやると、自分がひどく小さく思えた。

「すみません」

思わず、謝罪の言葉が口から飛び出た。すると、三枝に睨まれた。あまりに鋭い視線には、殺気すら漂っている。

　三枝が息を吸い込んだ。怒鳴りつけられるかと覚悟して身構えると、静かな口調で語りかけられた。

「なぜお前が謝るんだ」

「え？」

「だから、なぜお前が謝るんだ、と訊いているんだ」

　不機嫌そうではあるが、怒鳴られているわけではない。緊張に押し潰されそうになりながらも、衛は口を開いた。

「いえ、こんなに産科が忙しい病院なのに、なにもできない自分が来てしまったのが申し訳なくて」

　三枝の舌打ちが響いた。

「お前が産科のひよっこなのも、場違いな施設に突然異動になったのも、別にお前の責任じゃあないだろう」

　意外な言葉に呆気に取られていると、三枝が再び声を張った。

「だったらせいぜい胸を張って、ひよっこらしく仕事をしていろ。くだらない見栄《みえ》やプライドで自分を下手に大きく見せるよりは、できることだけやる方が圧倒的にマシだ」

　真っ直ぐすぎる正論だった。語気こそ荒いものの、まるで突風が吹いたかのように心にかかった霧が晴れた。

「ただな、ひよっこのままじゃこっちも困る。1日でも、1分1秒でも早くそこから脱却しろ。わかったな」

　鼓舞するような物言いに、不思議な高揚感を覚えた。

「2層目の縫合をするぞ。緩まないようにしっかりと結べよ」

「はい」

　三枝の糸を受け取り、結ぶ。2層目は筋層を大きくとるため、糸を絞ると筋層が抵抗してくる。ここで緩ませるわけにはいかない。全力で糸を絞り込んだ。

　キリキリと、糸が擦れる感覚が手に伝わってくる。しかし突然、その抵抗が消えた。ブチリという音が一瞬遅れて耳に届いた。力を入れすぎて糸が切れてしまったのだ。やってしまったと思い、絶句する。三枝がわずかに顔を寄せた。

「なあ北条」

「なんでしょう……か」

　口から出た声は、情けないほど震えている。

「糸が切れるってのは、縫った奴が悪いか、結んだ奴が悪いのかしかないんだ」

まるで、獲物を狙《ねら》う鷹《たか》だ。その目は、一瞬たりとも衛を離さない。

「今のは、どっちが悪いんだ？」

「自分です。すみません」

「だよなあ」

それだけ言うと、三枝が再び持針器を動かし始めた。

恐ろしいほどの圧に、命を取られるかと思った。

常に首にナイフを突きつけられているような緊張感を味わいつつ、緊急帝王切開は無事に終了した。手術時間は、わずか19分。これほど短いカイザーは初めてだった。


嵐が過ぎ去ったのは午後7時を回った頃だ。

お産は塔子が鉗子分娩で取り上げた。23週の母体搬送の件は、幸い子宮収縮が落ち着き入院安静となった。ついでに突如進んだもう1件のお産は、外来を終えたばかりの田川が取った。

神里と顔を合わせたのが遥か昔のように感じる。彼が言っていた『ここは戦場ですよ』という台詞《せりふ》は、決して大げさではないことをたった半日で思い知らされた。

私服に着替えて医局ソファーに座ると、ずぶずぶと体が沈んでいくような錯覚を覚える。視線の端にグレーのキャリーケースがある。そういえば入寮すら済ませていないのだった。

一方、塔子たちは実に元気だ。ソファーの周りに突っ立ったまま、世間話に興じている。始終湧き起こる陽気な笑い声は、一片の疲れも含んでいない。なんたる体力なのかと半分呆《あき》れながら皆の姿を眺めていると、塔子が歩み寄ってきた。

「お疲れさま、北条」

「お疲れさまでした」

グレーのワントーンボタニカル柄のノースリーブブラウスとジーンズのみのシンプルな服装で、病棟とは異なる雰囲気をまとっていた。

「今日はこれで仕事は終わりですか？」

「もちろんよ。初日からよく頑張ったね」

労《ねぎら》いの言葉にほっとする。ようやく病院を出ることができる。衛は、重い腰をなんとか持ち上げた。

「じゃあ」

失礼します、と言おうとしたところで、塔子に肩をポンと叩《たた》かれた。その顔には満面の笑みが浮かぶ。

「このあとは当然、暇だよね？」

爛々《らんらん》と輝く瞳《ひとみ》を見て嫌な予感がした。

「みんなでご飯に行こう！」

「えっ」

気づけば、塔子の両脇に、白地にネイビーの水玉模様があしらわれたワンピースを着た明日香と、黒地のスカルTシャツの田川が立っている。

「俺はもうヘトヘトで」

とても酒を飲めるような体調ではない。一刻も早くベッドに飛び込みたいのだ。飲みニケーションはそもそも得意ではないし。

反応したのは明日香だった。

「そうなのー？　だったらなおさらお腹《なか》一杯ご飯食べないと、明日の仕事ができないね」

この人は、冗談なのか本気なのかよくわからないことを言う。

「まだ寮の部屋にも入ってないので、まずは荷物を置いてきたいなと」

荷物を置きに行ってそのままベッドで意識を失ったことにしよう。そんなことを考えていたら、蛍光灯に照らされたスキンヘッドがキラリと光った。

「これが北条先生の荷物か」

いつの間にかキャリーケースを担《かつ》ぎ上げている。

「ちょっと、田川先生」

手を伸ばすと、田川の太い腕に制される。

「大丈夫だ」

「なにがですか？」

「北条先生の医師寮は、私と神里と同じアパートだ。君の部屋の上が私で下が神里だ。だから、たとえ君が潰れても、私たちが君を担いで帰ってやる」

なにも大丈夫じゃない。

困惑していると、塔子がすり寄ってきた。

「歓迎会を準備しているから行こうよ。そのためにここのOBの開業医の先生に当直までお願いしたのよ」

病棟でのハキハキした言葉遣いよりも大分甘い声に、調子が狂う。健康的に日焼けした胸元が覗き、目のやり場にも困る。揺れた髪から香水がふわりと香ってくるのも、困惑に拍車をかけた。

「あなたと一緒にご飯を食べるために、私たちは特急で仕事を終わらせたんだよ」

その表情には一片の邪気もない。もう逃げ場がないと覚悟を決めた。

「わかりましたよ。行きます」

「じゃあ行こう！　こっちよ」

田川と、明日香に両腕を抱えられる。半ば拉致《らち》されるような格好で、衛は初日の病院を後にした。


病院を出ると、濃い闇《やみ》が衛を出迎えた。目の前には木が茂り、右に続く道の先には、1軒のコンビニがボンヤリと見えた。

人通りの少ない道を照らす街灯の数は都会よりも遥かに少なく、目に映る光量が格段に違う。音も少ない。先ほどまでの忙しさが、まるで嘘《うそ》だったかのような静寂だった。風がそよいで鼻先を撫《な》でる。真夏に差し掛かろうかという季節にもかかわらず、その風は涼やかで、虫の音を耳に運んできた。

「北条。こっちよ」

慌《あわ》ててその背中についていった。距離が開けば塔子たちを見失いそうな闇だった。

歩いているのは駅とは逆方面だ。昼に駅から病院までの道を歩いた際、温泉街とはとても思えないような地味な道が続いていたのだが、どうやら温泉宿が主に建っているのはこちらの方面らしい。歩く先にポツポツと宿がある。宿の周りには飲食店が点在するのだが、出歩く人も少なく閑散としている。熱海や箱根などの有名な温泉街と比較すると、圧倒的に地味な風景だった。

10分ほど歩くと、居酒屋に到着した。

格子《こうし》板戸の隙間《すきま》から店内の光が漏れ出ている。扉の右隣には、紅《あか》い布地がテントのタープのように斜め前に張られている。布地の中心に白く筆で書かれた『いおり』という崩し文字が、どうやら店の名前のようだ。その右には大きな生け簀《いす》が壁に沿うように置かれていて、サザエやアワビ、それに大ぶりの伊勢海老がひしめき合っていた。

「お腹ペコペコだから、早く入ろう」

生け簀の生き物たちをもの珍しく眺めているうちに、塔子がさっさと引き戸を開けた。

開かれた先に見えたのは、ガラス張りのディスプレイに掛けられた大きな写真だった。アーチ型の鉄橋の下を大きく曲がった川が流れている。陽光を反射した川面《かわも》には、何人もの釣り人が足を踏み入れ、長い釣竿《つりざお》を構えている。

駅から向かう途中に、心を奪われた光景そのものだった。

「綺麗《きれい》でしょ」と、隣に立った塔子が言った。

「この川は？」

「狩野川《かのがわ》。天城山《あまぎさん》から半島のど真ん中を北上する川なの。国土交通省の水質調査で水質が最も良好な河川にも選ばれた、伊豆半島が誇る一級河川よ」

流れる川のように、淀《よど》みない説明だ。

「詳しいですね」

「ここにきて長いからね。伊豆半島のことは知り尽くしてるつもり。その辺のガイドより詳しいから、わからないことがあったらなんでも訊いて」

「まあ、塔子さんの話の半分は飯のことだけどね」

田川が横槍《よこやり》を入れる。そのずんぐりした肩を、塔子がパシっと叩いた。

「もう、やめてくださいよ、たがっさん」

年齢は田川の方が上らしいが、田川は塔子をさん付けで呼ぶ。対する塔子は、田川を妙な愛称で呼び続けている。

塔子が、写真の釣り人たちを指差した。

「鮎《あゆ》釣りの人たちだよ。6月初旬から解禁になるの。今年は先週に解禁したから、釣り人たちが一杯いたでしょう？　狩野川は鮎の友釣り発祥の地とも言われていて、愛好家も沢山いるのよ」

　塔子の頰が緩んだ。

「狩野川の鮎は美味《おい》しいよ。臭みなんて一切なくて、本当にスイカみたいな香りがするの。特に天然物は絶品で、伊豆長岡温泉では、旬《しゅん》に天然鮎のフルコースを出してくれる店もあるのよ」

　明日香が衛に耳打ちする。

「やっぱりご飯の話になったでしょ」と、悪戯《いたずら》っぽい表情で言い、まだまだ話し足りない様子の塔子の腰を押し込んだ。

「早く席につきましょう。神里くんが待ってますよー」

「もう、わかってるよ」

　不満気な表情の塔子が歩き始める。狩野川の写真から、右に低い壁が伸びる。そこを抜けると、一気に店内が開けた。

　和の内装で統一されている。築年数はやや経過している印象だが、こまめに手入れされているようで清潔感が漂っている。左側には板場が広がり、それを囲うような木製のカウンターに、席が六つ並んでいる。

　和食調理帽を被った男性が大将のようだ。きりっとした眉に、やや細い目は、職人然としている。顔には皺《しわ》が刻まれているが、帽子からわずかに覗いている髪色は黒々としていた。背筋を伸ばして包丁を構える姿は、いかにも和食料理人らしい佇《たたず》まいだ。カウンターには二組の客が座っている。壮年の男性二人組は、本日の釣果《ちょうか》についての談義に花を咲かせている。隣の老年夫婦は、刺身を突《つつ》きながら日本酒を楽しんでいる。気心がしれた様子で大将に話しかけているところを見ると、おそらく常連客だ。

平日だからだろうか、観光客と思《おぼ》しき客は見当たらない。

和気藹々《あいあい》とした空気が漂っていた。右側は畳の小上がりになっていて、四つの座卓が間仕切りによって分けられていた。

すると、座卓の客と話していたえんじ色の作務衣《さむえ》姿の女性が塔子たちに気づいて、こちらに歩み寄ってきた。

20代前半だろうか。黒髪を後ろで結んだ女性は、満面の笑顔で塔子に話しかけた。

「お待ちしてました、塔子先生」

「こんばんは、伊織《いおり》ちゃん。ちょっと遅くなっちゃった」

友人同士のような会話だ。それよりも……

「いおりちゃんって？」

店名と同じだ。衛の疑問を察した塔子が、解説してくれる。

「彼女は大将夫婦の一人娘なのよ」

伊織が、衛に向かって頭を下げる。

「新しい先生ですね。はじめまして。勝呂《すぐろ》伊織、と申します」

少し垂れた黒い目に、そばかすが鼻筋に散る。化粧っ気はなくあどけなさが残るが、笑顔の似合う女性だ。塔子が伊織のお腹に手を当てた。

「元気そう？」

その言葉に嬉しそうに頷《うなず》く。

「最近、赤ちゃんが動くのがよくわかるようになってきました」

見れば、伊織の下腹部はわずかに膨らんでいる。衛の視線に塔子が反応する。

「伊織ちゃんは妊娠中なの。いま24週に入ったとこ」

「塔子先生には、いつも診察でお世話になっているんです」

板場の方から「よくいらっしゃいました」と声がする。伊織と同じく、作務衣を着た中年女性がやってきた。黒い髪をまとめ上げている。頬はややぽっちゃりとしているが、優しそうな印象を与える垂れ目は伊織にそっくりだった。女性が、丁寧に頭を下げる。

「お待ちしておりました、先生がた」

「女将《おかみ》さん、こんばんは」

明日香の挨拶《あいさつ》に、女将が笑顔を返す。続けて、女将の視線が衛に向いた。

「あなたが新任の先生ですね」

「はい。北条衛と申します」

「北条先生ですか。ようこそこんな田舎まで。どうぞうちの娘をよろしくお願いします」

深々と頭を下げられ恐縮する。女将が頭を上げると同時に伊織が口を開く。

「奥の座敷に神里先生がいらっしゃいますよ。もう待ちきれないご様子でしたよ」

「私たちも、もう限界。じゃあよろしくね」

先導する塔子が襖《ふすま》を開いた。中には座卓が二つ並んでおり、一番手前の席に半袖《はんそで》の白いワイシャツ姿の神里が座っていた。隣の客席とは間仕切りで視線が切られていて、半個室のような空間だ。

神里は満面の笑みで一同を出迎えた。

「生ビール、頼んでおきましたよ！」

「さすが神里、気が利くわね」

塔子たちが席を埋めていく。衛に用意された席は塔子の正面で、両脇に明日香と田川が座った。すでにジョッキが座卓に並んでいる。塔子が座るやいなやジョッキを手に取った。衛もそれにならう。

「じゃあさっそくはじめよう。北条先生、伊豆中にようこそ。大変だけど、美味しいものは一杯あるから頑張ってね。それじゃあ乾杯！」

塔子の掛け声に、ジョッキが五つ重なりゴンッと音が響いた。ぐいっとビールを流し込む。キンキンに冷えた炭酸が喉《のど》をつたう。あまりのドタバタと緊張で、水分を全く摂《と》っていなかったことに今さらながら気づく。

三口《みくち》目あたりで胃が熱くなるのを感じた。水分を欲していた身体《からだ》が、アルコールを根こそぎ吸い取ってしまいそうな感覚を覚え、3分の1ほど飲んだところで衛はジョッキを置いた。見渡すと四つのジョッキはすでに空になっていた。神里が感に堪《た》えぬような声を上げる。

「生き返りますねえ。この一杯のために仕事をしてるって感じですね」

昼に会った時にはやつれ切っていた神里の顔がすっかり潤《うるお》いを取り戻している。目の前に座るのは、医局誌で見たとおりの色男だ。

「衛さん、初日から大変でしたね」

その言葉に反応しようとすると、塔子が割り込んできた。

「仕事の話は後、後。まずはご飯を食べようよ」

塔子の言葉を待っていたかのようなタイミングで襖が開いた。現れたのは、大きな舟形を抱えた伊織だった。重みにふらついた伊織を案じた塔子が、すかさず立ち上がってそれを受け取る。

「もう妊娠中期なんだから、あんまり無理しちゃダメよ」

伊織が気恥ずかしそうに笑う。

「すみません。大将が張り切りすぎちゃって」

舟の中を見た塔子が満足気に笑った。座卓の中央に舟が置かれる。刺身が山のように盛られている。座卓の横に正座した伊織が、説明を始めた。

「こちら、左からミナミマグロの中トロと赤身、鯛《たい》にカサゴ、赤海老と……、イカは本日、アオリイカをご用意しています」

ルビーのように深紅の赤身、皮目の赤と身の白のコントラストが見事な鯛、イカは淡く透けている。色とりどりの刺身が、真っ白なツマの上に載せられている。種類ごとに大葉《おおば》で仕切られていて、立体的な盛り付けは芸術品のように美しい。

舟盛りなど都内の大衆居酒屋で食べた覚えしかない。見た目ばかり豪勢であまり美《う》味《ま》いとは思えなかった。しかし目の前に並ぶ魚たちは、その記憶とは全くの別物だということが素人目《しろうとめ》にもわかった。

ただ舟形に盛り付けられただけの力なくへたれていた刺身とは、見た目からして違う。それぞれの刺身に張りがあって、まるで自立しているように並んでいる。照明を反射して美しく輝く様からは、強い生命力を感じる。

見入っている間にも伊織の説明が続く。

「こちらはサザエとアワビ、真ん中のピンク色のものは、ちょっと珍しいんですけどニジマスの刺身です」

「ニジマスは海に下ると寄生虫がついちゃうから刺身で食べられないの。淡水できちんと管理養殖された新鮮なニジマスだからこそ、刺身で食べられる。これも狩野川の恵みの一つよ」

すかさず塔子が豆知識を挟む。サーモンに似ているが、それよりもやや朱が濃い。脂《あぶら》も少なそうだ。

ゴクリ、と音が響いた。自身が唾《つば》を飲み込んだものだと気づくのに、しばらく時間を要した。腹がギュルギュルと音を立てるのを実感する。ついさっきまで食事など胃が受けつけないと思っていたのに、それを忘れさせるほどの魅力が、目の前の刺身にはあった。

最後に、伊織が右端に手のひらを向けた。

「伊勢海老の姿造りです」

歓声が上がった。先ほどまで生け簀にいたものだろうか。今にも動き出しそうだ。

舟に立った暗赤色の兜《かぶと》から立派な髭《ひげ》が伸びる。裏返された尾の上には、うっすらと朱がかった真っ白な身が山のように盛られていた。締まってはちきれんばかりで宝石のように光っている。他の刺身と比べてもなお圧倒的な存在感を誇っていた。

伊織が座卓に身を乗り出し、口に手を当てて小さな声を出した。

「伊勢海老は大将からのサービスです」

その言葉に再び歓声が上がる。

「ごゆっくりお楽しみください。あっ、追加のビール持ってきますか？」

田川が、「いや！」と首を振った。

「この刺身には、やはり日本酒だろう」

「じゃあ、磯自慢《いそじまん》！」、すかさず明日香が続く。

「二合じゃ、すぐなくなっちゃうか」塔子が座卓を見回していると、「四合瓶《しごうびん》持ってきちゃった方がいいですか？」と伊織が提案する。その言葉に、4人が一斉に頷いた。

衛はその間、舟盛りに見入っていた。対面から塔子の声が響く。

「今日は大変だったわね。遠慮しないでいいから、好きなのから食べなさい」

もう我慢の限界だった。箸《はし》を持った右手が、迷うことなく伊勢海老の刺身に伸びる。

「おっ、伊勢海老から行くか、この贅沢者《ぜいたくもの》」

田川にからかわれるも、箸は止まらない。真っ白な身を摑《つか》んだとたん、箸を押し戻すほどの弾力が伝わってきた。持ち上げると、光に照らされた身が複雑に輝いた。醤《しょ》油《うゆ》を付けて口に運ぶ。塩気が舌先を刺激した直後、信じられないほどの甘味が口の中に広がった。嚙《か》み締めると甘味と旨味《うまみ》が湧《わ》き出てくる。歯応《はごた》えが絶妙だ。それは何回嚙んでも損なわれず、舌の上に甘味をいつまでも送り出してくれる。

しばらく咀嚼《そしゃく》を繰り返して、ようやく身を飲み込んだ。

「おいしい」

しみじみとそんな言葉が口から漏れ出た。

伊勢海老を食す様をじっと見ていた塔子が上半身を揺らして笑う。

「そんなに味わって食べる子は、はじめて見たわ」

「なんかびっくりしちゃって。そもそも伊勢海老ってあんまり食べたことないですし」

「もう禁漁期間に入っちゃってるから、それは貴重なものだよ。9月に禁漁が明けるから、それからは、飽きるほど食べられるよ」

塔子が小皿を目の前に差し出した。

「これ使わない？」

小皿には緑が盛られている。その香りに鼻の粘膜が刺激された。

「ワサビですか？」

すっかり忘れていた。勧められるがまま伊勢海老の身にワサビを載せて、口に運ぶ。すり卸した蓮根《れんこん》のような食感が舌に触れ、爽《さわ》やかな辛味が広がった。呼吸と共に一瞬だけ鼻を抜けると、あっという間に辛みが抜け、入れ替わるように、より鮮明な伊勢海老の甘味が広がった。

「これ、本当にワサビですか？」

思わずそんな言葉が飛び出た。イメージしていたような強引な辛味はなく、口に残らずにスッと引いていく。新鮮な野菜を食した後の爽やかさすら感じた。

明日香が微笑《ほほえ》んだ。

「これが本当のワサビなんだよ。ねっ、塔子さん」

「そうよ。実は市販のチューブわさびの原料は、大体がホースラディッシュっていう西洋ワサビなの。それに色を付けてワサビっぽくしてるってわけ」

「そうなんですか？」

「ワサビは綺麗な水がないと栽培が難しいし、製造量も確保できない。それに、擦ってから時間が経《た》つと辛味が抜けちゃうの。だから本当のワサビってほとんど味わえないのよ」

「綺麗な水ってことは、これも狩野川の恵みですか？」

「そういうこと。せっかく伊豆に来たんなら、ワサビ田も見ておいた方がいいよ」

明日香が声を上げる。

「衛くんの美味しそうな顔と塔子さんの話を聞いてたら、もう我慢できなくなっちゃった。いただきまーす」

明日香の言葉を皮切りに、皆が一斉に箸を伸ばした。

衛も、無我夢中で刺身を食した。鯛も赤海老もカサゴもマグロも、どれも筆舌に尽くしがたいほどうまい。加えて、生ワサビがどの刺身をも引き立たせるような、優秀な脇役《わきやく》の座を占めている。

途中で到着した『磯自慢　特別本醸造』は、フルーティーな香りと、後を引かないすっきりとした甘味が特徴の静岡の地酒だ。口の中をリセットしてくれて、さらに別の刺身を味わいたくなる。

舟盛りが、瞬《また》く間に舟だけの姿になった。

磯自慢を注《つ》いでくれた塔子が満足そうに笑った。

「食べるのは大丈夫そうね。伊豆中は胃袋が強い子しか長続きしないから」

「どういうことですか？」

答えたのは田川だ。

「毎日ヘトヘトになるまで働いて、美味いものを食ってぶっ倒れるように眠る。ここの生活はその繰り返しだ。食が欠けると、心も体も壊れてしまう」

その言葉の意味は初日で思い知らされた。たしかに体力を回復できなければ、途端に潰れてしまうだろう。

「前任の佐伯先生は、食が細かったんですか？」

4人が上を向いて唸《うな》る。口を開いたのは、また田川だ。

「あいつは食うもん食ってたな。むしろ大分肥えたんじゃないか？」

言われてみればそうだったかもしれない。

明日香がはじめて神妙な表情を見せた。

「どっちかって言うと、彼の場合は心の問題だったかな。三枝教授から徹底的に嫌われちゃった」

明日香が衝撃的なことを、至極あっさりと言い放った。返す言葉を失っていると、神里が心配そうな表情で訊いてきた。

「衛さん、教授のカイザーのお相手したんですよね。……大丈夫でしたか？」

「話には聞いていたけど、すごい緊張感だったよ。自分の行動が全部チェックされているみたいで、気が気じゃなかった」

「みたい、じゃなくて、本当に全部チェックされてるよ。教授の人を見る目は尋常じゃないから」

「げっ、やっぱりそうなんですね。俺、今日のカイザーで2年は寿命が縮んだと思います」

ようやく落ち着いた胃が再びシクシクと痛む。その様子を見た明日香が、にこやかな笑顔を向けた。

「じゃあ、あと30回くらい教授とカイザーできるね」

邪気のない口調で放たれる言葉は、やはり、本気なのか冗談なのかわからない。

「前任者が嫌われたっていうのは、いわゆる教授の地雷を踏んじゃったってことですか？」

「うん。踏みまくってた。フォローもできないくらい」

「それって、たとえば？」

田川が日本酒を呷《あお》って口を開く。

「教授の治療方針に物申したんだよ。これは最新のエビデンスに基づいていない。認識が古い、なんてな」

教授ルールに異議を申し立てた、ということだ。塔子が四合瓶を片手にボヤいた。

「ちゃんと働いてくれればよかったんだけどね。でも、口のわりには実力が伴っていなかったし、緊急事態のたびに浮き足立っちゃって、正直使い物にならなかった」

田川が頷いた。

「今の世の中、エビデンスが重視されているが、理想と現実は必ずしも一致しない。環境や貧困問題が叫ばれているが、そんな意識の高いことを言える奴は生まれたときから恵まれた環境で生きてきた連中と相場が決まっている」

「本院がそういうところだってことですか？」

「じきにわかる」

その言葉の真意を考えていると、明日香がケラケラと笑った。

「そう言えば佐伯くんは、この手術はラパロでやるべきだ、なんてことも堂々と教授に物申したね。たいして上手じゃなかったけど」

幼い顔には似合わないような辛辣《しんらつ》な言葉だ。

対面の神里が顔を寄せた。

「ラパロチームの衛さんにいうのもなんですが、教授は腹腔鏡手術があんまり好きじゃないんで、気をつけて下さいね」

神里の隣で塔子が頷く。

「この手術は腹腔鏡のほうがいいですよねなんて言ったら、とたんに雷が落ちるから。腹腔鏡の話は禁忌《きんき》よ、禁忌」

「そういうことは先に言っておいてくださいよ」

手術中に変なことを口走らなくて、本当によかった。しかし、腹腔鏡を専門にしている衛にとってその言葉は死刑宣告に等しい。1年で本院に戻すと言われたものの、人事に絶対はない。

衛はため息をついた。やはり理想のキャリアは諦《あきら》めざるを得ない。

「しばらく、地雷を踏まないように気をつけます」

示し合わせたように、皆が頷いた。

「賢明だ。新米の返事はイエス・サーしか許されていないからな」と田川。

「生きてくには嫌われない以外、道がないっす」これは神里。

「ただでさえカイザーで寿命を削ってるしね」無邪気な明日香。

それぞれ勝手なことを言う。

やがて3人の間で、三枝を肴《さかな》にした会話が盛り上がり始めた。あの人は織田信長の生まれ変わりらしい。いやいや、太平洋戦争の伝説のパイロットが、米軍艦に激突する瞬間にタイムスリップしてきたんだ。ロシアのKGBの生き残りで、医学部教授は仮の姿なんだって聞きましたけど。

冗談に決まっているが、否定しきれない妙な説得力もある。

会話が盛り上がってきたところで、襖が開いた。

「もお、皆さん。新任の先生をからかいすぎですっ」

窘《たしな》めるような声を上げたのは、伊織だ。頬を膨らませている様子から本気で怒っていることが窺《うかが》えるが、その姿すら愛嬌《あいきょう》がある。

「それに、三枝教授のことを悪く言い過ぎさ。この辺りの住人は、三枝教授に感謝してる人がいっぺえいるんだら」

興奮しているせいか、方言らしき言葉が混じる。

肩に優しく手を置いてなだめたのは、塔子だ。

「ごめんね伊織ちゃん。みんな本気じゃないから許してあげて」

「あっ……、塔子さんだけずるい」と田川が口を尖《とが》らせる。

「だって、私は教授の悪口言ってないもんね」と笑い返す。

衛に顔を向けた塔子が、口に手を添えて、ささやくように言う。

「よく聞いておいて。この界隈《かいわい》で教授を悪く言うのは得策じゃないからね」

「そんな怖いことしようとも思いませんけど、なぜですか？」

「この土地には、教授にお世話になってる子供たちが沢山いるのよ。伊豆中の教授になって、もう25年だからね」

伊織が塔子の言葉に続く。

「はい。私も教授に取り上げてもらったんです」

「そうなんですか？」

衛の言葉に、伊織が身を乗り出した。

「母は難産だったのよ。それを助けてくれたんが教授なんさ。教授がいなかったら、私も母もこの世にいなかったって、母はいつも言ってるさ。そんなうちの店の恩人の悪口なんて言ったら……」

そう言って、ひょいと舟形を回収した。ちょうど伊勢海老の味噌《みそ》をつつこうとした田川と明日香の箸が空振りする。

「伊勢海老、没収しちゃいます」

「えっ！　なんでさ。味噌が一番美味いのに」

「最後まで我慢しておいたのにー」

田川と明日香、双方から不満の声が上がる。舟形を抱えた伊織が小さく舌を出した。

「しょんないっしょ。この伊勢海老は本来、大将から教授へのお礼の気持ちなんだもん。教授は優しいから、いっつもそれを断って、『だったらうちの若い連中が来たら食わせてくれ』って言ったっけ、大将が皆さんにサービスしてるものなんですもん」

「お願い伊織ちゃん。そんなこと言わないで。悪かったから」

明日香の謝罪に、ようやく伊織がニコリと笑った。

「嘘です。味噌汁にして持ってきますね。味噌が残ってた方が絶対美味しいさ」

板場から、「おーい」と声が聞こえた。

「あっ、次のお料理が出来たみたいです。すぐに持ってきますね」

すっかり田川たちを手玉にとった伊織が、座敷を後にした。それを見た塔子が笑う。

「伊織ちゃんも、立派になったもんだわ。でも、その伊織ちゃんがお母さんになるっていうんだから、感慨深い話よね」

分娩を取り上げた子供が母になる。それを見ることができるのは、同じ土地で働き続けているからこそだ。

「さてと、冗談はここら辺にして……」

お猪口《ちょこ》を置いた塔子が、衛に向き直った。

「なっ、なんですか？」塔子の真剣な表情に、思わず身構えた。

「単刀直入に聞くけど、北条は教授のこと、どう思った？」

「どうって、なにをですか？」

塔子の瞳が鋭く光った。

「鬼軍曹、頑固ジジイ、封建社会の成れの果て、パワハラの権化《ごんげ》、男尊女卑の体現者、老害。向こうでの教授の言われようは散々でしょ？」

「それは」

「別に隠さないでいいよ。教授だってそれ知ってるし。で、実際会ってどうだった？感想を聞かせてって話」

問われて、今日の帝王切開を思い出した。

苦言を呈されたことは数え切れない。自分が未熟者であることを完全に見抜かれた。

なにより、常に真剣を首筋に当てられているような緊張感があった。

「たしかに、ものすごく怖かったですけど」

三枝に気圧《けお》され、思わず謝ったときのことを思い出す。

『なんでお前が謝るんだ』

あれは理不尽な言動ではない。むしろ……

「間違ったことは一つもおっしゃっていないような気がしました。恐ろしく鋭い正論を突きつけられたというような感じです」

「怖い人と正論言う人は、ひとりの中で両立するけどね」

塔子のお猪口が空になる。酒を注ぎながら衛は続けた。

「教授ルールってあったじゃないですか」

「あなたが古臭いって批判したやつね」

ずばりと返され、衛はくぐもった声を上げた。

「衛さん。教授にそんなこと言っちゃったんですか？」

反応したのは神里だ。酒に強くないのか、顔が真っ赤になっている。もう一人、明日香も頬を染めてケラケラと笑っている。

「いまここでお酒を美味しそうに飲めてるってことは、教授には殺されなかったってことだね。よかったね」

「けど？」

「違いますよ。流石《さすが》に本人を目の前にして言えるはずないです」

明日香が胸を撫で下ろした。

「よかった。今度は最低限の常識がある人が来てくれて」

どうやらこの人は、結構毒を吐く。佐伯を常識のない人間だと批判しているのだ。

「でもさ」と言いながら、田川が酒を差し出した。お猪口に透明な液体が注がれる。

「本心ではそう思ってるんだろう？　だったら、すぐに教授に見抜かれるぞ」

つぶらな瞳だが、はっきりとした口調には厳しさが浮かぶ。

「そうだったんですけど。少し考えを改めました。あのルールには、多分理由があるんだって」

塔子がお猪口を置いた。

「ほう、どんな理由？」

笑顔が消えている。病棟にいたときのような表情だ。

「ま、間違っているかもしれませんが」

「間違ってもいいよ。言ってごらん」

姿勢を正して口を開いた。

「忙しすぎるがゆえのルールなんだと思いました」

衛を見つめる塔子の目に、真剣な光が宿る。

「ここに来る前に調べました。伊豆中は年間800件のお産を扱っていて、母体搬送も130件を超えています」

平均すれば、3日に一度は母体搬送を受けている計算だ。尋常な件数ではない。もちろん、母体搬送はいつ発生するかわからない。何件も重なる日だって珍しくないだろう。

「忙しい病院だとデータでは認識していましたが、実際に体感した忙しさは想像の比ではありませんでした」

初日にもかかわらず、全員が顔を合わせることができたのはこの歓迎会がはじめてだ。

「今日のは、まあ普通なほうよ」塔子があっさりと言う。衛は、塔子の瞳を真っ直《ま》ぐ《す》に見た。

「そのわりに人員が少なすぎるんです。病棟に一人なんてことは、本院ではあり得ません。それなのに、何件も緊急事態が重なることもあるし、母体搬送は絶対に受けなきゃいけない。だからこそスピードと網羅性を重視したルールが必要になる」

伊豆中の環境では、いつなにがあっても最低限の治療を提供できるオートマチックなシステムを作らざるを得なかったのだ。それこそが教授ルールの本質なのではないだろうか。

衛を見つめていた塔子が、磯自慢を勧めてきた。

「上出来よ。でもまだ50点ってとこね」

「50点？」

「安心して。下はもっと沢山いるから。あなたは見えてるほうよ」

「え？」

「上から目線の医局員が多いのよ。はなから分院のやり方を見下していたり、教授の一面だけを見て批判したり、ＴＰＯを考えないで、頭でっかちの治療ばかり主張したりね」

言いながら、衛のお猪口に日本酒を注ぐ。

「ちゃんと私たちのことを見て、初日で50点の答えを出したあなたは、そんな奴《やつ》らより遥《はる》かにいい線いってるわ」

満面の笑みでそう言われ、思わず胸が熱くなる。

「ありがとうございます」

ここに来るまでの憂鬱《ゆううつ》が少しばかり晴れた気がした。

「じゃあ残りの50点っていうのは」

「それはあなた自身が見て、感じて、経験して答えを探せばいい。この異動が、あなたの糧《かて》になるのか、ただの伊豆旅行になるのかは、あなたの行動次第だよ」

その言葉にハッとしたとき、襖がさっと開いた。

「お待たせしました」

伊織だ。顔が隠れるほどの蒼《あお》い陶磁の皿を抱えている。

「手伝うよ」塔子が一緒になって、衛の目の前に皿を置いた。

直径30センチはある大皿に笹の葉が敷かれ、その上に楕円形《だえんけい》の白い塊が載っている。皿とほぼ同じくらいの塊は、よくみれば魚の形をしていた。

「なんですか？　これ」

訊くと、塔子から何かを手渡された。

「はいこれ」

木槌《きづち》だ。戸惑いつつ周囲を見まわすと、皆の視線が白い塊に集まっている。

「ここに、えいやってハンマーを振り下ろすの。やってみて」

説明する塔子は、どこか楽しげだ。

「振り下ろす？」

「いいから、いいから」明日香が衛の右腕を無理矢理持ち上げる。

「衛さん。ど真ん中いっちゃってください」と、へべれけになった神里。

「では、北条先生の着任を祝ってー」田川が一本締めの掛け声のように、声を張り上げた。

一体、なにをやらされているんだ？

右手を振りかぶったまま固まっていると、塔子が口を開いた。

「あなたにも思うところはあると思う」

朝からの憂鬱が脳裏によぎる。遠ざかっていく東京、残してきた恋人、満足に手を動かせなかった帝王切開……。

「そんなもの、全部ぶっ壊しちゃいなさい！」その声に背中を押され、衛は木槌を振り下ろした。

右手に衝撃が伝い、鈍い音が響く。

木槌を上げると、白い塊が三つに割れていた。その隙間から湯気が立ち上る。やがて姿を見せたのは、美しい朱色だった。立派なヒレもついている。本当に魚なんだと思ったと同時に、上品な脂の香りが広がった。

「金目鯛の塩釜《しおがま》焼きよ。これは私からのご祝儀《しゅうぎ》。伊豆に来たらこの魚を食べなきゃね」

金目鯛の周りの塩の塊を、丁寧に剝《は》がしてゆく。

「鯛って名前はついているけど、金目鯛は深海魚よ。駿河湾は金目鯛の一大産地で、1年を通して水揚げされるの。刺身に干物、煮付けに唐揚げ、それに超有名なしゃぶしゃぶ、どんな料理にしても抜群に美味しい魚よ」

塔子の説明が耳に入ってこない。

美しい魚体が衛を誘惑する。真っ白の大きな目、先が尖ったヒレ、朱色の皮は膨張した身で張り裂けそうになっている。

あれだけ美味しい刺身を食べれば、味に対する疑いは微塵《みじん》もない。一刻もはやく、この美味しそうな魚を口にしたいと思った。

「食べていいんですか？」

「もちろん」

背側に箸を入れると、皮の抵抗もなく先端が入る。箸を滑らすと大きな身がごっそりと骨から剝がれた。口に運んで、ゆっくりと身を噛み締める。塩釜内で蒸された身は、焼き魚ほど固すぎず、かといって、煮魚ほど柔らかすぎない絶妙な噛み応えだった。一瞬の弾力を感じさせた後、まるで溶けるかのように消えていく。上質な脂はしつこさがなく、いくらでも食べられるような気すらしてくる。

皮目から身の表面まで満遍なく塩味が浸透している。塩釜で焼き蒸しをした結果だろう。強すぎない塩味は、金目鯛の繊細な味を殺すことなく、引き立てている。

「こんな美味い魚の食べ方、はじめて知りました」

塔子が満足気に笑った。

「伊豆には、まだまだ知らないグルメがあるよ。どこでも連れてってあげるわ」

「よろしくお願いします！」

礼をして、衛は一心不乱に身をほおばった。

伊豆中の勤務初日、病院の忙しさを垣間見《かいまみ》て圧倒された。それに、三枝の厳しさについていけるのかという不安も感じた。しかし胃袋だけはがっちりと掴まれた。

三枝教授。噂《うわさ》どおり癖のある人物ではあるが、悪評とは別の顔も有しているように思えた。げんに、この病院の医師たちからも、地元民からも慕われているようだ。

「ねえ北条、お肉は好き？　伊豆は肉もいけるのよ。伊豆牛の和風ステーキなんて頼んでみない？」

塔子の笑顔に釣られて、こちらも頬が緩む。

明日からも頑張ろう。そう思えるような夜の宴だった。

第二話　男の夜会とクラフトビール

金目鯛の塩釜《しおがま》焼きに舌鼓《したつづみ》を打った夜から、1週間が経《た》った。

今、衛の目の前には、分娩《ぶんべん》台で両足を広げた体勢を取った妊婦がいる。子宮口は全開大し、いきみ始めてから30分が経過していた。

大量に噴き出した汗が不織布《ふしょくふ》マスクを濡《ぬ》らす。分娩用に保たれた高い室温のせいだけではなく、緊張のせいだ。連日のように分娩を取っているが、正直まだ慣れない。これまで携わってきた、婦人科、とりわけ腹腔鏡《ふくくうきょう》手術とは勝手が違いすぎるからだ。

「そろそろお腹《なか》が張りますよ、北条先生」

隣で小幡《おばた》八重が耳打ちした。

勤務初日はバタバタしていて自己紹介もままならなかったが、翌日ようやくフルネームを知った。彼女は塔子の指示を瞬時に理解し、どんな状況にも対応できるほど有能だが、助産師になってまだ5年目で、衛よりも四つも年下なのだ。

塔子からの願い出により、八重は衛のお産研修の教育係となっている。最初こそ渋い顔をしたものの、『塔子先生の頼みであれば断れません』と納得してくれて、以降お産に付き合ってもらっている。

「心拍をきちんと聞いて下さい」

部屋には分娩監視装置が胎児の心拍を告げていて、その数は毎分150回を超える。いままさに生まれてこようとする胎児の心臓は、大人の2倍以上の速度で脈打っているのだ。分娩監視装置は、胎児心拍と母体の子宮収縮をリアルタイムに表示している。

子宮収縮を表す線が山のように盛り上がる。

「内診して、しっかり児頭《じとう》の動きを確認して！」

徐々に言い方がキツくなる。八重は塔子に心酔しているが、衛に対してはわりと手厳しい。

「わかりました」

なぜか年上の自分が敬語で答えつつ、妊婦の膣《ちつ》に指を挿し入れると、清潔手袋越しに生暖かい羊水と血液がまとわりつく感覚が伝わってきた。児頭の頭蓋骨《とうがいこつ》の硬い感触の中心に、膣壁の圧を受けて盛り上がった小泉門《しょうせんもん》が触れた。頭蓋骨が一部癒合していない部位で、三角の形状をしている。胎児が狭い膣内を通るときには、周囲の頭蓋骨が重なり、膣壁を通りやすい形に変形する仕組みになっているのだ。薄い頭皮を隔てた先にあるのは、脳である。

「児頭、降りてきますよ。集中して！」

その言葉通り、2本指を開くほどの余地もない膣の中を、直径10センチもある児頭がぐいぐいと進んできた。児頭の進行に合わせて、妊婦の悲鳴にも似たいきみ声が部屋に響いた。

「会陰《えいん》切開入れた方がいいです」

「は、はい」

慌《あわ》ててクーパーを取ろうとした手をピシャリと叩《たた》かれる。

「ちゃんと会陰保護をしてから！」

出産経過は刻一刻と変化するので、指導は体育会流になりがちだ。一瞬の判断が勝負なのだ。これも腹腔鏡手術とは大分勝手が違う。

「すみません」

八重の左手が妊婦の外陰部を包み込むように保護するのを確認してから、膣内に左手の人差し指と中指を差し入れる。膣壁を薄く進展させて、間にクーパーで切開を入れる。肉を切り裂く感覚が右手に伝わってきた。

「もう少しですから頑張ってください」

八重の声かけに妊婦が頷《うなず》く。最後の力を振り絞るかの如《ごと》く、下腹部に力が入る。それと共に、ついに頭部が外陰部から顔を見せた。排臨《はいりん》だ。

「頭押さえて。すぐに会陰保護替わって！」

その声に導かれるように、八重と体《たい》を入れ替える。

ここからは時間との勝負になる。子宮収縮の圧が胎児にかかる上に、臍帯《さいたい》からの酸素供給が絶たれるからである。限られた時間の中で最適な対応を選択しなければならない。この緊張感とスピード感は分娩独特のものだ。

児頭が飛び出るのを抑えつつ、娩出《べんしゅつ》のための回旋《かいせん》を手助けする。児頭が膣壁に沿って正しく回ってこないと、様々な合併症をひきおこすのだ。

「肩、出ますよ。両脇《わき》を抱えて、ゆっくり上に引き上げて」

指示通りに胎児の腕の下を抱え上げると、抵抗なく膣からするりと抜けた。胎児が赤子となった瞬間だ。

臍帯を二つのペアンで狭鉗《きょうかん》し、間をクーパーで断ち切ると、間もなく赤子は大きな声で泣き始めた。

その様子を見て、衛はホッと胸を撫《な》で下ろした。

　分娩はまだ終わりではない。子宮から胎盤が剝《は》がれて、ようやく終了する。妊婦の腹を圧迫すると、子宮が岩のように硬くなるのがわかる。膣から伸びている臍帯を牽《けん》引《いん》すると、胎盤がぬめりと姿を現した。直径30センチ、重さ500グラムほどの赤黒い塊。その表面には無数の血管が張り巡らされている。一見奇妙なこの臓器が、10ヶ月もの長きにわたって胎児に酸素と栄養を供給し、排泄《はいせつ》物を回収する役割まで担《にな》っているのである。

「胎盤娩出しました」

　清潔膿盆《のうぼん》に載った胎盤を八重に渡すと、衛は改めて患者の外陰部に向き合った。向かって右斜め下に、会陰がパックリと裂けている。衛が入れた傷だ。これから創部の処置をして、ようやく分娩という大きなイベントが終了する。

「縫合糸、どうされますか？」

　ようやく八重の言葉が敬語に戻る。

「2《ニー》－0《ゼロ》ラピッドを下さい」

　針付き縫合糸が用意される。直径3・5センチもの縫合針は、腹腔鏡手術ではおよそ馴《な》染《じ》みのない大きなものだった。

「お産取り10件目。お疲れ様でした」

八重の瞳《ひとみ》には疲労が浮かんでいる。他人に指導するというのは、それほどまでに大変なものなのだ。

「すみません」と言いつつ、衛は持針器《じしんき》を手に取った。


会陰縫合を終えた衛は、病棟のパソコンに向かっていた。出産にまつわる事務作業は結構多い。最も大切なのは出生証明書だ。この書類は医師が記載し、後日、親が出生届と共に行政機関に提出することで、子が戸籍を得ることになる。

さらに分娩台帳に記載し、電子カルテに分娩経過と赤子の診察所見記載、それに産後の患者に対する治療や指示をまとめたクリニカルパスを打ち込む。分娩に立ち会った精神的疲労を感じる状態で、それらをこなすのは辛《つら》い。しばらくその作業に没頭していると、隣に神里がやってきた。

「衛さん。分娩お疲れさまでした」

爽《さわ》やかな声だが、その顔はげっそりしている。体からすっかり水分が失われたのだろう。着用している青のスクラブがダボダボになっている。

「ありがとう。カイザーは大丈夫だった？」

神里は昨晩当直で、夜間に陣痛発来で入院したものの分娩停止になってしまった妊婦の帝王切開に、塔子と入っていたのだ。

弱々しい微笑《ほほえ》みが返ってくる。

「大丈夫です。オペ記事書いたら、そっちの指示出しを手伝いますね」

第一印象通り、神里はいい後輩だった。嫌味なところもなく先輩を立てつつも、まだ仕事に慣れない衛を、常にフォローしてくれる。

神里を拝みそうになったところで、塔子がやってきた。えんじ色のスクラブに、白衣をラフに着こなしている。長い手足を振って病棟を颯爽《さっそう》と歩く姿は医療用白衣を扱う雑誌のモデルみたいだ。

「お疲れー」

この上司はいつでも元気だ。何件お産があっても、何件手術に入っても、全く眠れない当直の後でも、疲れた顔を見せたことがない。

思考のテンポが速く、性格はさばさばしていて裏表がない。迷った時に方針を尋ねれば瞬時に方向性を示してくれる。

そんな塔子だから、もちろん病棟からも厚い信頼を得ている。ことに八重は、塔子にゾッコンだ。彼女の指示には必ず耳を傾けるし、一度号令がかかれば、すぐに行動を開始する。塔子は人心掌握術に長《た》けており、絶妙なタイミングで八重を褒めるものだから、信頼関係は確固たるものになっている。

「ほらほら北条。手が止まってるよ。ちゃっちゃと指示出ししちゃって」

「すみません」

慌ててキーボードを叩く。

「病棟仕事が終わったら、みんなでお昼食べにいこう。午後もオペがあるしね」

その言葉に、思い出したように腹が鳴った。


伊豆中《なか》の職員食堂は地下にある。

年季を感じさせる黄色がかった壁紙に囲われた殺風景な部屋には、4人用の事務テーブルが20ほど並んでいる。1500人を超える職員を擁する施設の食堂としてはいささか小さいが、職員が行列を作ることは、まずない。

味がよくないからだ。そのため、弁当を作ってくるものや、コンビニや病院の前に古くからある惣菜《そうざい》屋で昼食を購入するスタッフが圧倒的多数を占める。

食券を購入して配膳《はいぜん》台に進むと、変わり映えしないメニューが並んでいる。カレー、山菜そば、定食Aは肉で定食Bが魚。今日は肉じゃがに焼き鮭《ざけ》だ。特に伊豆を意識した食材というわけでもない。

一通り食べてはみたもののどれも味は芳《かんば》しくなく、衛は、食堂で昼食を摂《と》る際はいくらかマシな山菜そば一択にしようと心に誓った。

山菜そばを盆に取ってテーブルに着く。塔子はカレー、神里は衛と同じく山菜そばを持ってきた。往々にしてこの食堂を利用する者は、ずっとカレー派とずっと山菜そば派に分かれる。

「いただきます」と塔子が言って、スプーンでカレーをすくう。頬張ると、あっという間にそれを飲み込む。一口水を流しこむと、こちらに目を向けた。

「慣れてきた？」

コシが全く感じられないそばを咀嚼《そしゃく》した衛は、首を横に振った。

「まだやっと一周したばかりなので」

ようやく業務の流れを把握しつつある。

1日は朝のカンファレンスで始まる。

毎朝、8時前にナースステーションに皆が集まる。朝礼というような格式ばったものではなく、塔子か田川がリーダーとなって、会話の延長線上のようにカンファレンスが始まる。前日の当直が夜の出来事を報告し、病棟の状況や外来出番表や手術予定などを確認してゆく。

話し合いはおおむね和気藹々《あいあい》としたものであるが、緊急帝王切開がこの場で即決されることもたびたびあり、雰囲気のわりにはシビアな内容も多い。

三枝は、ちょうど当日の業務方針が決まった頃に病棟にやってくる。彼が現れると、病棟中の空気が引き締まる。それほどの威厳があるのだ。

三枝の仕草はやはり機械的だ。

「なにかあるか?」と塔子に顔だけ向けて、声をかける。塔子が外の病院に当直に出向いているときは、田川がその相手となる。

簡潔に状況が伝えられ、異議がなければ、カラクリ人形のように首から上だけをカクンと落として許容の意を示す。

そして、去り際《ぎわ》には必ず神里と衛に顔を向ける。

「俺、教授の朝の挨拶《あいさつ》に、いまだに慣れないです」

思わずぼやくと、塔子が笑みを浮かべた。テーブルから身を乗り出して、衛たちを睨《にら》むような仕草を見せる。

「ちゃんとやってるか、ひよっこ1号、2号ってやつ?」

口真似《くちまね》をするものの、威圧感が伴っていない。

三枝の視線は刃物のように鋭く、わずかに上がった口角が恐怖に拍車をかける。法廷で検事に追い詰められた犯人のような錯覚におちいる。

「なにを怒られるんだろうって、毎朝冷や冷やします」

塔子が声を上げて笑う。

「あれは教授なりの愛情表現よ」

だとしたらずいぶん歪《ゆが》んでいる。そういえば、初回の帝王切開で糸を切った際に言われた『縫った奴《やつ》が悪いのか、結んだ奴が悪いのか、どっちだ？』というのは教授の鉄板ジョークらしいが、正直、恐怖しか感じなかった。

しばし箸《はし》を止めていると、隣の神里が明るく声をかけてくれた。

「衛さんが怒られるときは、僕も一緒に怒られますから大丈夫です。ひよっこ同士頑張りましょう！」

よくわからない励ましを受ける。出てきたのはため息だけだった。

「ひよっこね……」

そう、衛は初回に三枝と帝王切開に入り、その技術の拙《つたな》さを初見で見抜かれて、『ひよっこ』の烙印《らくいん》を押された。しかも、よりによって、〝2号〟だ。

落ち込んだ様子を見た塔子が、慌てて会話に入ってきた。

「まあまあ、ひよっこってことは上がり目しかないってことだから、頑張りなよ」

わかりやす過ぎるほど安っぽいフォローだ。ひよっこ1号、もとい、神里が口を開く。

「そうですよ。本当に嫌われたら、ひよっこどころか、存在すら認識されなくなりますから」

具体的な物言いから、直近で起きたことなのだろうと理解する。

「佐伯先生は、まさにそんな感じだったってこと?」

二人揃《そろ》って頷いた。前任の佐伯は相当嫌われていたらしい。当時の雰囲気を想像してゾッとする。

はたと気づく。

「ひよっこからだって、下《さが》り目があるんじゃないですか」

塔子がペロリと舌を出した。

「本当だ。でも、この1週間の北条の働きぶりを見てたら、下がることはなさそうだよ。ちゃんと仕事してるじゃん」

「仕事って言っても……」

ひよっこたちに任されているのは、主に病棟係だ。

朝のミーティングが終わると、上級医はそれぞれの仕事に散る。外来診療や、手術である。

総合周産期センターとはいえども、母体搬送を受けるだけが仕事ではない。ここは大学病院だ。外来診療も行っているし、婦人科の治療にも対応している。人員が少ないのにもかかわらず、日常診療も回すのは大変なことなのだ。

神里は産科外来を2枠、衛は婦人科外来を2枠担当しているが、それ以外の時間は、病棟に残されることになる。いわゆる雑務担当である。

雑務といってもその量は膨大だ。

産婦人科病棟の病床は35あるが、常に8割以上が埋まっている。その患者の採血データのチェックから、手術前の点滴挿入、回診、他の医者の指示に不備があった際の修正に至るまで、仕事は多岐にわたる。

その間に、病棟で対応できるような小手術や検査も行う。流産手術や中絶手術、羊水検査などだ。雑務の合間を縫ってそれらの準備を完了させ、上級医を呼び出して完遂する。

大量の仕事に追われていると、あっという間に1日が終わるのだ。

「衛さんが来てくれて、本当に助かりましたよ」

神里がしみじみと言う。聞くところによると、佐伯が本院に逃げかえってからの約半月間、ほぼ一人で病棟係をこなしていたらしい。どうりで、はじめて会った時には、げっそりとしていたはずだ。……今でも十分げっそりとしているが。

ともあれ、働き者のこの男には尊敬しかない。伊豆中で働いた実働期間の話だけではなく、彼こそ『1号』の冠が相応《ふさわ》しい。

と考えたところで、小さく首を横に振った。

違う。自分は、『ひよっこ』に甘んじていてよい立場ではないのだ。本来だったら、腹腔鏡手術の術者として経験を積まなくてはならない学年だ。

器に溜《た》まっている黒い汁に目を落としながら、衛は本院にいた頃のことを思い出した。

天渓大学産婦人科のラパロチームには、全国でも婦人科の腹腔鏡手術を先駆けて始めた歴史がある。常にこの分野を牽引してきたことから、将来、腹腔鏡分野で生きていきたいという医師が、全国から数多《あまた》集まってくるような場所なのだ。

若手育成に力を入れており、他院では類を見ないほど、厳密なカリキュラムを打ち立てたことでも知られている。

術者になれるまでには、途方もない症例数をこなさなければならない。手術器具に全く触れられず、準備や手術前後の管理だけを行う丁稚《でっち》の如き役割を50症例。その後、腹腔鏡カメラを持って術野を映すだけのカメラ持ちを１００症例、さらに助手である前立ちを１００症例経験して、はじめてその資格が得られる。

はっきりいって、症例の奪い合いだった。

産婦人科医になって５年間。衛はこつこつと症例を積み重ねてきた。文句を言わずに下っ端《したっぱ》仕事をこなし、腹腔鏡手術があると聞けば必ず手術室に顔を出した。当直の担い手がいなければ、１例でも腹腔鏡の手術が増えればと思い、積極的にその穴を埋めた。

その熱意を上級医から認められた結果、昨年、同期たちよりも少しだけ早く術者になることができた。

そこにきて、今回の異動である。

この病院にいる間は、キャリアの停滞については考えまいと思ったものの、これまでの努力の日々を忘れることなどできようはずもなかった。

焦《あせ》りが心を蝕《むしば》んでいく。

くたくたになってベッドについても、何度も目が覚めてしまう。今頃同期は、腹腔鏡手術をやっているかもしれない。自分が休日を差し出してまでもぎとった１例の差が、あっさりと埋められているかもしれない。

「ちょっと北条。大丈夫？」

塔子の声に我に返る。顔を上げると、カレーはすっかり姿を消していた。

「これから、たがっさんとオペでしょ？　早く食べちゃいなさいよ」

その言葉で思い出した。午後は、田川との手術をあてられていた。子宮筋腫《きんしゅ》に対する腹式単純子宮全摘術。この1週間、分娩と帝王切開ばかりに入っていたため、久しぶりの婦人科手術となる。

気持ちを切り替えねばならない。もやもやした気持ちを抱えていては、足をすくわれる。焦りをふり払うようにそばの汁を飲み干した。関東風の汁は、色のわりに味がぼやけている。

「頑張って早く終わらせてね。今日こそ5時にカンファレンスをやろうよ」

塔子が明るく言った。

1日の業務は、朝と同じく緩いカンファレンスで締められる。夕《ゆう》カンファレンスは5時からとされているが、未《いま》だ定時に始まったためしがないし、全員揃ったこともない。

「そうですね。でも、術者は田川先生ですけど」

「術者と助手が息を合わせた方が、早く終わるものよ」

といっても、田川と手術に入るのは初めてだ。

「田川先生との手術って、どんな感じなんですか？」

「優しいですよ」

神里が即答する。しかし、訊《き》きたいのはそういうことではなくて、手術のやり方や、術者として嫌う行動などだ。

手術は繊細なものだ。術者ごとに、決まった様式や、リズムというものがあり、そこから外れた行動をとると、機嫌を損ねる医師も少なくないのだ。

衛の意図を察したのか、塔子が微笑みかけてきた。

「たがっさんとの手術は、面白いよ」

「面白いって……なにがですか」

「それは入ったらわかる。ほら、食べ終わったら、さっさと病棟に戻ろう」

塔子に急《せ》かされ、衛たちは食堂を後にした。


午後3時10分、患者に全身麻酔がかけられようとしている。痩《や》せた体躯《たいく》の下腹部には、まるで中期の妊婦のような小さな膨らみが見えた。

患者は加藤恭子《かとうきょうこ》、42歳、2経産婦。術前のＭＲＩ検査の画像を見ると、子宮の前に

10センチ、後ろに7センチ、いずれも子宮よりも大きな筋肉の塊を認めた。子宮筋腫は子宮の筋層から発生する腫瘤《しゅりゅう》で、良性ではあるものの過多月経や月経困難症の原因となり、さらに膀胱《ぼうこう》や腸を圧迫して様々な症状を引き起こす。薬物での治療は困難で、手術で摘出するか、症状に留意しながら閉経まで経過を見続けるしかない。

「麻酔、かかりました」

その声と同時に、田川が手術室へとやってきた。

スキンヘッドに手術帽が載っている。使い捨ての不織布キャップではなく、洗って再利用できる緑の布製のものだ。オールドスタイルで、更衣室に手術帽はいくつか用意されているものの、使用する医師は極めて少ない。ずんぐりした体軀の印象も手伝い、これからお経をあげる坊主《ぼうず》のように見える。

麻酔がかかった加藤の腹を消毒し、下腹部以外をドレープで囲んで手術準備を整えると、田川が厳かに宣言した。

「加藤恭子さんの、腹式単純子宮全摘術を開始します」

やはり、はじめて顔を合わせる術者との手術は緊張する。

田川はどんな手術をするのだろう。

初日には三枝との帝王切開術、そしてこの1週間で塔子と明日香の帝王切開術にも入った。みな異様に手が速い。それがきっと、伊豆中の手術スタイルなのだ。田川がメスを持つと、臍《へそ》の2横指下から縦に皮膚切開を入れた。その切り口は浅く、切ったのは真皮までだ。

メスを置く。

「電気メス」

開いた右手に、器械出しの看護師から電気メスが手渡される。しばらくぶりに目にした器械に、一瞬手が止まる。

「北条、皮膚を持ち上げて」

「すみません」

田川が摘《つま》み上げた皮膚に合わせるように鑷子《せっし》で皮膚を持ち上げると、その中心に電気メスの先端があてがわれた。通電を開始すると電子音が鳴り響き、脂肪が焼ける匂《にお》いが立ち上る。久しぶりの感覚に懐《なつ》かしさすら覚えた。

電気メスが腹の正中を下りていく。脂肪層に小さな出血を見つけては、丁寧に凝固止血をしていく。

その様子に、衛は思わず見入ってしまった。

「どうしたの？」

あまりに術野を凝視していたためだろう。田川から声がかかった。

「いや……、本院の手術みたいだなって思いまして」

「同じ大学でやる手術なんだから、似るのも当たり前だろう」

「そうなんですけど、塔子さんたちの手術は教授とそっくりだったので、てっきりここではそうしないといけないのかなって思っていたんですけど」

衛の言葉に、田川が電気メスを静かに置いて笑った。

「ここはそんなに融通が利《き》かない場所でもないよ。一人前と認めれば、教授はその医者のやり方を尊重してくれる」

一人前という言葉が、ちくりと心を刺す。

「ひよっこの俺は、ここのやり方を踏襲した方がいいですね」

「それが無難かつ堅実だ」

再び田川が手を動かしはじめる。丁寧だが決して遅いわけではない。三枝の手術が異次元に速すぎるだけなのだ。

5分ほどで腹膜が開いた。

「開創器の中サイズ、ください」

創部を左右に広げるための器械をかけると、赤々とした大きな子宮筋腫が姿を見せた。前壁《ぜんぺき》の子宮筋腫は直径10センチ、満期の児頭と同じくらいの大きさだ。

「まずは子宮を出そうか」

前壁の筋腫を滑らないようにガーゼで包んで丁寧に引き出すと、後ろから子宮が付いてきた。手術前から3ヶ月間、月経を止める薬剤を使っていたので、子宮の全長は7センチほどに縮んでいる。前後を筋腫で挟まれているが、後ろの腫瘤《しゅりゅう》の全容はまだ見えない。

可動性が乏しいためだ。

子宮の本体は逆三角形で、両側に卵管と卵巣がでんでん太鼓のように付いているT字型の臓器だ。その両側から複数の靭帯《じんたい》と血管が繋《つな》がっていて、腹腔内に半固定されている。

頭側から靭帯を処理していく過程で子宮は可動性を増し、やがて後ろの筋腫も腹腔外に出てきて全容が見えてくるはずだ。

「大きいな。よくこんなになるまで我慢したものだ」

「これだけ大きい筋腫があったら、月経量はかなり多そうですね」

田川が頷いた。

「実際、加藤さんは貧血で何度も倒れているよ。それに痩せている人だから、自分で腹を触れば筋腫が触れただろう。年々大きくなっていく筋腫に不安も覚えたはずだ」

「なんでもっと早くに手術をしなかったんですかね？」

そんな言葉が口から漏れ出た。

子宮筋腫については、この患者のように手術時期を逸し、かなり大きくなってしまってから開腹手術をせざるを得ないケースを、多々見てきた。

良性疾患であるが故《ゆえ》に本人の手術決断が困難であることに加えて、子宮そのものが女性ホルモンを産生《さんせい》しているのだとする世間の誤解もその傾向を助長している。

実際には子宮は組織学的には単なる筋肉の塊で、女性ホルモンの産生を担っているのは卵巣だ。極論を言ってしまえば、出産を経たあとは子宮は閉経まで毎月無用な出血をきたすだけの、体にとって必要のない臓器とさえ言える。

「そんなに筋腫を睨みつけててもしょうがないだろう」

諭すように言われた。

「すみません。色々考えていたら、つい」

「もっと早く手術を決断していたら腹腔鏡で手術できたのに、とかか？」

「図星です」

「北条は腹腔鏡が専門だしね。そう考えるのも無理はないか」

「だって、腹腔鏡なら5ミリから1センチの穴を三つ四つ開けるだけですむんですよ。そもそも手術によって利益を得るのは閉経までの期間ですので、早く手術を受けた方が合理的だと思うんですけど」

田川が、開創器から飛び出た子宮筋腫に視線を落とす。二人の視線が筋腫の上で交わった。

「女性にとって子宮というのは、子を宿し育てる以上の意味があるということだ」

「どういうことですか？」

「生物学的に男性である我々が話し合ってみたところで、真に理解することはできないだろうな」

「それはそうですけど」

「長年、産婦人科医をやっていると実感するけど、女性にとって子宮は単なる臓器を超えた価値を持っている。アイデンティティと言ってもいい。だからこそ摘出の判断は簡単にできるものではないんだよ。なんでも合理的に物事を割り切れたとしたら、人間というのはここまで悩みや苦労は抱えないものだ」

田川の言葉には深みがある。哲学の講義を受けているかのようだ。

「とにかく、我々には子宮を取る決断に至るまでの心情は、真に理解しようもない。

だからこそ、なるべく共感して尊重するしかない」

「共感と尊重……ですか」

わかるような、わからないような。田川の言葉はまさに哲学的だ。

返す言葉を探していると、田川が最初に処理する円靱帯《えんじんたい》をペアンで把持《はじ》した。刃のないハサミのような器械の先端で靱帯が挟まれ、引き上げられる。

「手を動かそう。あまり遅くなると、塔子さんに怒られるからな。円靱帯を処理するぞ」

「わかりました」

二つのペアンで狭鉗された靱帯を、電気メスで切断する。靱帯の中には細い血管が通っており、そこにも凝固止血を施した。

「2－0バイクリル、針糸で」

ペアンの端に針をかけ、衛が糸を縛り上げる。その糸を受け取った田川が、糸を牽引しながら子宮の前側の腹膜を展開していく。

その手の進め方に強引さはない。

「手順は本院と同じだよ。卵巣固有靱帯から、子宮動脈、それから仙骨《せんこつ》子宮靱帯、最後に基《き》靱帯を処理して、膣壁から子宮を切断して摘出終了だ」

子宮を支える靱帯を上から順に処理していく、オーソドックスな術式だ。

「了解です」

その後は説明したとおりに手術が進んだ。特に出血させることもなく、トラブルもなく、当たり前のように手順を踏んでいく。

その手術は、一言で表現すれば丁寧だった。

ずんぐりとした身体《からだ》からは想像できないほど田川の手は優しく、滑らかだ。重要な血管を一つ一つ露出させ、結紮《けっさつ》や凝固切開を施していく。

靱帯や血管が処理されていくと共に、子宮と筋腫が徐々に色を失い、白くなっていった。

やがて子宮は、膣と繋がっているだけの状況になった。あとは腹腔側から膣壁にメスを入れて、子宮頸部《けいぶ》の周囲をクーパーで切断すれば、子宮が綺麗《きれい》に取れる。

「丁寧に子宮を扱うんですね」

それが印象的だった。帝王切開の時の胎児に触れるかの如く、慎重に扱っている。

これから摘出する側の臓器にもかかわらず、だ。術者によっては、摘出する側の臓器を手荒に扱ったり、摘出臓器側の血管処理を面倒くさがり、ペアンで把持するだけにとどめるものもいる。

「手術っていうのは、術者の思想が映し出されるものだ」

「思想……ですか？」

「思想とは、人生そのものと言い換えることもできる。積み重ねてきた経験や、悩み、達成感、その全《すべ》てが非日常的な手術という行為に凝縮される」

やはり言葉が深い。一端は理解できるものの実感するまでには至らず、田川の言葉がフワフワと頭の中を漂った。

「これから北条も、色々な手術を見ることになるだろう。その中で徐々に自分をわかっていけばいい。それじゃあ子宮を取ろう」

先が尖《とが》ったメスを手渡された田川が、一つ息を吐いた。

神聖な儀式のように膣壁に刃が入れられた。そのメスは、子宮頸部と膣壁の境に的確に刺入《しにゅう》された。

クーパーに持ち替え、膣壁を切断していく。

「腹を閉じてしまえば、その中は誰も見ることができない。手術された者にとっては、誰がやっても結果は同じかもしれない。しかし、その腹の中には術者の人生そのものが詰まっている。だから、一つ一つの症例に対して真摯《しんし》に向き合うことが大切なんだ。苦悩の末に子宮と訣別《けつべつ》する決断を下した加藤さんに、敬意を以《もっ》て手術に臨む。それが私の医師としての矜持《きょうじ》だ」

最後の一太刀が入ると、ついに子宮が摘出された。衛の前に差し出される。巨大な筋腫を二つ抱えた小さな子宮だ。

「これが、42年間、加藤さんと共に人生を過ごしてきた子宮だ。二つの命を宿し、この世に送り出した。そしてそのふたりは今、手術室の外で彼女の手術が終わるのを心待ちにしている」

　そこまで考えていたのかと思う。これまで子宮摘出手術を何度も見てきたが、田川のような言葉を発する医師などいなかった。

「出血はないな。じゃあ腹を閉じよう」

意識を再び腹腔内に集中させる。すると、眼前に持針器《じしんき》が差し出された。

顔を上げると田川と目が合った。

「縫ってみるか？　北条の学年なら、閉腹くらいお手のものだろう」

開腹と閉腹の手技《しゅぎ》は、外科医の基本中の基本だ。研修医でも1例くらいは経験する。

しかし、持針器を受け取る手は、なかなか動かなかった。

田川の深い考えを目《ま》の当たりにしたばかりだからだ。自身は、田川の前で曝《さら》け出せるほどの哲学を有しているのだろうか？

持針器が突き出された。取れ、という意思表示だ。

「別に背伸びする必要はない。北条がどんな人間なのかを、私に見せてくれ」

「わかりました」

持針器を取って、加藤の腹腔内に視線を落とす。大きな子宮がなくなり、本来そこにあるべきだった小腸が収まっている。

閉腹とはいえ久しぶりの手術だ。心臓が高鳴る。

手術をしたいという欲求は、外科医の本能なのだ。しかし、はやる気持ちは先ほどの田川の言葉を思い出すことで落ち着いた。

敬意を以て手術に臨む。

衛は、小さく息を吐いて、薄い腹膜を鑷子《せっし》で摘んだ。

「腹膜は2－0の連続縫合で閉じます」

「わかった」

腹膜に針を入れる。手首を軸に持針器を回し、針の湾曲に逆らわずに運針する。薄い腹膜は一切の抵抗もなく、あっという間に縫合を終えることが出来た。

「次は筋膜だな」

田川の言葉に導かれるように、筋膜の縫合に移る。筋膜は腹膜とは違い、組織が硬い。面に対して垂直に針を入れないと、きちんと針が入っていかない。強引に運針できないこともないが、それでは筋膜の合わせがズレてしまう。

3針ほど筋膜を縫合したところで、田川が口を開いた。

「綺麗な縫合だ。さすが腹腔鏡の道に進んだだけある」

「はい。腹腔鏡では強引な運針ができないので、きちんとした角度で針を入れることを徹底されるんです」

腹腔鏡手術では、腹に開けた5ミリほどの穴から、二酸化炭素で膨らませた腹の中に、長さ30センチほどの細長い鉗子を挿入して操作を行う。菜箸《さいばし》で細かな作業をするようなものだ。だから力まかせな手技は通用しない。開腹手術の縫合とは難易度がまるで違うのだ。

「組織同士もきちんと合わせられているね。基礎技術はしっかりしている」

感心したような声に、心が高揚した。

「ありがとうございます」

「塔子さんが言ってた通り、縫合は大丈夫そうだ」

「え？」

塔子から閉腹を任された記憶はない。訝《いぶか》しんでいると、田川が言った。

「会陰縫合を見てただろう」

「そういえば……」

慣れない分娩に対応するとき、塔子が後ろに控えていた。

「でも、会陰縫合を見たのは、1、2回でしたよ」

それ以降は、分娩を終えれば姿を消していたはずだ。

「それだけ見れば充分だ。ここは少ない人数でチームを構成しないといけないからな。皆、そいつがどんな医者なのか、なにができるのか、常に目を光らせてる」

その言葉にぞくりとする。

「私たちが預かっているのは命だからな。どうしても評価は避けられない。その反面、認められさえすれば、自《おの》ずと道は開けてくる」

心が少し軽くなる。この施設でも腹腔鏡手術ができるチャンスはある。そんなことを言われている気がした。

「じゃあ、手術を終わらせよう。あとは皮膚の縫合だな」

「はい」

縫合を再開する。一針一針に心を込める。腹腔鏡手術の利点の一つに、傷が目立ちにくいということが挙げられる。開腹手術においてもその精神は同じはずだ。

時間はかかったものの、皮膚の縫合をきちんと終えた。創部を見た田川が、ゆっくりと頷いた。

「上出来だ。手術終了だな」

スタッフたちから、「ありがとうございました」の声が返ってくる。すると、このタイミングを見越したかのように、手術室の扉が開いた。

「お疲れさまです。術後の仕事は僕がやっておきますね」

神里だ。恐ろしいほどに気が利く。

「助かるよ。カンファレンスは？」

「この手術が終わったらすぐにやるみたいです」

壁掛け時計は、5時15分を指していた。

「今日も定時には終わらなかったか。でもまあ、上々だ」

もう少し早く閉腹を終えれば、定時にカンファを始められたかもしれない。そんなことを思っていると、神里が手術台までやってきた。

マスク越しからもわかるほど頬が緩んでいる。

「今夜は、まちかねた男会ですからね」

そう言って、さらに目を細める。

「なにそれ？」

衛の疑問に答えたのは、田川だった。

「説明はあとだ。まずはカンファレンスを終わらせよう」

先ほどまでの聖職者然とした表情はどこへやら。田川の頰もまた、緩んでいた。

夕《ゆう》カンファを終え、医局に向かう道すがら『男会』について説明された。今夜の当直は、塔子と明日香だ。つまり男衆は全員フリーということになる。

「これは月に1、2回しかない、貴重なチャンスだ」と、田川は言った。しかし、その顔は明らかに浮かれている。つい先ほど、女性と子宮について慈悲深く語っていた姿はそこにはない。

「そうですよ。夜はあっという間に終わっちゃいますから、早く行きましょう」と、神里。

スキップでもしそうな軽やかな足取りの二人に挟まれる。

「どこにいくんですか？」

田川が目を細めた。

「ついてからのお楽しみだ」

隣で、神里が何度も頷いている。

浮かれた男たち、単身赴任、寂れた温泉街、夜の楽しみ。

嫌な予感しかしない。古い歓楽街では女性が接待する店もあると聞く。

「俺、そういうところは、ちょっと」

逃げようとしたところを、両肩に手がかけられた。

「つれないことを言うな」

「これも男の団結を高めるためです」

1週間前と同じく、半ば連行されるような形で医局にたどり着く。すると、足を踏み入れた神里が声を上げた。

「衛さんの机に、なにか届いていますよ」

視線を追うと、大きな段ボールが置かれている。

机に歩み寄り、段ボールに貼《は》られた伝票に書かれた名前を見て、心臓が飛び跳ねた。

「折原《おりはら》……沙耶さん？」

後ろから覗《のぞ》き込んだ神里が、差出人の名前を読み上げる。

「ちょっと」、神里から伝票を隠そうとすると、隣にはすでに田川が立っている。

「可愛《かわい》らしい字じゃないか」

田川の顔に笑みが張り付いている。ついでに神里も笑顔だ。

「折原さんって、本院の集中治療室の看護師じゃなかったですか？　研修医のときにちらっと見たことがあります。綺麗な方ですよね」

この業界は本当に狭いのだ。だからこそ名前を知られたくなかった。

「彼女か？」

「いや、ええ……。まあ……」

「はっきりしない答えだな」

「その定義が当てはまるのかどうか、微妙な状況なんです」

1週間、連絡が取れていない。ここに来る前に送ったＬＩＮＥには、既読がついているのみだ。

おおむねの事情を察したのか、田川から肩をポンと叩《たた》かれる。

「相談したいことがあれば、いつでも聞くぞ。田舎には大した話題もないからな」

「……う」

「それにしても、彼女さんからの荷物にしてはでかいですね。これはなんですか？」

「ドライボックスだよ。腹腔鏡の練習用の」

異動を告げた夜に、伊豆中の医局に送っておいて欲しいと沙耶に頼んだ。しかしその後、言い合いに発展してしまった。将来のことについての意見が衝突したのだ。だから、ドライボックスについては諦《あきら》めていた。

それが今、目の前にある。

送ってくれたんだ。

感謝の気持ちと共に複雑な感情が胸に湧《わ》き起こる。これはどういう意図なのだろうか。衛に対する応援なのか、それとも訣別《けつべつ》のつもりか……。

飾り気のない段ボールを見つめていると、田川がひょいと段ボールを持ち上げた。

「ちょっと、田川先生」

「寮まで運ぶのを手伝ってやる。これを置いたら、さっさと外に繰り出そう」

沙耶の顔が脳裏に浮かぶ。こんな状況で男３人で楽しむ気分には、とてもなれない。

「やっぱり今日は……」

「こういうときは、一人でいてもいいことはない。とりあえず、一緒に来てから考えればいい」

「そうですよ。僕たちは、今日という日を心待ちにしていたんですよ。行きましょうよ、衛さん」

キラキラとした瞳《ひとみ》で言う神里を、無下にすることもできない。どうやら逃げることは出来なさそうだ。ついていくだけついていってから判断すればいいかと思い直す。

「わかりましたよ。でも、そういうところだったら、俺は帰りますからね」

一応釘《くぎ》を刺して、衛たちは医局を後にした。


そういうところは、医師寮から目と鼻の先にあった。

山を背にして建つ2階建ての木造建造物。松の木が両側に配置された入り口の軒庇《のきびさし》には、『弘陵《こうりょう》の湯』と書かれたオレンジの文字看板が設置されている。

「普通の温泉宿じゃないですか」

煌々《こうこう》と光が漏れる格子《こうし》扉の横には、『もらい湯1000円　岩盤浴セット2000円』、と書かれた看板が立っていた。いかがわしさは微塵《みじん》も感じられない。

田川がしてやったりといった表情で口角を上げた。

「勝手な勘違いをしたのは北条のほうだ」

「ぐ」

そう言われると、なにも反論できない。

「早く行きましょうよ」

長身の神里が、犬のようにはしゃいで先導する。その後ろを、そそくさとついていった。

入口の先には、赤絨毯《じゅうたん》が敷かれた廊下と、左手にロビー窓口が配置されている。右手には石造りの階段が伸びており、古き良き温泉旅館といった面構《つら》えだ。

田川が窓口にもらい湯だと告げると、大小二つのタオルを手渡される。階段脇《わき》の廊下の先に、大きな館内図があった。その脇に立って田川が説明してくれる。

「ここは、源泉掛け流しの温泉に岩盤浴、サウナに食事処《どころ》、それに中庭の先には宿泊施設もある。医師寮から歩いてたった3分の、なんでもござれの素晴らしい施設だ。その割にはあまり混んでない。穴場だぞ」

廊下を進んでいくと、右手に食事処が見えた。広い空間に座敷と4人掛けのテーブル席が20ほど並んでいる。券売機でチケットを購入するスタイルはスーパー銭湯の食事処そのもので、並ぶメニューも、ラーメンやカレー、それに酒のつまみばかりだ。

3分の1ほどの席が埋まっている。浴衣《ゆかた》を着たものもいるが、多くはTシャツやスウェットといったラフな格好で、風呂《ふろ》上がりに酒とつまみでだらだらと時間を潰《つぶ》している様子だ。

「この食事処は、観光客向けというよりは地元民の憩《いこ》いの場だ。観光客はこの時間、別棟の宿泊施設で部屋食を楽しんでいる」

館内表示に沿って奥へと進む。更衣室の暖簾《のれん》をくぐると、左手に洗面台、右手にスチールロッカーが並ぶ。20個ほどのロッカーのうち、鍵《かぎ》がかかっているのは三つだけだ。

「ほぼ貸し切りだ」と、嬉《うれ》しそうな声で呟《つぶや》いた田川が、あっという間に服を脱いで、浴場の扉へ向かった。神里が続く。腹回りにしっかりと肉がついたずんぐりした体軀と、肋骨《ろっこつ》が浮き出た痩身《そうしん》のコントラストが凄《すご》い。

「衛さん。はやく行きましょう」

神里に急かされ、衛も服を脱いだ。

曇りガラスの戸を開くと、湯気が立ち込めていた。やがて視界が開けた。床には正方形に加工された黒の床石が敷き詰められている。壁の下半分は床と同じ石素材で、中間に施工された木の腰見切りを境に、木板に変わる。縦方向に隙間《すきま》なく貼られた木材は、それほど広くない浴場に開放感を与えていた。

左手には内湯がある。石張りの大きな浴槽には、掛け流しの湯が注がれている。年配の先客が2名。静かに湯に浸《つ》かっていた。

「体を洗ったら露天に行こう」

右手の洗い場に3人並んで、体を洗う。

一番に終えた田川が、露天風呂へ続くガラス戸をガラッと開けた。

「お、誰もいないぞ」

ずんぐりとした背中の先に、ゴツゴツとした岩が露出した山肌が見える。左右は竹垣で囲われている。山肌に建つ地形を生かした半露天風呂のような作りだ。

中央に、長径5メートルほどの白い石造りの風呂が設置されている。風呂の周囲には、灯籠《とうろう》や背の低い松、それに和風の三角照明が配置されており、趣のある竹垣も手伝い、この空間そのものがさながら日本庭園のように作り込まれている。

田川が風呂に浸かる。湯に押し出されるかのように、腹の底から恍惚《こうこつ》の声が漏れ出た。

「景色が開けた露天風呂もいいが、こういうのも趣があるだろう」

頷《うなず》いてから、衛も湯に足を踏み入れた。無味無臭の透明の湯に包み込まれる。体温よりも少しだけ高い温度が心地よい。そのまま肩まで浸かる。クセのない泉質はしっとりとしていて、すぐに体が温まってきた。

3人で露天風呂の隅をおのおの独占する。それでも、悠々と足を伸ばせるほど浴槽は広かった。

「贅沢《ぜいたく》だろう」

「本当ですね」

少し前まで手術室にいたことが、信じられない。

「伊豆長岡温泉は、古くから知られている名湯なんだ。この辺りには、もらい湯ができる施設が10ヶ所近くある」

「男性陣だけで温泉を巡るのが男会なんです。富士山が見える天空風呂とか、巨大なひのき風呂とか、亀の形の風呂とか、色んな風呂があって楽しいんですよ」

「そうなんだ。ここに来た時に駅から病院まで歩いたけど、旅館が一つしかなかったから、本当に温泉街なのかって疑問だったんだ。確かに温泉が湧いてるんだね」

「旅館が集まっているのは、駅と反対側なんです。まあ、いわゆる温泉街ってほどの街並みじゃないんですけど」

「そこがいいんだよ。日常の中にひっそりと温泉があるのが、最高の贅沢なんだ」

スキンヘッドにタオルをのせた田川がしみじみと言う。たしかにガヤガヤした観光地よりは、こちらの方が落ち着くだろう。

「ここの泉質はアルカリ性単純泉で、質もいい。別名、美肌の湯なんて言われているんだ」

「そうなんですね」

腕に湯をかけ流してみる。しっとりとしてきめ細かい湯は全身の毛穴に浸透してゆくようだ。心なしか、肌つやもよくなってきた気がする。

「こんな風呂に毎日入れたら、最高ですね」

東京にいた頃はヘトヘトに疲れ、人通りが多い中を自転車で自宅まで帰って、ベッドに倒れ込む毎日を過ごしていた。朝起きてからシャワーを急いで浴びることも多かった。

それと比べると、まさに雲泥《うんでい》の差だ。

「塔子さんは、こんな贅沢を毎日味わっているぞ」

「え？」

答えたのは神里だ。

「塔子さんは、市役所の近くの温泉付きリゾートマンションに住んでるんですよ」

「リゾートマンション！　そんな豪華なところに住んでるんですか？」

田川が人差し指を伸ばした。

「豪華といっても、２ＬＤＫで１０００万ぽっきりで購入したって言ってたぞ」

「１０００万でマンションが買えるんですか？」

「びっくりするよな。私なんて東京と千葉の県境の葛西《かさい》にマンションを持ってるんだが、同じ間取りで7000万だ。ローンもまだ、半分以上残ってる」

「山手線内で買ったら億ションですよね。こないだ会った先輩が港区にマンションを買ったんですけど、ローンの残額を嘆いてました」

田川が何度も頷く。

「東京がおかしいのか、こちらがおかしいのか、それとも両方なのかはわからないが、残酷なまでの経済格差だ」

頭の中で電卓を叩く。1000万で10年住んだとしたら、月額たったの8万円。1年で東京に戻れるという言葉を信じて借りたままにしている文京区の1DKは、月14万円だ。

「管理修繕費と温泉管理料で毎月4万円かかるらしいが、それでも十分割安だ。5年くらい異動がないならば、マンション購入も現実的な選択肢だよな。いらなくなったら売ればいいんだし」

「塔子さんは、いつからそこに住んでらっしゃるんですか?」

「伊豆にきて少ししてから買ったって言ってましたよね」

「塔子さんはこっちにきて10年以上だから、もう十分元はとってるだろうな」

「10年以上……。そんなに異動がない医局員っているんですか?」

大学病院の異動は激しい。長くても3年で異動辞令が出るのが普通だ。

「長期にわたって異動がないのは、役職付きの人くらいだよな。でも塔子さんは、部長という肩書きはあるものの、博士号《はくし》を持っていないから助教ではない。だから身分的には北条たちとあまり変わらない」

天渓大学では、医学博士にならないと一定の職以上には就けないというルールがある。

「だったら異動の話は出てるはずですよ。そうなると、自分から異動の話を蹴《け》ってるってことですかね？」

伊豆中に居続ける塔子は医局でも特異な存在だ。

「塔子さんがここにこだわる理由ってなんなのですか？」

なにか事情があると考えざるを得ない。

しばし田川が考え込んだ。

「結婚が理由とか？」と、衛が尋ねると、田川が首を振った。

「外科のドクターと結婚していたらしいが、すでにバツがついてる」

「ええ！」

「驚くことはないだろう。医者夫婦の離婚率は50％を超えるなんて話もあるくらいだし」

「そうですよ。僕も離婚してますし」

「はい？」

神里の告白に、素《す》っ頓狂《とんきょう》な声が出てしまった。

「ここへの異動前に離婚したんです。養育費も払ってます」

衝撃の告白に、耳を疑う。

「ちょっと……、神里さん？」つい、敬称がついてしまう。

「弁護士立てられて、凄《すさ》まじい額を要求されたらしいな」

「そうなんですよ。僕、不貞行為とかしてないのに。うちの弁護士もおかしいって言ってたんですけど。でも子供に会うためなので、条件を吞《の》んで頑張って払ってます」

飄々《ひょうひょう》とした表情で話す神里を見て、開いた口が塞《ふさ》がらない。

「大病院の御曹司《おんぞうし》も大変だ。とにかく、塔子さんが伊豆中にこだわる理由は知らんが、事情があるんだろう。まあ、人間関係を構築する上で、必ずしもその人の全てを知る必要はないよ」

これ以上詮索《せんさく》をすべきではない。田川はそう言っているのだ。だが、今は医局事情を訊くせっかくの機会だ。

「別件でもう一つだけいいですか?」

「なにを訊きたい?」

「明日香さんはどういう経緯でこっちにきたんですか? たしか天渓大卒じゃないですよね?」

しかし、田川が首を振った。

「明日香の経歴は謎《なぞ》に包まれてる。ここの周産期をやりたいと、流浪人のように他大学からやってきて、いつの間にか下水流先生と付き合って結婚した。北条も、こないだの新生児カンファレンスで、下水流先生を見ただろう?」

週に一度行われる、産婦人科と新生児科の合同カンファレンスだ。カンファレンスといっても、新生児科の医局のソファーにぎゅうぎゅう詰めになって、入院や外来で診ているリスクの高い妊婦や胎児の情報を共有するものだ。

下水流圭一は、新生児科部長にして明日香の夫だ。ついでに塔子の大学時代の同級生でもあるらしい。身長190センチもある熊のような大男だった。太い眉《まゆ》を真っ直ぐ保ち、口数は少なく、表情の変化も乏しい。たまに発言するときの語り口は落ち着いていて、塔子よりも随分年上の雰囲気を醸《かも》し出している。

「下水流先生と明日香がくっつくなんて、誰も予想できなかった。……あの教授ですら、だ」

たしかに、あの寡黙《かもく》な下水流が毒舌キャラの明日香と一緒に暮らしている図など思い浮かばない。ついでに、40センチ以上ある身長差が非現実性に拍車をかけている。

田川が、口元に人差し指を立てた。

「あの二人については詮索しない方がいい。明日香の腕は確かだし、もしあの夫婦を突《つつ》いて喧嘩《けんか》でも起きれば、伊豆半島の周産期が機能不全に陥る」

あながちオーバーな発言とも言い切れない。産科の働き頭である明日香と新生児科のトップなのだ。その二人の雰囲気が悪くなった職場など、想像したくもない。

顎《あご》まで湯に浸かった神里がボヤいた。

「触らぬ神に祟《たた》りなしですよ。人が減って、また病棟に僕だけなんて地獄はもう勘弁です」

そのときは衛も地獄へ道づれだ。

「好奇心で首を突っ込むのはやめておきます」

田川が真顔になった。

「賢明だ。ときに北条。君はなんで腹腔鏡《ふくくうきょう》チームに入ったんだ？」

「はい？」

「こっちに来てから1週間見てきたが、君は周産期が好きで産婦人科の道を選んだわけではないだろう」

図星を突かれて、衛は反射的に両手を振った。

「いえ、そんなことは……」

「別に周産期に興味がないのは罪じゃない。産婦人科の扱う範囲は広いからな。今日の手術を見て確信したが、君は生命の誕生に魅せられたというよりは、純粋に手術が好きな類《たぐい》の人間に見える。いわゆる生粋《きっすい》の外科医だ」

田川に見抜かれている。一度手術を共にすれば、個人の背景はここまで炙《あぶ》り出されてしまうものなのだ。衛は湯の中で姿勢を正した。

「きっかけは豚ラパロです」

「本院の腹腔鏡チームがやっている手術研修会ですね」

「そう、それ」

腹腔鏡手術では、モニターに映し出される術野を見ながら手術操作を行う。その形式上、開腹手術とは異なり助手が手を出せる範囲が限定されるから、上級医が助手になって術者を指導したりフォローするのが難しい。必然的に、若手の技術向上の機会が少なくなる。

それを補塡《ほてん》する方法の一つが、動物を使った手術訓練だ。主に豚が検体に選ばれる。豚の子宮は人間の卵管と構造が似ているし、胆嚢《たんのう》摘出術は卵巣のう腫《しゅ》摘出術と酷似している。まさに人間の手術と同じような経験ができるわけだ。

豚を使った腹腔鏡手術だから、通称『豚ラパロ』。豚ラパロは、腹腔鏡手術器具の製造販売会社により、年に数回企画される。本格的な手術体験ができるこの企画は、若手医師や医学生に人気なのだ。

「研修医で産婦人科を回ったときに、たまたま豚ラパロがあったんです。それに誘われたのがきっかけで」

「それで腹腔鏡に魅せられたのか」

「はい」

いまでもそのときの感動を覚えている。

豚の口に挿管《そうかん》がされ、全身麻酔がかけられる。心拍モニターなどの機器もつけられ、まさに手術そのものの環境が整えられていた。二酸化炭素が充満された腹に四つの穴が開けられ、そこにトロッカーという筒状の器具が刺しこまれる。臍《へそ》のトロッカーには高解像度のカメラが挿入され、モニターに腹腔内の様子が鮮明に映し出される。術者として豚の腹の横に立ったときには、身震いした。

「手に持った鉗子《かんし》が豚の子宮に触れた感覚が伝わってきて。それに、自分の手の動きが、モニターに映し出されるのが面白かったんです」

高度な機械を扱う好奇心と興奮。しかし、手術の失敗は目の前の命に直結している。豚には体温があって、血液も流れている。肝臓方向にカメラを向ければ、どくどくと拍動する心臓が映るのである。

研修会の後にはこの豚の命がついえるとはわかっていたものの、出血させず、丁寧に操作することに細心の注意を払った。

現実と仮想の狭間《はざま》にぎりぎりのバランスで立っているかのような、独特の緊張感に魅了された。

「思っていたよりも上手《うま》く操作できたんです。子宮も摘出できたし、縫合もそれなりにできた。先生たちからも筋が良いって褒められて」

手が疼《うず》いてきた。毎日飽きるほど触れてきた腹腔鏡用の手術器具に1週間も触れていないことに、今更ながら気づく。

「いい動機じゃないか。確たる理由があってこの道に進んだ奴《やっ》は、間違いなく成長するよ」

「でも、ここにいる間は腹腔鏡手術ができないんですよ」

たった1週間で積み重ねてきた技術が失われてしまったのではないかと、焦燥感に駆られる。

「一見遠回りに思えても、道は開けるものだから心配するな」

「そうでしょうか」

一旦《いったん》生まれた不安は、徐々に大きくなった。

すると、神里が両手を大きく上げて伸びをした。

「いいじゃないですか。僕からしたら、衛さんみたいに自分でやりたいことを見つけて産婦人科に入った人が羨《うらや》ましいです」

「神里は違うの？」

「わからないです」

「わからない？」

神里が眉を下げた。

「僕は、産まれたときから産婦人科医になって病院の経営に携わることが決められていましたから。だから小学校の頃から勉強漬けで、寝ても覚めても、お前は立派な産婦人科医になれって言われ続けてきたんです」

大病院の一族ならではの悩みだろう。

「神里医院は、年間どれくらいのお産があるの？」

「２０００くらいです」

「にっ、にせんっ！」

大きな声が出てしまった。神里医院がそれほどの規模だとは思っていなかった。開業医の分娩施設は、年間５００件もあれば十分すぎるほど大きい。１０００件を超える施設は少ないし、ましてや２０００もの分娩を扱っている施設は、日本でも片手で数えられるほどしかない。

伊豆中ですら年間８００件なのだ。この１週間の忙しさを思い出してもなお、神里医院の多忙ぶりは想像できない。

「そんなところの跡取りなんだ。……すごいね」

月並みな言葉しか出てこなかった。

「跡取りといっても、うちは一族経営で、親戚《しんせき》筋がみんな産婦人科医になって会社みたいに病院運営をしているんです。僕は親戚たちの中では一番年下なので、病院に戻っても経営陣の下《した》っ端《ぱ》になるだけだと思います」

「はあ……。そうなんだ」

話のスケールが大きすぎて、呆《ほう》けたような返事しか出なかった。

かわりに口を開いたのは田川だ。

「神里医院ほどの分娩施設が地元から消えてしまうとしたら、その土地の大問題だ。大勢の女性たちが産む場所を失ってしまう。神里医院は、もはや彼らだけのものではなくて、地域の公共施設のようなものだ。だから、病院を継続させるのが神里たちに課せられた使命なんだよ」

「やりたいことを自分で見つけて挑戦できているだけで、意外と幸せなんですかね」

「まあ、僕は周産期が嫌いなわけじゃないですけどね。他に選択肢がなかっただけで」

「人生なんて考え方次第だよ。ちなみに、私の専門は婦人科がんだ。ここに私が望んだ世界があるわけではないが、ここで得る経験は無駄ではないと思っている」

婦人科がんがルーツなのだと聞くと、田川の手術の丁寧さに納得がゆく。婦人科がんの手術は、骨盤の深い血管や靱帯を処理しなければならないし、浸潤《しんじゅん》したがん細胞の周囲には脆《もろ》い血管も多い。

「しかし、この病院に集まった医者たちは本当に多種多様だな。寄せ集めの部隊が、伊豆半島の周産期を支えてるってことだ」

「ここは総合周産期センターなのに……」

伊豆半島の周産期医療の最後の砦《とりで》が寄せ集め部隊で支えられているなど、誰が想像するだろうか？

「ここみたいなところは沢山あるよ。むしろ、伊豆半島はまだ恵まれているかもしれない。日本の医療過疎《かそ》問題は深刻なんだ。しかしそれでも、専門性の高い医師の大多数が首都圏に集まっている」

「話には聞いていましたが、これほどとは思いませんでした」

「実際に働いてみて、はじめて実感できることもあるよ。寄せ集め部隊では、各々《おのおの》が貴重な戦力だ。だから、一人でもその意識に欠ける者や、極端に能力が低い者がいたら、部隊そのものが壊滅してしまう」

伊豆中に、軍隊のような規律が存在している理由の一端に触れた気がした。

黙り込んでいると、田川がゆっくりと立ち上がった。湯気をまとった湯が、ふくよかな腹から流れ落ちていく。

「のぼせてきたな。そろそろあがろうか」

神里が田川に続いて立ち上がった。

「これから、どうするんですか？」

田川の口角が上がる。

「部隊の結束を高めにゆこう。腹も減ったし、いい湯に浸かってそろそろ喉《のど》も渇いてきただろう」

そう言って、ジョッキを呷《あお》るような仕草を見せた。1週間前の仕事終わりのいおりでのビールが脳裏によぎり、途端に口渇《こうかつ》が激しくなった。

「いい店があるんだ。地域の周産期を支える者として、地元民と交流するのも大切な任務だしな」

「完全にこじつけの理由ですよね」

「人生の決断なんて、しばしばそういうものに後押しされるものさ。まあ、腹が減ったのはたしかだろう」

その言葉に呼応するように、腹が鳴った。

「行きます」

田川の、湯気が立ち上る背中を追って、衛たちは風呂を後にした。

案内されたのは、ポメラという名の店だった。弘陵の湯から、医師寮とは反対方向に5分ほど歩いた場所にある。

暗い夜道に、黒をベースに、黄色で『POMERA』と店名が記載された蛍光看板が浮かび上がる。近づくにつれて、落ち着いた茶褐色のタイル張りの外装が鮮明になっていく。入り口はアイボリーのタイルに色変えされていて、照明を優しく反射している。木製の玄関扉は、茶系のレンガ素材でグラデーション状に彩《いろど》られていた。

「お洒落《しゃれ》なお店ですね」

「温泉街には似つかわしくないだろう。でも、それがいい」

「ここはバーですか?」

「バーのようなイタリアンのような、曖昧《あいまい》な位置づけだ。ただ、どっちも専門でいけるくらいクオリティーが高いぞ。まあ、百聞は一見にしかずだ」

神里がスッと扉を開く。上背もあり端正な顔立ちの彼は、一流レストランのウェイターそのものだ。入浴により、さらに水分が抜けて顔が骨張っているのだけが少し惜しい。

中はそれほど広い作りではない。適度に配置された間接照明が、柔らかな光を与えている。耳を澄ませるとジャズピアノのメロディがかすかに聞こえてくる。

左側には六つのカウンター席がある。艶出《つやだ》しされたダークブラウンのカウンターテーブルには、アイボリーとベージュの2色織りのプレースマットが置かれている。ダウンライトがマットに注ぎ、さながらステージのようだ。

カウンター奥側のステンレスパネルの壁に、大小様々なフライパンが吊《つ》るされている。その下に二口のコンロがあるところを見ると、調理スペースのようだ。手前の壁はレンガ調になっていて、設置された3段の棚には世界中のさまざまな酒の空き瓶が並んでいる。こちらにも間接照明の光が当てられていて、瓶そのものがインテリアの役割を担《にな》っている。

左手には4人がけのテーブル席が二つ。奥側のテーブルに壮年カップルがいて、和やかにワインとデザートを愉《たの》しんでいた。

カウンター内にいたマスターが、田川に気づいた。

「こんばんは。田川先生」

人なつこい笑顔ときれいな会釈《えしゃく》で出迎えられる。見た目は若い、というよりも童顔で年齢不詳だ。20代後半に見受けられるが、顎下に切り揃《そろ》えられた少量の髭《ひげ》がなければ、もっと下にも見える。黒々とした頭髪のサイドは短く切り揃えられ、少しだけ伸びた前髪は立たせて緩く右に流している。清潔感のある白いコックシャツを身につけ、腰から下には黒いエプロンが伸びている。

「先生はよしてくれよ、病院を出れば、ただのおじさんなんだから」

田川がはにかんだ様子で言うと、マスターが再びにこやかに笑みを浮かべた。

「カウンター席へどうぞ。ちょうど夕食のお客さまたちが一段落したところなんです」

「作戦成功だ。あえてその時間を狙《ねら》ってきたんだから」

「ということは、今日も温泉帰りですか？」

気軽に話しているところを見ると、田川はこの店の常連のようだ。

「そのとおり。新しくこっちに来た後輩を連れてきたんだよ。彼は、北条っていうんだ」

紹介されたので、姿勢を正す。

マスターが丁寧に頭を下げた。

「はじめまして、北条先生。ポメラの店主の東条《とうじょう》と申します」

「いえそんな、先生だなんて」

たしかに、こんな場で先生と呼ばれるのはこそばゆい。なんといっても、病棟での立場は『ひよっこ2号』なのだ。

「さっさと座ろう。喉も渇いたし、腹と背中がくっつきそうだ」

田川を右奥にして、衛と神里の並びでカウンター席につく。

「そしたら東条くん。ビールと、適当につまみをもらえる？」

「かしこまりました。じゃあ、1杯目は風呂上がりに最適なやつをお出ししますね」

そう言って、中央がくびれた背の高いビアグラスを手にとった。冷蔵庫から取り出した瓶の栓《せん》を開け、衛たちの目の前でビールを注ぎ込む。水平に傾けたグラスに、白味がかった小麦色の液体が満たされていく。そのまま、慣れた手つきで立てていく。最後に、衛の目の前にそっとグラスを置いた。瓶を垂直にして、中身を全《すべ》て注ぎ終えると、まるで測ったかのように淵まで真っ白な泡が立ち上がった。美しい光景に、息を呑む。

田川と神里の前にもグラスを用意する。全てのビールが注がれると、東条が両手を開いた。

「お待たせしました。どうぞ」

3人同時にグラスを口に運んだ。炭酸の刺激と共に甘みが広がった。苦味はほとんど感じられず、わずかな酸味が舌を触る。ゴクリと飲み込むと、次のひと口を含めと本能が訴えてくる。四口、五口と喉を鳴らすと、あっという間に半分のビールが消えた。

グラスを置いて、一息つく。

「美味《おい》しい」

感嘆の声が漏れる。その表情を見て満足そうに頷いた東条が、空き瓶をグラスの横に置いてくれた。

ラベルには緑の麦がデザインされた輪が描かれている。その中が鮮やかな青に彩られており、中央に商品名が記されている。

「風の谷のビール？」

聞いたことがない商品だ。

「酪農王国オラッチェのクラフトビールです。今回はヴァイツェン、いわゆる白ビールを選びました。小麦の比率が高いので、苦味が少なくフルーティーなんです」

たしかに風呂上がりには最適の味わいだ。苦味がないからゴクゴクいける。

早くもグラスを空けそうな勢いの神里が口を開いた。

「オラッチェって、熱海の方にある牧場じゃないですか？」

骨張った顔にはすっかり水分が戻っていて、精悍《せいかん》な顔つきになっている。

「正確には、三島と熱海の真ん中の函南《かんなみ》ってところにある牧場です。乳製品や肉加工品だけでなくクラフトビールを作られてるんですけど、これが結構本格的なんですよね。味のバランスもいいんですけど、オーガニック製法を追求されていて、麦とホップと天然水だけで作られている。熱処理もフィルター処理もしないので、ビール酵母が生きたまま入ってるんですよ」

その説明に、田川が唸《うな》った。

「たしかに、生命力を感じさせるビールだな。干からびた体に、染《し》み渡っていくようだ」

「それは、風呂に入ったあとだからじゃ……」

「なんでもいいんだよ。新たな知識を得ながら飲む酒は、美味《うま》さが何倍にもなるものだ。実際、美味いしな」

「たしかにそうですね」

3人のグラスが、あっという間に空になった。

「つまみを作る前に、飲み物がなくなっちゃいましたね」

「もう少しビールを飲むか」

田川の目配せに、東条がすぐに反応する。

さっと片付けて、新たなグラスを置く。先ほどのグラスとは異なり、ワイングラスのような形だ。

「最近発売された面白いビールがありますので、ぜひ」

次に取り出したのは、通常のものよりもやや細長い形状の瓶だった。栓を抜いてグラスに注ぎ込む。澄んだ黄金色だ。グラスの奥が透けて見えそうな中に、きめ細かい泡が立っている。

東条が、半分ほど中身を注いだ瓶をグラスの隣に並べてくれた。細身のスタイリッシュな形の瓶に、美しいラベルが貼られている。

夜空に浮かぶ月の下に海面が広がり、月明かりがまるで一本の道のように海面を照らしている。月の下には、『MOON ROAD』と、くっきりした書体で印字されている。

「これもクラフトビールですか?」

尋ねると、東条が頷いた。

「東伊豆町観光協会が企画したゴールデンエールです。地元にある宇佐美ブルワリーと共同開発したビールで、東伊豆の海洋深層水を使っているのが売りなんです」

「クラフトビールにもいろいろあるんですね」

答えたのは田川だ。

「ブームだからな。伊豆半島は綺麗《きれい》な水が豊富だから、いいビールを作るには絶好の場所だ」

「どうぞ、飲んでみてください」

　東条に促されて、グラスに口をつける。

　先ほどのヴァイツェンに比べて、すっきりした印象だ。甘みは少ないがその分爽《さわ》やかで、意外と強めの苦味が口の中に広がる。苦味は一瞬で引いた。アルコール臭さや甘ったるさが全く残らず、口の中がリセットされたような感覚だ。

「全然違う味ですね」

「それぞれ個性があって面白いですよね。つまみができるまで、ゆっくり飲んでてください」

　その言葉に、一気にグラスを飲み干そうとした田川の手が止まる。3人でムーンロードを楽しんでいると、やがて厨房《ちゅうぼう》からパチパチと油が跳ねる音が聞こえてきた。

　暗めの照明に、小さく流れているジャズピアノ。油の音まで上品に思えてきて、心がすっと落ち着いた。

　油の音が止まった。しばらくすると、東条が白い角皿をカウンターに静かに置いた。

「どうぞ」

　薄い衣をまとった縦長の魚の切り身が立体的に盛り付けられている。手前には、塩とレモンが添えられていた。

「これは？」

「フリットです。イタリアの天ぷらみたいなものです」

衣の先にわずかに朱色が見える。この色には見覚えがあった。

「金目鯛《きんめだい》ですか？」

「ご名答です。塩を振って味を凝縮させた金目鯛を、皮ごとフリットしました」

およそ1週間ぶりの再会だ。先日食べた金目鯛の塩釜《しおがま》焼きが脳裏に蘇《よみがえ》り、唾液《だえき》が口内に溢《あふ》れ出た。

「さあ、食べよう」

三つのフォークが一斉に伸びる。

フリットをフォークで刺すと、サクッとした感覚が伝わってくる。少しだけ塩をつけて、口へと運ぶ。想像を遥《はる》かに超えるほど軽く歯が入る。その口当たりに驚愕《きょうがく》していると、金目鯛のふわりとした身が口の中でほどけていく。

綿のような食感は、塩釜焼きとはまた趣が違う。

田川が満足そうに声を上げる。

「揚げ物は人類の叡智《えいち》だ」

「美味いっすねえ。マジで美味いっす」

神里は、久しぶりに飯にありついた子供のように延々と咀嚼《そしゃく》している。しかし、彼の口からは、すでにフリットは消えているはずだ。それほどまでにこの料理は柔らかくて、軽い。

上品な脂《あぶら》の余韻だけが口腔《こうこう》内に残る。

「ビール、飲んでみてください」

東条にうながされてグラスに口をつける。爽やかな苦味が、フリットのわずかな油っぽさを根こそぎ流してくれた。

味覚がリセットされる。口の中に留《とど》まっていた金目鯛の旨味《うまみ》が幻だったかのようだ。目の前に残ったフリットを脳が欲している。また、あの感動を味わいたい。

衛は、無言のままフリットに手を伸ばした。

田川と神里も、競うように二つめを口に放り込んだ。

「どうですか、ムーンロードの絶妙な苦味は。魚介とベストマッチでしょう」

咀嚼しながら、東条の言葉に頷く。

「これ、無限に食べられちゃいそうです」

「せっかくいらしてくださったのですから、他にも召し上がっていってください。そろそろ、次の料理が焼き上がりますから」

背を向けた東条が、厨房の下に設置されたオーブンの蓋《ふた》を開けた。直径20センチほどの丸い生地が見える。ピザだ。丸型の木製プレートに、焼き上がったピザを滑り載せた。キッチンの作業台で手早く切り分けると、3人に見えるように木製プレートを傾けてくれた。

「釜揚げしらすと枝豆のピザです」

なんとも美しい見栄《みば》えだった。真っ白な生地には、ところどころ焦《こ》げ目がついている。薄く伸ばしたトマトソースの上に、枝豆とチーズ、そして大量のしらすが散らされていた。白、赤、緑の3色が、色鮮やかに配されている。

プレートが置かれた瞬間に、ピザを摑《つか》んだ。

出来立ての生地はまだ熱い。生地を持ち上げると伸びたチーズが遅れてついてくる。ふわりとした小麦が香り、トマト、チーズ、それにしらすの潮の芳醇《ほうじゅん》な香りが次々に鼻腔に押し寄せてきた。匂《にお》いだけで美味さを確信する。

「いただきます」

かぶりつくと、トマトの酸味が舌を刺激した。直後に海の香りが口一杯に広がった。嚙《か》んでゆくと、今度は枝豆のプリプリとした食感に心が躍る。奥歯ですり潰《つぶ》された枝豆は、生命力を感じさせる緑の風味を延々と味わわせてくれる。様々な風味が口の中で踊る。それを濃厚なチーズが包み込んで、調和させている。

バランスが素晴らしい。様々な食材が使われているにもかかわらず、どれも前に出過ぎず、それぞれの役割を担いつつも、見事に調和しているのだ。

「美味しいです。海も大地も、全てが詰まったような、こんなピザを食べたのは、はじめてです」

「使っている食材は、全部伊豆のものなんですよ。駿河湾のしらすに、伊豆高原の枝豆とトマト。チーズは、先ほどのオラッチェのものを使っています」

「伊豆の食材に、徹底的にこだわっているんですね」

東条は、半円になったピザを慈《いつく》しむように見つめている。

「こだわっているというより、すっかり魅せられたんですよ」

「魅せられた？」

「私はこの土地に移住してきたんです。元々、高校を出てから、東京のホテルやレストランで修業してきたんです。いつか自分の店を持ちたいと思っていたのですが、たまたま旅行で訪れた伊豆で、豊富な食材に惚《ほ》れこんじゃいまして」

神里が反応する。

「魚も肉もなんでも美味いですもんね」

「びっくりしますよ。海よし、川よし、山よし。野菜もフルーツも美味しい。それどころか、ブランド和牛もあるし、酪農だってやってる。半島一つで全ての食材が揃う場所なんて、中々ないですよ」

嬉々《きき》として語る東条の表情は輝いている。それを見て、なぜか心がちくりと疼いた。

「東条くんがこの店を始めたのは、私がここにきたのと同じくらいだったよな？」

「はい、2年前です。田川先生には本当によくして頂いて、感謝しております」

「若いのに独立して立派にやっているというのは心底すごいと思うし、いい店を応援しない理由はない。今、いくつだっけ？」

「今年で32になります」

まさに同年齢だ。目の前にあるピザの完成度が、衛の心をえぐった。東条は自ら移住を決断し、店主として成功を収めている。対する自分は、ひよっこととして右往左往している。

「どうした、北条？」

声をかけられて我に返る。

「いえ、なんでも。本当に凄《すご》いと思います。こんな大きな決断をされるなんて」

東条の眉が下がった。

「もちろん、大分悩みましたよ。東京にいれば勤め先も多いですし、生活する上でも便利ですから……。移住するとなると、やっぱり不安は尽きませんでした」

たしかに東京にはなんでも揃っている。人が多い土地には飲食店だって山ほどある。東条の腕を以てすれば、料理人の仕事は簡単に見つかるはずだ。

それでも東条は、リスクを負って田舎で自分の腕一本でやっていこうと決めたのだ。わずか30歳の若さで、だ。

東条が姿勢を正した。

「最後の背中を押してくれたのは、先生たちだったんですよ」

東条は、真剣な眼差しで言った。かしこまった物言いに戸惑う。

「どういうことですか？」

「私には妻がいます。これから子供も生まれてくるだろうし、その子が病気になることだってあるでしょう。それを考えて、都会から離れるのを躊躇《ためら》っていました。妻が一番心配していたのもそれです。自分たちの夢のために、子供を犠牲にしてもいいのか、と」

アルコールで顔を赤らめた神里が、閃《ひらめ》いたように手を叩《たた》いた。

「それなら、伊豆中はどんな診療科でもありますね」

田川が続ける。

「だから伊豆半島でも内地側の、ここへの移住を決めたのか」

「そうです。ここなら妻も安心して出産できますし、子供が熱を出しても、すぐに診てもらえます。信頼できる大きな病院があったからこそ、私たちは移住を決断できたんです。ここで先生たちが必死に働いて下さっているからこそ、今の私がある。だから感謝してもしきれません」

深々と頭を下げられて、戸惑う。

「そんな。俺はまだ、なんにも……」

頭を上げた東条が微笑《ほほえ》む。

「頼りにしています。妻が妊娠したときには、どうか、よろしくお願いします」

「それはもちろんですけど……」

答えながら、この場にいることに決まり悪さを感じた。自分はまだ、東条に頼られるべきレベルに達していない。しかし、託されている願いは大きい。

黙り込んでいると、田川が口を開いた。

「なあ北条。伊豆半島で毎年何人の子供が産まれているか、知ってるか？」

少し考えて、首を振る。

「詳しい数字はわからないです。うちの病院が８００くらいの出産を取っているので、半島全体では2万人くらいでしょうか?」

「3000だ」

一瞬、桁《けた》を間違えているのかと思ったが、田川の真剣な表情を見れば、正しい数字なのだろう。

「たったそれだけなんですか?」と、神里が驚いた様子で言った。

神里医院は、一つの施設だけで毎年2000の分娩を扱っているのだ。それを考慮すると、3000という数字はあまりに少ない。

呆気《あっけ》にとられている衛を見て、田川が静かに語り始めた。

「地方の人口過疎化と少子高齢化。言葉では知っていても、その土地に住んでみないと、実感は難しい」

ムーンロードを一口飲んで、続ける。

「日本の出生は大都市に集中している。東京、神奈川、大阪、愛知、埼玉、千葉、福岡。日本全国の赤子の半数が、たった7つの都府県で産まれているんだ」

日本には47もの都道府県があるのだ。それなのに、これだけ狭い範囲に出生が集まっている。異常な歪《ゆが》みだ。

「意外と知らなかっただろう。人口分布だってそんなもんだ。だから、地方は税収を失い続け、増え続ける高齢者への対応に追われているのが現状だ。まさに負のスパイラルというわけだ」

神里も東条も、田川の言葉に聞き入っている。

「そして、我々が従事する医療というのは社会のインフラだ。だから、病床数は自治体ごとに細かく制定されている。ということは、人口が増える見込みのない場所には、今後、病院が増えることもない」

信じられないような話だった。

1週間働いただけで、何度思っただろうか。

もっと医者がいれば、もっと病院があれば、こんなに忙しくはならないのではないか。伊豆中は、一人でも医者が減れば現在の医療レベルを維持できない。そんな薄氷を踏むような医療提供は、本来であればリスクでしかない。

「たった3000しか出産のないこの土地に、新たな高度周産期専門施設が誕生する希望は限りなく薄い。しかし、それが地方の実情だ。だから私たちだけでなんとかするしかない」

だからこそ三枝は厳しいのだ。たった一つの施設で地域を支える覚悟を抱いて医療を行ってきた。それも、25年間もだ。

果たして自分は、そんな覚悟を持っていただろうか？

「でもな」と、田川が続けた。

「我々がこの土地で踏ん張っていれば、東条くんみたいな若者が増えてゆくかもしれない」

顔を上げると、にこやかに頷く東条の笑顔があった。

「移住する人が一人、また一人と増えていけば、地方は活気を取り戻すかもしれない。そうすれば、病院だって増えるかもしれない」

グラスを傾ける田川は、遠くを見つめるような目つきで語った。

「夢物語だと思うか？」

首を振る。

「東条さんのことを知ったばかりなので、あり得ないとは言い切れないです」

「そうだろう」と、田川が頷いた。

「であれば、我々はこの土地の未来を開くための一翼を担っていると考えることだってできる。ロマンだ」

その言葉に、熱い感情が込み上げてきた。

「意地が湧《わ》いてこないか？」

「……意地？」

「私たちは、大学医局の事情で飛ばされた人間だ。周産期専門でもない人間が肩寄せあって、総合周産期母子医療センターの仕事に携わっている。はっきりいって寄せ集め部隊だし、本院の奴らが、我々を時代遅れの治療をしている集団だと嘲笑《ちょうしょう》しているのも知っている」

田川の瞳《ひとみ》には強い光が宿っている。

「でも我々は、東京の奴らが知らない実情を知っているし、この土地の未来のため、なにができるのかを日夜考えることができる。東京からしか世界を見ることができない者には、決して養われない思考だ」

共感する。自分自身だってたった1週間前には、東京から1時間の土地の医療事情について全く知らなかったからだ。

神里が真っ赤な顔で同調した。

「僕もここの産科事情を知ることができてよかったですよ。神里医院の周辺だって、すでに過疎化が進んできてるって話を聞きますし」

「そうだろう。地方の現状は、郊外地の未来でもあるからな。その土地と向き合うからこそ、見えてくる課題がある。それに対して自分がどんな役割を担うのかを考えるのが、医者の本来あるべき姿だ」

心が騒ぐ。自分にはなにができるだろう。なにをやるべきだろう。いますぐにでも、その命題と向き合いたくなった。

「日本の医療は、すでに継続不能な状況になっている。どこに行っても探せば問題は出てくる。課題が表面化していない場所でも、近い将来に必ず表面化すると私は思う。だから、今のうちに広い視野を得ておくことは悪くないよ」

田川に肩を叩かれた。

「なあ、北条」

「……はい」

「君は、この寄せ集め部隊で、どんな役目をまっとうしたい？」

わからない。でも、自分が追い求める夢がこの土地の役に立てれば、それが最高だとは思う。部屋に置いてきたドライボックスが頭によぎった。手を動かせば、手術器具を触れれば、なにかが見えてくるかもしれない。

心に芽生えた想《おも》いは、あっという間に大きくなった。

田川がムーンロードのグラスを空けた。

「あの、田川先生」

「どうした？」

「お先に失礼してもいいですか？」

「激《たき》るものでもあったかい？」

「はい」

こちらを見る瞳の光が柔らかい。まるで、衛がそう言い出すことが、はじめからわかっていたかのようだった。

「いいよ。後の酒は神里に付き合ってもらうから。また今度、男会の続きをやろう」

その言葉に、衛は残ったムーンロードを一気に呷った。

「ありがとうございます」

席を立って、東条に向かって頭を下げる。

「ご馳走《ちそう》様でした。すごく美味しかったです。また来ます！」

同年代の東条から大きな刺激をもらった。ひよっこのままではダメなのだ。自分がこの土地で、自分らしくどう成長すべきかを、一刻も早く考えなければならない。

東条も、丁寧に頭を下げた。

「これからも、どうぞよろしくお願いします」

手を振る田川と神里を残し、衛は店を後にした。

静けさの中に、ほどよい湿度を持った風がそよいでいる。すぐにドライボックスに触れたい。衝動に後押しされるように足が前に出ていく。気づけば衛は、医師寮に向けて駆け出していた。

扉を開く。12畳の1Kの寮は、畳貼《たたみば》りの床に事務机とシングルベッドが置かれただけの殺風景な一室だ。

デスクの上に、大きな段ボールが置かれている。衛は一目散にそれに駆け寄った。段ボールを開けると、手紙が添えられていた。折原沙耶《さや》と書かれた筆跡からは、懐《なつ》かしさを感じる。

手紙をとって丁寧に封を切る。柴犬のイラストが描かれた便箋《びんせん》に目を落とす。

『がんばってください　沙耶』

たったそれだけの文面だった。

短い言葉の奥にある真意はなんだろう？

応援をしてくれているのか、それとも話し合いを希望しているのか、もしくは決別の意なのか……。

しばらくして考えるのをやめた。今は、他にやるべきことがある。

スマホを取ってLINEを開く。

『ドライボックス、無事に受け取りました。ありがとう』

それだけを返す。伊豆に来るときに既読がついたままだった履歴に、久しぶりに新たな文字が刻まれた。

スマホを置くと、改めて段ボールの中に目をやった。

ドライボックスが姿を見せている。

45×35センチほどの金属板に、高さ20センチほどの湾曲したアクリル素材の板が取り付けられている。この湾曲は患者の腹部を模したものだ。アクリル素材には6ヶ所のゴム製の穴が開いていて、そこに鉗子《かんし》挿入用のトロッカーを挿入できる。さらに金属板の中央には、滑り止めの薄いゴム板が設置されていて、おおよそ手術操作を行う位置をイメージしている。

久しぶりに見た練習器具に武者震いする。5万円以上かけて購入した、自分専用の練習機器だ。

安物のビデオカメラを設置してノートパソコンの画面に繋《つな》げると、ゴム板がモニターに映し出された。続いて、丁寧に梱包《こんぽう》された腹腔鏡《ふくくうきょう》用鉗子を取り出して、ドライボックスの横に並べる。さらに、一緒に納められていた7・5センチ四方の折り紙を取り出した。中から赤い折り紙を1枚引き抜いて、ゴム板の上に置く。最後にスマホのストップウォッチをセットした。

準備完了だ。

衛は小さく息を吐いた。

モニターを見る。多少酒は入っているものの、視界にブレはない。両手に腹腔鏡用鉗子を握ると、久しぶりの感触に心が激った。

これからモニターを見ながら鶴を折る。腹腔鏡手術の技術鍛錬として、よく知られた方法だ。カメラ持ちや助手で手術に入る傍ら、衛は東京の自室で飽きるほど鶴を折ってきた。

トロッカーに鉗子を挿し入れると、モニターに拡大された鉗子の先端が映り込んだ。慎重に、折り紙の両端を把持する。折り紙は人体の一部なのだとイメージして、力を入れすぎないよう気をつける。

まずは中心線から斜めに折る。先端がずれないように丁寧に合わせると、赤い三角形が完成した。きれいに折れた。1週間ぶりの鉗子の操作を滞りなく行えていることに胸を撫《な》で下ろす。あとは時間だ。伊豆中に異動する前は、一つの鶴を折るのに5分を切っていた。他の同期たちよりも、速く、美しく鶴を折れているという自負があった。

モニターに映る紙に集中する。

息をするのも忘れたように、一つ、また一つと紙を折り込んでいく。意識の端でスマホの着信音が鳴った。沙耶からの返信かもしれない。一瞬気を取られるものの、ふたたびモニターに意識を引き戻す。

紙を折ることに没頭する。

やがて鶴が完成した。ゴム板の上で安定して自立しているのは、均等に折れた証拠だ。ストップウォッチに目を移す。

「5分……20秒」

やはり、完成に要する時間が延びている。すぐさま次の1枚を引き抜いた。再びストップウォッチをセットして、一心不乱に折り始める。

楽しい。やはり自分は腹腔鏡手術の道を邁進《まいしん》したいのだと、今更ながら強く思う。

腹腔鏡手術は、すでに全国に浸透した手術だ。傷を小さくしかつけずにすむこの技術は、若い女性の手術が多い婦人科との親和性が高い。上手《うま》く手術を完遂できれば、術後の患者負担が少ないという利点がある。

田舎にだって需要はあるはずだ。それどころか、腹腔鏡手術ができる環境を整備し、医療格差を是正することで、若い世代の住民が土地を離れなくなるかもしれない。

自分は、腹腔鏡手術の専門家として、この病院と、そしてこの土地の患者と向き合っていきたい。そんな気持ちが芽生えた。

だったら、1分でも1秒でも早く、ひよっこを卒業しなければならない。ぎりぎりの人員で回している病院に来たからには、周産期医療を維持できるだけの実力をつけて、周囲から認められなければならない。それができてからはじめて、自分の専門性を追えるのだ。実際に田川がその道を示している。

ひたすら手を動かすうちに思考が明快になっていった。折った鶴の数は、10を超えた。

第三話　嵐を呼ぶ極上鰻丼《うなどん》

7月になった。

衛にはこの日、はじめての当直が当たっていた。異動から2週間が経《た》ち、いよいよ見習い期間も終わりということだ。

当直は基本的に二人組で担当する。実際に病院に寝泊まりして夜勤にあたる当直医と、自宅で待機しつつ、手術などの際に病院に呼び出されるオンコールという役割だ。ただし、ひよっこ勢が当直医の夜は、上級医が病院にいないのはリスクが高いため、結局一緒に泊まることになる。

今日のオンコールは塔子だ。

夕《ゆう》カンファレンスが終わった午後6時半、ナースステーション横の医師控え室のテーブルに、えんじ色のスクラブ姿の塔子がA4サイズのバインダーを置いた。分厚い書類がどしりと音を立てる。

「なんですか、これ？」

「当直飯のリストよ。夕飯は当直の唯一《ゆいいつ》の楽しみでしょ」

産婦人科は、他科と比べても格段に当直が多い。最たる理由は出産取り扱い施設が数多《あまた》存在するからで、どの病院も当直医不在というわけにはいかず、伊豆中《なか》のような総合病院の産婦人科医が、各病院に当直バイトに行っているのだ。

当直が多ければ、当直飯を食べる機会も増える。

ほとんどの施設では、患者に提供される食事と同じメニューが配膳《はいぜん》される。昨今、個人の産科医院などでは院内食にも力を入れており、フレンチや和食懐石などレストラン顔負けの美味な当直飯を味わえる。

だがその一方、総合病院の当直飯は不味《まず》い。病院食だから当然なのだが、月の半分近くが当直の産婦人科医にとって、三大欲求の一つである食欲がそれで満たされるはずもない。

だから、総合病院の産婦人科医局には出前リストが存在する。それにしても……

「こんな分厚いのを見たのは初めてですよ」

本院にも出前リストがあったが、選択肢は5軒ほど、それもすべて大手チェーン店のものだった。

「いいから早く選んじゃおうよ。今日はなんでも奢《おご》ってあげるから。さ、早く見て」

きらきらした表情に圧《お》されて、表紙を開く。

「蕎麦《そば》屋、河津庵《かわづあん》」

「今日は病棟が落ち着いているから、蕎麦はありだね。河津庵は、蕎麦はもちろん美《お》味《い》しいけど、実は和風だしが効いたカレーうどんが絶品よ。それに、時期が合えば、裏メニューで稚鮎《ちあゆ》の天ぷらを頼めるの」

たしかに、『稚鮎天ぷら　6月まで　８００円』と、メニュー表にマジックで書き込まれている。値段の後ろには、丸で囲われた『裏』の文字。どこまでも伸びていきそうな払いや跳ねの力強さは、塔子の文字に間違いない。

「でも、当直飯で蕎麦って、届いた直後に忙しくなって、食べる時にはのびきってるなんていうからね」

「よく聞く話ですけど、それって本当なんですかね？」

塔子の笑い声が、衛の心配を吹き飛ばす。

「やだ。迷信よ、迷信。そんなこと信じてたら、産科医なんてやってられないっしょ」

「そりゃそうですね」

ページを捲《めく》る。

「小牧寿司《こまきずし》」

「あっちのホテルサンマルクに併設されたお寿司屋さん。地魚の握りがお薦め。で、この三色丼《どん》ってのは、中トロと赤身とカジキの三つのマグロを使った海鮮丼なの。見た目も華やかだよ」

手書きで追記されたメニューは、３５００円。

「これも㊮って書いてありますね」

「そう。伊豆中央病院の産婦人科って名乗ったら、作ってくれるよ」

さらにページを捲っていくと、知った名が出てきた。

「あ、ポメラだ」

「知ってるの？」

「先週、田川先生に連れてってもらいました」

塔子が唇を尖《とが》らせた。

「ちょっと、なんで誘ってくれなかったのよ」

「先生、当直だったので」

チェッと小さく舌打ちしてから、再び塔子が喋《しゃべ》る。

「ポメラは、普通は出前やってくれないんだけど、私たちは特別。ピザかパスタならオーダーできる。出前じゃなくてテイクアウトだけどね。だから雨の日はお勧めできないよ」

さらにページを進めると、どんなメニューにも、ことごとく㊧の文字が書き加えられている。

「もしかして、あらゆる店に裏メニューがあったりしますか？」

両腰に手をやった塔子が、胸を張った。

「全部、私が足を延ばして交渉したの」

「営業マンみたいなことをしてるんですね」

「地元民との信頼があってこその成果だよ。どの裏メニューも、私が目利《めき》きした一級品よ」

敏腕仲買人のような台詞《せりふ》だ。きっと、塔子の食への執念に店主たちが折れてくれたに違いない。まさに地元に密着している。

10年以上も同じ地域の医療に従事しているというのは、医局人としてはとんでもないことだ。大学医局に属しながら、移住に近い生活を営んでいる。

考えれば考えるほど異端な存在に思えてくる。

「なに？」

声をかけられ、衛は慌《あわ》てて視線を外そうとした。

「あっ、すみません。ボーッとしてしまって」

逸《そ》らそうとした視線を追いかけられる。長いまつ毛の奥の瞳《ひとみ》に見つめられて、体が硬直した。

「そんなに鰻《うなぎ》が食べたいの？」

「は？」

「だって、ほら」

塔子が当直飯リストを指さす。開かれていたのは、『うなぎの梅ちゃん』のページだった。

「いいね、鰻。こっちに来てから鰻は食べたの？」

「まだですけど」

衛の言葉に塔子が頭を抱える。大袈裟《おおげさ》な表現ではなく、しばらく両手で頭を抱えたあと、マシンガンのように喋り出した。

「じゃあいますぐ食べないと！　静岡に来て鰻を食べないなんて、人生損してるよ。そしたら、当直ご飯は梅ちゃんでいい？」

矢継ぎ早に言葉を投げかけられて、ただ頷《うなず》くしかなかった。

「オッケー。さっそく電話しちゃおう」

言葉と同時にスマホを手に取る。長い指が滑らかに動くと、すぐにつながったようだ。

二言三言挨拶《あいさつ》を交わしてから、塔子が注文をする。

「鰻丼の並一つと、極上一つお願いします」

「ご、極上？」

思わず出た言葉に、塔子が指だけで反応する。メニュー表の下、㊙の文字が入った『極上鰻丼　4500円』をこつこつと叩《たた》く。並のおよそ2倍の値段である。呆気《あっけ》に取られているうちに、「よろしくお願いしまーす」と、軽妙な口調で電話が切られた。

「30分くらいでくるってよ」

「こんな高いもの、いいんですか？」

恐る恐る尋《き》くと、塔子に笑い飛ばされた。

「いいのよこれくらい。若いんだから、いっぱい食べていっぱい働きなさい」

「あ、ありがとうございます」

塔子が満足気に頷いた。かくして本日の当直飯は、梅ちゃんの極上鰻丼に決定した。

鰻が届くまで、医師控え室に二人で待つことになった。

この夜は珍しく、病棟が落ち着いている。今のところ進行中の分娩《ぶんべん》が1件だけで、子宮口はまだ8センチ開大という状況だ。おそらく分娩になるのは数時間先だろう。切迫早産の入院患者たちも、みな落ち着いている。

医師控え室は5畳ほどの小さな空間で、3人掛けのビニールソファーが2脚と、ローテーブル、電子カルテが1台に、20インチのテレビが設置されている。日中、医局員たちがひしめき合っているときにはガヤガヤとうるさいのだが、二人きりになると思ったよりも静かでなんだかソワソワする。別々のソファーに座っているものの、塔子の脚が長いため、膝《ひざ》が付きそうになるのも困惑の要因だ。

おもむろに、塔子がテレビのリモコンのボタンを押した。部屋に音が響いたことに変に安堵《あんど》する。

映ったのは、テレビ静岡の夕方の情報番組だ。

『本日は、人気お笑いコンビのテケトリのお二人が、東伊豆に来てくれました。では、どうぞ』

画面がＶＴＲに切り替わる。

「あっ！　熱川《あたがわ》バナナワニ園だ」

かなりの引き映像にもかかわらず、塔子が瞬時に反応した。

「ワニ？」

芸人たちにカメラが寄る。たしかに、後ろにはワニの水槽が映っているが、なんだかおかしい。

「水中で立ってますよ」

「名物の立ちワニよ。ちなみに水槽内は温泉水なの」

それから塔子の怒濤《どとう》の解説が始まった。

バナナをはじめとする熱帯植物を泉源の熱で栽培しているとか、日本で唯一、ニシレッサーパンダを飼育している施設なのだとか、ガイド顔負けの説明がスラスラと口から出てくる。

「そもそも、熱川ってどのあたりにあるんですか？」

眉《まゆ》をひそめられた。

「知らないの？」

「知りませんよ。こっちにきて2週間だし、忙しすぎて、この界隈《かいわい》から一歩も出てません」

ため息をついてから、塔子がスマホの地図アプリを開けた。

「ほら、こっちの方」

拡大した伊豆半島東海岸線の、ちょうど真ん中あたりだった。

「ここからどれくらいかかるんですか？」

「1時間半くらい。行楽シーズンだと、もっとかかる」

「そんなに？」

地図で見る直線距離は30キロもないくらいだ。

「伊豆半島の地形がややこしいのよ」

長い指が伊豆半島の中央をスッとなぞる。

「内地のほとんどが山なの。それによって西と東が分断されている。だから、見た目よりも結構時間がかかるの」

地図アプリののっぺりとした画像からは、そこまで読み取れなかった。

「うちには伊豆半島中の産科救急が集まるんだから、さっさと地理を頭に叩き込んでおいた方がいいよ。そうしないと、搬送元を聞いてもイメージできないから。救急車がいいのか、それともヘリ搬送がいいのかだって、こっちの判断で方針を決めなきゃならないし」

だから、塔子は母体搬送の電話を受けたときに瞬時に作戦を立てられるのだと納得する。

「今後は、搬送を受けるごとに地理をチェックしておきます」

「直接行ってみた方が頭に入るよ。1回、休みの日にでも車で伊豆半島の南まで行ってきてみたら」

「車持ってないんです。……免許も」

「まじで？」

「だって車って高いですし維持費もかかるし、駐車場代だって馬鹿《ばか》にならないじゃないですか。東京じゃ電車があれば事足りますもん」

「やだ。今どきの子だ。私たちの時代なんて、いい車を買うのがステータスだったのに。私も憧《あこが》れてた先輩にディーラー連れてかれて、はじめて車を買ったのよ。プジョーの小さいの」

本院時代の話を聞いたのは初めてだ。当たり前だが、塔子にも若手医師だった頃がある。

「ここでは車がないと相当不便よ」

「でも、ない袖《そで》は振れないですし」

「休みが合ったら、私の車で観光案内してあげよっか？」

無邪気な笑みで言われ、衛は思わず両手を振った。

「とんでもない。上の先生にそんなことしてもらうなんて。それに……」

沙耶のことが頭をよぎる。ドライボックスが届いた日に礼を言ってから、何度かLINEでやりとりをしているが、表面的な話に終始している。互いに本題を避けており、明らかに探り合いの状態だ。

「彼女に悪いから？」

気づけば、揶揄《からか》うような塔子の顔が近づいていた。頬が熱を帯びるのを自覚する。

「違いますよ！」

否定するも、塔子はケラケラと笑っている。

「やっぱり、田舎は寂しいのかな？　彼女と会えないし、周りに友達もいないしね」

「……いや、別に寂しいってわけじゃ」

少し違う気がする。忙しいけれど充実しているし、5人しかいないチームではあるが、結束は本院の時より強いとも思う。

だが同時に、これでいいのだろうかという迷いもある。

本院の同期たちから置いていかれてしまうような焦燥感が付きまとうのだ。ドライボックスの鍛錬は欠かしていない。しかし、安堵できた瞬間はない。忙しい中でも、いつも本院が気になっているというのが実情だ。

塔子が衛の答えを待っている。目の前にいるのは、長年ここで地域医療に携わってきた医師だ。

「塔子さんこそ、寂しくないんですか？」

つい、訊《き》き返してしまった。衛と同じく、塔子にも東京が気になっていた時期があったのではなかろうか？　すでにその悩みは乗り越えたのだろうか？　それとも、心の隅にまだ、その思いがこびりついたままなのだろうか？

「なんで私の話になるのよ」

「訊きたいんですよ。だって、同期や近しい人たちは、みんな東京ですよね。でも塔子さんは、ここにマンションまで買ってずっと住んでいるって聞きました」

塔子の眉間《みけん》に皺《しわ》が寄る。

「やだ。そんなことまで知ってるの」

「すみません。田川先生から」

「まあ、隠す話でもないけどね」

珍しく視線を外してため息をついた。

「別に寂しくはないよ。帰れば、美沙子《みさこ》もいるし」

「みさこ？」

塔子がスマホの画面を操作する。

「この子よ」

写っていたのは、白いソファーの上に凜《りん》とした姿で座っている豹《ひょう》柄の動物だった。

「猫じゃないですか」

塔子の表情が崩れる。

「そう、みーちゃん。9歳のかわいいメス猫ちゃん。家に帰ればみーちゃんがいるから、私は寂しくないよ」

我が子を自慢する母親のように語る。

しかし、明らかにはぐらかしている。

「そういうことじゃなくて。塔子さんの同期の先生たちは、本院で出世したりしているわけじゃないですか。それなのに塔子さんはずっとこの病院にいて、俺みたいなひよっこが本院から来て、ちょっとしたらまた本院に戻っていくのを、ずっと面倒をみさせられているわけですよね。不満に思ったりしないんですか？」

抱えている焦燥が、口から飛び出る言葉に拍車をかけた。吐き出してしまってから、言い過ぎたかと後悔する。

テレビから、バナナパフェを絶賛する芸人の陽気な声が響く。

それに合わせるように、塔子が笑い声を上げた。

「若いねえ」

「え……」

「別に、出世だけが人生ってわけじゃないよ」

「そりゃそうですけど。でも……」

大学病院に籍を置く以上、業績を上げ、研究を評価されて、出世を目指すのが使命とされている。塔子はその道から外れている。それどころか、医局の都合で伊豆中《なか》に縛り付けられているのではないかとすら思う。

塔子が再び視線を外した。あまり見ない仕草に、違和感を覚えてしまう。

「私はここの生活に満足してるよ。ご飯は美味しいし、温泉も毎日入れるし、サーフインもやり放題だし、人も優しいし、冬でもあったかいし、攻めがいのある道も多いし」

次から次へと出てくる言葉は、はたして本心からのものだろうか？　衛の追及を拒絶しているようにも感じられる。

塔子が息継ぎをした瞬間に、口を挟む。

「東京に戻りたいって思わないんですか？」

ＶＴＲが終わり、一瞬だけ静寂が訪れた。

短い沈黙を破ったのは、塔子のため息だった。

「この歳《とし》になったら、東京って窮屈で疲れるのよ」

本心が見えない。

先日の田川の言葉が脳裏に蘇《よみがえ》る。課題に対してどんな役割を担《にな》うのか、それを考えるのが医師の役割であり、その積み重ねが、医療、手術に携わる手を作っていく——。

塔子の矜持《きょうじ》とはなんだろう？　もしかしたら、それが彼女がここにずっといる理由なのではなかろうか。

訊いてみたい。しかしそれは、大きな声に遮られた。

「お待たせしました。梅ちゃんです！」

鉢巻姿の若い男性の馬鹿でかい挨拶が、医師控え室に轟《とどろ》いた。

「あっ、来たよ。待ってました！」

塔子の声が、普段の底抜けに明るいものに戻っていた。

この話はこれでおしまい。そう釘《くぎ》を刺されている気がした。

「ちょっと、塔子さ……」

「極上鰻丼です！」

ドンッという音と共に、ローテーブルが揺れる。

「は？」

あり得ない光景に思考が飛んだ。

目の前に置かれたのは、ラーメンどんぶりだ。ラップの下から縁にくっつきそうなほどの鰻が見える。照りが輝く立派な鰻の蒲焼《かばやき》が3枚、絨毯《じゅうたん》のように敷き詰められていて、白米が一粒も見えない。圧巻の光景だ。

「これが極上鰻丼ですか？」と、思わず確認してしまう。

「へい！　極上です！」

元気な声を返しつつ、隣に通常サイズのどんぶりを置いた。控え目に盛られた白米に、極上と同じサイズの蒲焼が1枚、上品に鎮座している。

「並です！」

二つのどんぶりが並ぶと、大きさの違いが鮮明になる。極上鰻丼は、常軌を逸したデカさだ。おそらく、米は2合以上盛られている。

呆気に取られていると、塔子が得意気に口を開いた。

「静岡の鰻はね、並でも極上の質なの。だから、ランクが上がるってのは量が増えるってことになるのよ」

照れたように頭を掻《か》いたのは、鉢巻姿の店員だ。

「先生に褒められると恐縮しちゃいますよ」

「私は食べ物に関してはお世辞を言わないよ。知ってるでしょ」

二人の笑いに加わることはできない。目の前のどんぶりのインパクトが、あまりに強すぎるからだ。

「じゃあ、今後もご贔屓《ひいき》に」

梅ちゃんの店員が、嵐《あらし》のように去っていった。

「ほらほら。ボーッとしてないで早く食べようよ。鰻食べたかったんでしょ」

食べたいにしても限度というものがある。

衛の動揺など意に介さず、塔子が極上鰻丼のラップを剝《は》がした。密封されていたタレの甘い香りが部屋中に広がる。

甘さの後ろから脂《あぶら》の香りが追いかけてくる。少し焦《こ》げた脂の香りは、蒲焼の神々《こうごう》しい見た目と相まって、口の中の唾液《だえき》を溢《あふ》れさせる。衛の様子に塔子が腹を抱えて笑う。

「その様子だったら大丈夫。ほら」

「いただきますよ。……食べ切る自信はないですが」

　差し出された箸《はし》を手にとって、鰻に切れ目を入れる。ふわりとした触感とともに、裂け目から湯気が漂った。隙間《すきま》からようやく姿を見せた飯は、タレと脂をまとって美しく輝いている。ますます唾液が溢れてきた。

「いただきます」

「それ、さっきも言った」

　米に載せた鰻を放り込む。鰻は一切の抵抗もなく歯に触れる。あっという間に溶けた鰻の身は、口の中で米と絡《から》み合い、得も言われぬ旨味《うまみ》で満たしてくれる。

　しばらく咀嚼《そしゃく》して、飲み込む。食道をとうに過ぎてもなお、鰻の旨味が口に残っていた。

「どうよ。静岡の鰻は？」

　答えはわかっている。そう言いたげな自信に満ちた表情だ。

「美味《うま》いっす」

「それだけ？」

　記憶にある鰻といえば、牛丼のチェーン店のものくらいだ。べっこう飴《あめ》のようなタレが塗りたくられた身は固く、しつこい臭みがあるうえに小骨が多く、味わうどころではなかった。土用丑《うし》の日の宣伝に躍らされて食べてはみたものの、正直他のメニューを頼んだ方がマシだと思った。

梅ちゃんの鰻は別次元だ。

「ふわふわで、まったく臭みがない。こんな鰻は食べたことないです」

塔子の表情が崩れる。

「でしょう。ここの鰻はね、しっかり泥抜きするのよ」

「泥抜き?」

「綺麗《きれい》な川の水で泥を吐かせるの。だから伊豆の鰻は、どこで食べても臭みがない」

伊豆半島と綺麗な水の恩恵の話を聞くのは何回目だろう。食と水の密接な関係は、知識としては有していたが、この土地の食を実際に口にして初めて実感できる。

塔子の解説は止まらない。

「特に三島駅周辺の鰻は、全国的にも有名なんだよ」

2週間前に見たポスターを思い出す。

「ようこそ水の街三島へ、ってやつですか?」

「そう。三島には柿田《かきた》川湧水《がわゆうすい》っていう有名な湧水群があるの。富士山の雪解け水が水源で、東洋一の湧水とも呼ばれてる」

「もしかして、その水で泥抜きをしてるんですか？」

「その通り」

なんと贅沢《ぜいたく》な話か。鰻をかき込みながら思う。いくら食べてもやはり臭みは感じられず、口当たりは軽いままだ。タレの甘みも濃すぎないのがよい。鰻の味がよいから、タレで誤魔化す必要がないのだろう。

「この辺りでは、関東風、関西風、蒸し、焼き、それにひつまぶしまで、どんなタイプの鰻でも食べることができるの。鰻自体がとびきり美味しいから、どこで食べても絶品だよ」

塔子の生き生きとした解説は、伊豆半島中の名店を巡ってみたいと思わせるほど魅力的なものだった。

夢中で頬張っているうちに、あっという間に蒲焼2枚が消えた。

それにしてもご飯の量が多い。ラーメンどんぶりの下半分には、まだ鰻丼並一杯分の米が残っている。

「さすがにこの量の米はきついかもしれないです。そもそも鰻が先になくなっちゃいますし」

塔子が、長い人差し指を左右に振った。

「なに言ってるのよ。その鰻丼は裏メニューの極上だよ。舐《な》めてもらっちゃ困る」

人差し指が、米の真ん中を指す。

「もう少し奥まで箸を進めてみて」

言われるがままに箸を奥に差し入れる。米の少し下で、柔らかい感触に当たった。

「これは、……まさか」

「その通り。真ん中にもう1枚鰻が入ってるの。だって極上だから」

「まじですか」

米を分けると、確かに隠れていた鰻がむっくり姿を現した。

「さあ、若いんだから完食しちゃおう。ご飯ものはリズムが大事よ、リズム」

気づけば、塔子は並を完食している。あれだけしゃべっていたのにいつの間に、と驚愕《きょうがく》する。上司に奢ってもらった当直飯を残すわけにはいかない。しかも極上、4500円の一品だ。

「いただきます」

「それ、3回目」

ケラケラと笑う塔子の横で、意を決して箸を進めた。量は凄《すさ》まじく多い。しかし、胃にもたれるような重さやしつこさはない。だから箸は進む。もうすぐ姿を見せるであろうどんぶりの底だけを想像しながら、極上鰻丼を食べ進めた。

午後7時30分。ついに最後の米一粒まで食べ切った。衛の奮闘を称《たた》えるかのように、丼底の㊕の文字が、燦然《さんぜん》と輝いている。

速かったのか、遅かったのかはよくわからない。リズムを保てていたのかも、だ。ともあれ、間違いなく完食した。はち切れんばかりに膨らんだ腹がその証拠だ。

「よく食べたわね。偉い」

「やりました」

あの極上鰻丼を食べ切った。妙な充実感と高揚感に満たされる。

「お腹いっぱいになったところで、当直頑張ろうね」

当直だったことをすっかり忘れていた。それほどに、鰻丼を食べきることに熱中していたのだ。

「今夜は落ち着いていて助かりました。こんなに腹一杯になってしまっては、仕事どころじゃないので」

塔子がキョトンとした表情を見せた。

「なに言ってるのよ。本番はこれからよ」

その言葉を合図に、ナースステーションから大きな声が聞こえてきた。

「塔子先生、お産です！」

八重だ。えんじのスクラブ姿に、夜勤助産師のリーダーであることを示す院内電話が首から下がっている。塔子を敬愛してやまない八重は、塔子と夜勤が重なることが異常なほど多い。

満腹中枢《ちゅうすう》が刺激されすぎて脳が働かない。反応したのは塔子だ。

「夕方に8センチだった人？」

塔子と喋れたことが嬉《うれ》しいのだろう、表情がパッと明るくなり、開いた口から二本の八重歯があらわになる。

「その方は現在、ほぼ全開です。それとは別に、つい先ほど子宮口9センチで入院された方があっという間に進んで」

伊豆中では、リスクのない満期妊婦の分娩については、医師の診察を通さず、助産師の判断で入院を決められる。よって、知らないうちに分娩間近の妊婦が増えていることは往々にしてある。

報告によれば、分娩が2件重なりそうとのことだ。この病院で働きはじめてから、この程度のことでは動じなくなった。

「他にも進行中のお産はあるの？」

「あと3人、新規入院がありました。全員7センチです」

「ええっ！」

思わず声が出てしまった。何故《なぜ》か八重に睨《にら》まれる。お産が2件どころの話ではない。

「やっぱり荒れてきたか」

塔子が、どこか楽しそうに呟《つぶや》いた。

「やっぱりって？」

狼狽《ろうばい》する衛をよそに、八重がローテーブルに置かれたどんぶりに目をやった。ゆっくりとこちらに顔を向ける。

「北条先生。まさか鰻を食べたんですか？」

その瞳には静かな怒りが浮かんでいる。ただならぬ雰囲気に反射的に背筋を伸ばした。ぎゅうぎゅう満たされた胃が腹を突き上げ、軽くえずいてしまう。

「食べたけど。なにか悪かった？」

衛の返答に八重が反転して頭を抱えた。「鰻、鰻、鰻」と、呪詛《じゅそ》のように唱えている。

「どうしたの？」

両手をブルブルと握りしめ、勢いよく振り返ったその瞳は鬼気に満ちている。

「責任とってくださいね」

「は？」

それだけ言い残して、病棟へと駆け出していった。瞬《また》く間に消えた背中を見ていると、隣で塔子の声が聞こえた。

「鰻を食べると、当直がめちゃくちゃ荒れると言われてるのよ」

軽い口調でしれっとそう告げた。

「なんで教えてくれなかったんですか？」

「やだなあ。迷信よ、迷信。そんなこと信じてたら、満月の夜なんてどこの産科も大忙しよ」

満月の夜はお産が多い。産科界隈でまことしやかに囁《ささや》かれる言葉だ。塔子が卓上カレンダーを手にとる。

「あっ、今日、満月だ」

その言葉がさらに重くのしかかる。迷信の真偽は知るよしもないが、落ち着いていた病棟に嵐がやってきたのは間違いない。

「まあ切り替えるしかない。しっかり食べた分、きっちり働く。私も追いかけるから、北条は分娩室に走って」

塔子の鋭い号令に反射的に足が動く。まるで飼い慣らされた牧羊犬のようだ。

「ゴー！」

「わかってますよ」

大きな声を出すと鰻が飛び出そうになる。衛は、口を抑えながら医師控え室を飛び出した。ナースステーションの先の分娩室からは、苦しそうないきみ声が響いてきた。

急激に進んだ分娩の力は凄まじい。

2経産婦の母のいきみが上手《うま》いのか、それとも、児《じ》の生まれようとする意志が強いのか。衛が分娩室に駆け付けてから、5分もたたぬうちに児が娩出された。

赤子が力強く啼泣《ていきゅう》する。少し遅れて胎盤も娩出された。絵に描いたような安産だ。

しかし、こんなときこそ注意が必要なのだ。

「おめでとうございます。しばらく子宮を圧迫しますね」

声をかけながら、膣《ちつ》内に左手を差し込み、右の手で下腹部を押す。膣と腹から子宮を挟み込むような形だ。

急激に収縮した子宮は、急激に緩むことが往々にしてある。圧迫によって大量の血液が排出された。予想したとおり緩んでいたのだ。

しばらく圧迫を続けていると子宮の収縮が戻った。ここに来たばかりのときは、産科の知識が足りず右往左往してばかりいたが、これだけ忙しいともはや体が対応を覚えてしまう。

こちらの分娩は無事に終わった。

ホッとしたところで、折りたたみ式のパーティションで仕切られた隣の分娩台から、大きないきみ声が聞こえてきた。胎児心拍音が顕著に低下している。

「北条、こっちこれる？」緊迫した声は塔子のものだ。分娩室に来て、そのまま隣のお産に入ったようだ。

「いま行きます」

清潔手袋を外して、そのままパーティションの先へと足を運ぶ。

分娩台のそばで八重が慌ただしく用意しているのは、箱型の電動吸引器と、急速遂娩《すいべん》に使用される児頭装着用のソフトカップだった。塔子が視線だけで衛を呼び込む。

駆け寄ると耳元で囁かれた。

「吸引分娩を教えるから、すぐに手袋をつけて」

吸引分娩は鉗子《かんし》分娩と並び、難産になった場合に児を早急に娩出するための急速遂娩と呼ばれる手技の一つだ。座学だけでは習得は難しく、上級医から脈々と伝授されてきた。ひよっこの衛は、未《いま》だ急速遂娩を教わる立場にはなかった。

「いいんですか？」

——俺がやって、という言葉は心に留《とど》めた。妊婦はいま意識があり、胎児の心拍が下がる不安のなか、必死にいきんでいる。これ以上不安を与えるような言葉を口にする訳にはいかない。初日に三枝から戒められたことだ。

「私が大丈夫だって判断したから言ってるの。早く、時間がない」

ひよっこを脱却する、次のステップを踏めるのだ。それを思うと胸が熱くなった。

急いで手袋をつけて、塔子の右隣に身を寄せる。

「診察して、所見を報告して」

その言葉に従い指を差し入れる。腟の出口からおよそ2センチのところに児頭が触れる。

「子宮口全開大、ステーションプラス3センチ……」

「回旋《かいせん》は？」

急いで児頭を触る。

「小泉門《しょうせんもん》、2時方向。やや斜径《しゃけい》です」

「それくらいなら大丈夫。分娩までの頭の動きをイメージして」

児頭の縦径が膣の縦方向に一致して分娩が進む。そのたった数センチを頭に思い描く。

「できました」

「オッケー。じゃあカップを挿入して。膣壁を絶対に巻き込まないように。八重ちゃん、フォローしてあげて」

こくりと頷いた八重がソフトカップを手渡してくる。シリコン製のカップは、トイレの詰まりを直すバキュームのような形状だ。このカップを児頭に装着し、機械で陰圧をかけて児頭を牽引《けんいん》するのである。

受け取りざまに、八重から小さく言葉をかけられる。

「会陰《えいん》保護は私がします。ストップって言ったら引くのをやめて下さいね」

散々お産を経験してきた八重の腕は確かだ。それを思うと緊張が少しだけ和らいだ。

塔子が妊婦に説明を始める。

「赤ちゃんが苦しそうなので、これからお産を助けますね。頭にカップを付けて、お母さんのいきみに合わせて赤ちゃんの頭を引っ張ります。声をかけたら、しっかりといきんでくださいね」

「……はい」と、弱々しい声が返ってくる。

「カップ、装着できました」

塔子がカップ周りを触診する。

「上出来。腟壁は巻き込んでないね。じゃあ、吸引開始」

八重が電動吸引器のスイッチを押した。機械音が分娩室に響く。

「ちゃんと陰圧がかかるのを必ず指で確認して」

「は、はい。カップと児頭は密着しています」

八重が小さな体を衛の左脇《わき》にするりと入れ、左手で会陰の保護をする。

「陣痛……、来そうです」

「いきんでいいですよ。頑張って！」

妊婦が下腹部に力を込める。同時に、児頭がわずかに進んでくるのがわかった。しかし、牽引しようとした手を塔子に止められる。

「焦《あせ》っちゃだめ。もうちょい腹圧がかかってから引いて」

「はい」

胎児心拍が落ちる。急激にリズムが変わった音に緊張が走る。視線を落とすと、カップを構えた自身の手が見える。今まさに生まれようとしている胎児の命を握っているのは、間違いなく自分が装着したこのカップなのだと思うと、恐ろしいほどの重圧が双肩にのしかかった。

「引いて」

塔子の声に意識が引き戻される。

「ゆっくり。焦らないで」

迷いなき声だけを頼りに牽引する。やがて、児頭が進んできた。

「来ました」

「牽引方向を上にして」

「はい」

カップに添えた右手から児の生命力が伝わってくる。塔子がクーパーを構えた。

「切開を入れるね。今度は赤ちゃんが飛び出ないように、引く力を緩めておいて」

塔子が迷いなく腟壁を切った。直後に、大きな児頭が姿を現す。

「もう大丈夫です！　カップ外して下さい」

八重の声に、児頭を引く手を止め、徐圧ボタンを押す。圧が完全に抜けたのを確認して、ソフトカップを外した。

「替わります」

八重が衛と入れ替わるように分娩介助につく。そのまま、慣れた手つきで胎児をスルリと引き抜いた。流れるように胎児についた羊水を拭《ふ》き取り、背中を刺激する。あれだけ心拍が低下していた赤子が、己の生命を主張するかのように啼泣を始める。

無事に生まれたのだ。

衛は、その様子をただじっと見つめた。はじめての吸引分娩の経験に、両手が小さく震えている。

「吸引分娩、おめでとう」

背中から声が聞こえた。

「どうだった?」

まだ頭の中が整理できない。両手が震えている。これまでに取った分娩とは達成感が一味違う。自身が医療介入したこの手で、赤子が誕生したのだ。

「よかったです」、それしか言うことができなかった。

塔子に背中をポンと叩《たた》かれる。

「創部の処置はお願い。産後の事務作業はやっておくから」

「ありがとうございます」

「遠慮しないでいいよ。夜はまだ長いんだから」

常人の2倍のテンポの足音が、あっという間に分娩室から消えていく。創部処置をする最中、極上鰻丼の映像が脳裏によぎり、衛はため息を吐《つ》いた。まだ分娩待ちは3件も残っている。塔子の言うとおり、夜はまだ長い。

時刻は、午後8時30分に差し掛かろうとしている。

ナースステーションに戻ると、塔子が難しい顔で椅子《いす》に座っていた。……嫌な予感がする。

「会陰縫合終わりました」

返ってきたのは、小さなため息だ。

「残っていた妊婦さんの一人の胎児心拍が落ちちゃって、さっき診察したんだけど回旋異常があるみたい。赤ちゃんが上向いちゃってる」

専門用語で前方前頭位の状態だ。通常、胎児が母体の背中側を向いた状態で分娩は進む。それが膣腟《ちつこう》に対して最も合理的な体勢なのだ。前方前頭位だと先進部の径が大きくなるため、分娩が進みにくい。その状態で子宮収縮ばかりが強くなると、胎児にストレスがかかるし、最悪子宮が裂けることもある。

塔子がすっと立ち上がった。

「カイザーにしよう」

産後の処置を終えた八重が、すぐに動きはじめる。衛に対する視線が若干刺々《とげとげ》しいように感じたが、気のせいだと言い聞かせる。鰻の迷信の真偽よりも、よほど重要な問題が発生しているからだ。

「人手、足りないですよね……」

「申し訳ないけど、神里を召喚《しょうかん》しよう」

神里すまん、と心の中で謝る。この状況では致し方ない。

「私はオペ室と交渉してくるから、北条は神里に電話しといて。それから、家族説明に術前検査も頼むね。必要なオーダーは……」

「教授ルールですね」

微笑《ほほえ》んだ塔子が、頷いた。

「その通り。じゃあ、よろしく頼むね」

初日には分からなかったが、2週間で実感する。

『教授ルール』は、伊豆中の共通言語だ。言葉を介さなくてもやることが決まっているからこそ、緊急時に上級医が若手に仕事を任せ、フリーで動けるようになる。

そしてそれは、若手にとってもメリットがある。

迷いがなくなるのだ。

医療現場においては、そもそも絶対的な正解がない場合が多い。そんなときには、塔子のように即断して動いた方が、よい結果が得られるものだ。しかしその判断力は経験によって培《つちか》われたものであり、若手がすぐに真似《まね》できるはずもない。だからこそ迷う。その迷いを断ち切ってくれるのが、『教授ルール』なのだ。

どこまで考えられた上でのルールなのかはわからないが、こと伊豆中という場所では、恐ろしく合理的に機能している。

塔子の背中はもう見えない。衛は、外線電話を取って、神里の番号をプッシュした。

20分後、神里がやってきた。時間外に呼び出されたというのに、その表情には一片の不満も浮かんでいない。

「いやあ、夕方は落ち着いてたのに、急に忙しくなったんですね」

病棟の状況を確認しながら、神里が言った。

「鰻《うなぎ》でも頼んだんですか？」

不意に言われて、心臓が跳ね上がる。

「頼みましたよ。極上」

八重が冷めた声でそう言うと、神里が目を丸くした。

「チャレンジャーっすね。色んな意味で」

「知らなかったんだよ。塔子さんに勧められるまま頼んだだけで」

八重の目がつりあがる。瞳《ひとみ》に浮かんだ怒りの色を見て、しまったと思う。

「なんでそんなこと言うんですか？　私だって塔子先生と一緒にご飯食べたいのに」

怒りの方向性が若干ずれている。

「違う。……そういう意味じゃなくて」

必死に弁明しているうちに、塔子がやってきた。

「オペ室のオッケー取れたよ。9時オペ出しだって」

壁掛け時計の時間は午後8時50分。10分後に手術室に妊婦が入室する、という意味だ。

「僕はどうすればいいですか？」

「神里にはお産待機してもらおうかな。カイザーは私と北条で入ることにする。腹閉じまでいてくれたら、帰っていいから」

テキパキした指示に、神里が胸を撫《な》で下ろしている。

「麻酔がかかって9時半に手術開始ってところですね。それなら10時くらいには帰れそうですね。よかった」

八重が大きな瞳をさらに見開いた。

「ちょっと、神里先生……」

塔子が口元で人差し指を立てる。

「そういうこと言うと」

「やばっ。やっぱ今のはなしで」

慌《あわ》てた様子で両手を振る。一体なんのことかと思っているうちに、首からかけていた真っ赤な携帯が音を立てた。

母体搬送のホットラインだ。この病院では、ホットラインが鳴った瞬間に搬送が確定する。

「こっ、ここにきて母体搬送……」

冗談のように急患が重なっていく。

災害時の緊急速報のような音を立てる携帯を戦慄《せんりつ》しつつ眺めていると、塔子が両手をあげて降参ポーズをした。

「楽観的な未来の話をすると、たいがい裏切られるってね……」

「なんですか……って、もしかしたら、それも迷信ですか?」

「そう。たがっさんに教えてもらったの。迷信って色んな人が持ち寄ってくるから、どんどん増えてくるものだよね」

神里が、すみませんと言いながら衛に手を合わせている。呆然《ぼうぜん》としていると、「早く電話に出て」と塔子に言われて、慌てて通話ボタンを押した。

『三島病院当直の工藤《くどう》です』

焦燥した声が耳に届く。衛は水性マジックを手に取って、情報を書き出した。

三島病院、32週、完全破水
そこまで書いたところで、背中からため息が聞こえる。

「三島からなら30分以内に到着ね。にしても完全破水か」

「羊水は残っているんですかね？」

今度は、こちらがため息をつく番だった。

ＡＦＩ（羊水最大深度）２センチ。

「2センチって、ほとんど羊水出ちゃってますね」

神里の声が沈む。母体搬送患者が帝王切開になれば、神里が10時に帰宅できる希望が消え去るからだ。

「まあ、子宮収縮がなければ少し粘れるかもしれないよ」

塔子の言葉に、衛は首を振って答えた。

子宮収縮5分おき、前2回帝王切開。

「あーあ。またカイザーだね。八重ちゃん、ベッドどんな感じ」

「なんとかします！　できます！」

八重は、塔子から声をかけられるたびに体力が回復するらしい。元気な応答を聞きながら、衛は通話を終えた。

「すでに出発準備は整っているみたいです」

その言葉に、塔子が覚悟を決めたように息を吐いた。

「じゃあ作戦変更。こっちのカイザーは神里と入る」

「母体搬送の方はどうしますか？　ほぼカイザー確定ですよね」

「それも麻酔科に伝えておく。でも、人手が足りないから、誰か呼ばないといけない」

「田川先生ですか？」

「たがっさんは他の病院で当直中だから、明日香かな。また電話お願いできる？」

塔子は、すでに歩き出している。

「了解しました。よろしくお願いします」

小さくなる背中に向かって、衛は声を上げた。


午後9時45分。

手術室では、そろそろ赤子が生まれている頃だ。

衛は、ちょうど母体搬送された妊婦の診察を明日香と共に終え、医師控え室に戻ったところだった。

「やっぱりカイザーだったね」

明日香が頬を膨らませて言った。すでに風呂《ふろ》に入った後に呼び出された彼女は、すっぴんのせいか中学生くらいにしか見えない。

母体搬送時の報告どおり、子宮内には羊水がほぼ残っていない。胎児へのストレスを軽減させるために子宮収縮抑制剤の投与を始めたが、予断を許さない状況だ。

「衛くん、相当疲れてるね」

その言葉に頷《うなず》いたものの、なかなか頭が持ち上がらない。

「さすがにキツいっす」

「鰻食べたんでしょ？」

思わず、体がビクリと反応した。

「なんでわかるんですか？」

明日香の丸い額が寄る。

「秘密」とだけ言って、悪戯《いたずら》っぽく笑った。

「どれくらい働いたの？」

問われて、指を折りながら夕方からの記憶を引っ張り出す。病棟が落ち着いていた頃が遠い昔のようだ。

「正常分娩1件と吸引分娩、それに分娩進行中の緊急カイザーを今やっていて、それから母体搬送です」

「じゃあ、鰻3枚分ってところかな」

平然と言われて、衛はくぐもった声を漏らした。

「これ以上は勘弁して欲しいです」

「頼んだのは極上？」

「そうです」

「じゃあしょうがない」

明日香がニンマリと笑う。まるで小悪魔だ。

みな、口を開けば鰻のせいだと言う。

「やっぱり鰻のせいで当直が荒れたんですかね？」

「あはは」と笑った明日香が、クリッとした瞳を輝かせた。

「迷信ってのは、バイアスがかかるからね。適当なこと言ってたまたま当たっただけで、未来永劫《えいごう》語り継がれるものだよ」

　笑顔のままの明日香が囁く。

「私も一つ迷信を持ってるんだけど、聞く？」

　無邪気な瞳には悪意しかない。呪《のろ》いの呪文を唱えようとする魔女のようだ。

「遠慮しておきます」

　顔を逸《そ》らした瞬間、胸もとの電話が鳴った。また母体搬送かと思ったが、呼び出し音が違う。

　院内携帯のほうだ。衛は急いで電話をとった。

『遅くにすみません。外科当直の佐々岡《ささおか》です』

　思わぬ相手からの電話に、体が強張《こわば》った。

『急性腹症の女性を取ったのですが、虫垂炎かと思って腹部CTを撮影したら、どうも骨盤に所見があって』

　他科からの診察依頼は珍しいことではない。急性腹症の原因が異所性妊娠や卵巣出血、骨盤内炎症性疾患などであるケースも、しばしばあるからだ。

腹部CTまで撮影しているのであれば、その病因が婦人科のものであることは、ほぼ決まりだ。

「痛みの状況はどんな感じですか？」

『相当痛がっています。できれば早めに診察をお願いします』

手術の必要性が高い。佐々岡の強張った声からは、それが伝わってきた。

「すぐに行きます」

電話を切る。ため息を吐くと、笑顔のままの明日香が視界に入り込んできた。

「来た？　４枚目の鰻」

「外科からの急性腹症患者の診察依頼です。骨盤に病変が写ってるようなので、うちでほぼ確定です」

夜はまだまだ長そうだ。明日香が衛の肩をポンと叩いた。

「母体搬送は私が対応するから、外科の患者さんは衛くんが診察してきて。オペが必要かの判断もよろしくね」

「俺がそんなことを決めてもいいんですか？」

「だって、婦人科に関してはひよっこじゃないんでしょ」

当たり前のように言われて緊張が走る。明日香が本当にそう思っているのかどうかはわからない。しかし人手が足りないのは事実だ。自分で手術を決めるくらいのつもりで他科コンサルを受けろ、ということであろう。

「診察を終えたらどうすればいいですか？」

明日香の人差し指が下に向いた。手術室だ。

「塔子さんにホウレンソウ。母体搬送のこともついでに伝えておいてね」

「了解しました。いってきます」

かなり重くなった腰を上げて、医師控え室を後にした。


午後10時10分。

外科から依頼された患者の診察を終えた衛は、手術室に駆け込んだ。塔子と神里はまだ手術中だ。

塔子が衛に気づく。

「お疲れさま。出血が多くて手間取ったけど、もうすぐ閉腹になる。そっちはどう？」

塔子の後ろでは、当直麻酔科医の笠原誠《かさはらまこと》が耳をそばだてている。状況が気になっているのは麻酔科も同じなのだ。

「やはり緊急カイザーです」

「誠くん。やっぱり、もう1件カイザーお願いできる？」

塔子が猫撫で声をかけた。

笠原は衛の一つ年下の、伊豆中の研修医あがりの麻酔科医だ。四角いメガネにパーマがかかった長めの髪は一見おしゃれではあるが、ぼってりとした一重瞼《まぶた》には正直あまり似合わない。彼は研修医時代に産婦人科もローテーションしており、塔子とも親しい。

笠原が憮然《ぶぜん》とした顔を、衛に向けた。

「どれくらいの緊急度なんですか？」

「子宮収縮抑制剤を投与中ですが、5分おきの収縮がありますし、帝王切開既往もあるので、……あまり待てないかと」

大きなため息が返ってきた。

「わかりましたよ。ここの縦出しで準備します」

縦出しとは、同じ手術室を使って次の手術を行うという医療業界用語だ。塔子が甘い声で笠原に話しかける。

「いつもありがとう誠くん。じゃあ、早く手術を終わらせるね」

笠原が途端にモジモジし始める。

「と、塔子さんの頼みであれば」

笠原は気持ちの波が激しい医師であるが、塔子に対してはめっぽう弱い。

「今度ご飯奢《おご》ってあげるから、許してね」

塔子の交渉力で話をすんなり決める。いくら手術をしたくても、麻酔科の協力なくしてはできようはずもない。だから日頃からの関係性が重要なのだ。その点塔子は、抜群のコミュニケーション能力を有している。

しかし残念ながら、まだ交渉すべきことが残っている。

「あのう、すみません」

おずおずと話しかけると、笠原が勢いよく首を向けた。

「今度はなんですか？」

『まさか、まだ手術じゃないでしょうね？』敵意が込められた視線が、ぐさりと刺さる。

「実は、外科から診察依頼を受けた患者さんがいるんです」

笠原の血走った目がさらに大きく開く。無理もない。夜中に同じ科から立て続けに3件もの手術を依頼されるなんて、さすがに気の毒だ。その手術を頼んでいるのは、衛自身なのだが。

「状況を報告して」

塔子の声に、ハッとする。

「38歳、子宮内膜症性のう腫《しゅ》破裂による、腹膜炎です」

「保存的に診るのは難しそう？」

手術をせずに投薬でなんとかならないか、という意味だ。だが診察した患者は、体をくの字に曲げ、背中を伸ばすこともできないほどだった。

「相当痛がっていましたし、ＣＲＰ（炎症を示す値）も二桁《けた》なので難しいかと」

「のう腫の大きさは？」

外科から提示された腹部ＣＴに、病変がはっきり写っていた。

「右の卵巣に7センチ。表面の不整があって、ダグラス窩《か》にも液体貯留《ちょりゅう》があったので、破裂は間違いないと思います」

子宮内膜症は、月経の時に子宮から排泄《はいせつ》されるべき子宮内膜細胞が腹腔《ふくくう》内の至るところに播種《はしゅ》する病変だ。卵巣内に内膜細胞がある場合、月経の度に内膜細胞が増え、やがて卵巣のう腫が形成され、大きくなる。それが破裂し、内容物が腹腔内に漏れ出て炎症を起こしているのだ。

腹腔内を洗浄しないと、痛みも炎症も治らない。

「やっぱりオペか。ねえ……誠くん」

塔子が上目使いで笠原を覗《のぞ》く。マスク越しからでも、長いまつ毛が伸びた瞳には色気がある。

笠原が観念したように声を上げた。

「ああ、もう。いいですよ。どうせ断れないんでしょ。その代わり、次のカイザーは斜めで出しますよ。全部縦でやってたら、夜が明けちゃうんで！」

斜め出しとは、空いている手術室を使って次の手術を行うことを指す。別室の準備が出来次第、母体搬送の緊急カイザーが行われる。そしてこの部屋のカイザーが終わったら、外科からの急患を手術する。つまり、二つの手術を並行して行う形になるのだ。

神里が口を開いた。

「並列で手術するとなると、明日香さんも入れて4人しかいないから、ぎりぎりですね」

塔子が眉《まゆ》を寄せた。

「でも、お産もまだ残ってるからね。できれば一人は病棟に居て欲しい」

塔子がぶつぶつと呟《つぶや》き出す。やはり人手が足りないようだ。田川は他病院の当直に出向いているから、呼び出せない。

嫌な予感がした。初勤務の記憶がフラッシュバックする。

「北条」

「はい」

「三枝教授を呼んで」

嫌な予感が的中した。

「こっちは手が離せないから、北条が電話して」

「俺が教授に、ですか？」

夜中に教授のプライベート電話にかけるなんて、本院では行ったことがない。三枝の険しい顔が脳裏に浮かび、動悸《どうき》を覚える。

「それから、教授が来るまでに手術セットも入れて。開腹で」

「開腹セット……ですか」

「術式は教授判断になるけど、十中八九開腹になると思う」

「あの」

「早く行って」

ピシャリと言われて、衛は手術室を飛び出した。

「やっぱり、当直飯に河津庵のカレーうどんなんか頼むんじゃなかった！」

背中から、笠原の悲痛な叫びが聞こえてきた。


午後10時30分。

衛は病棟の電子カルテを睨んでいた。

母体搬送の32週妊婦は、八重らによってすでに手術室へと移動した。塔子は病棟に戻ることなく、そちらの帝王切開に明日香と共に入る。神里は、もうすぐ戻ってくる緊急帝王切開を終えた患者に付き添い、そのまま病棟の分娩に備えて待機する予定だ。個々ができることを行うために奔走している。

衛はと言えば、三枝と急患の手術だ。今、彼の到着を待っている。

恐ろしく緊張した心持ちでかけた電話は、わずか10秒で切れた。

『あのっ、当直の北条です。や、夜分遅くに……』

『要件は？』

『緊急手術になりそうな患者がいらして……』

詳細を説明しようとした瞬間、『10分で行く』と告げられ、ブツリと切れた。

手術準備を終えた衛は、待機中、CT画像を舐《な》めるように見つめていた。子宮の右上に直径7センチの卵巣のう腫が写っている。表面には多少凹凸があるが、周囲の癒着はそれほど強くないように思えた。

腹腔鏡手術も可能なのではないか。

本院では、子宮内膜症の手術はラパロチームの仕事であった。患者に若い女性が多く、傷が目立たない腹腔鏡手術との親和性が高いからだ。たしかに子宮内膜症では、周囲の臓器と癒着してしまうことがある。癒着剝離《はくり》には専門的な手技が必要だが、最悪、癒着を剝離せずに手術を終えることもできる。

やはり、腹腔鏡手術を提案するべきだった。

塔子に開腹セットをオーダーしろと命じられたとき、詳細な状況を説明すればよかったかもしれない。

三枝に、腹腔鏡手術をそれとなく提案したらどうなるだろうか？ そんな考えがふと頭をよぎる。

この症例は、言わば分水嶺《ぶんすいれい》かもしれない。

今回のケースですら腹腔鏡手術を選択しないのであれば、腹腔鏡に触れる機会は残念ながらないだろう。

CT画像に映る卵巣のう腫を穴が開くほど見つめていたところに、頭上から鋭い声がした。

「これが急患の画像か」

三枝だ。音もなく隣に立っていた。慌てて立ち上がり、直立不動の姿勢をとった。

パリッとしたワイシャツに、真っ白な白衣は、きっちり下までボタンを閉めている。夜が更《ふ》けているにもかかわらず、その姿は朝と寸分も変わらない。

「すみません。こんな遅くにお呼びして」

その言葉には応《こた》えない。

「住まいは？」

「は、はい？」

「患者の住所はどこだと訊《き》いてるんだ」

慌てて電子カルテを操作する。事前に患者情報を頭に入れていたものの、いの一番に住所を訊かれるとは思ってもみなかった。

岩科南側。

「がんかみなみがわです」

鋭い舌打ちが返ってくる。

「いわしななんそくだ、バカもん。西伊豆の松崎町《まつざきちょう》だ」

着任してから知ったが、伊豆半島の地名は読みにくいものが多い。

「ここにいるなら、地名くらい頭に叩き込んでおけ」

「す、すみません」

「他の情報は」

「38歳、2経妊1経産。子宮内膜症の指摘はこれまでになく、今回、突然の腹痛で外科に救急搬送されました」

相槌《あいづち》は一切ない。伸びた背筋に、首だけを前傾させたいつもの体勢で、CT画像を見つめている。瞳だけをギョロギョロと動かすさまは、ロボットがスキャン動作をしているかのようだ。

「画像所見からは……」

「開腹だ」

癒着の程度を説明しようとしたが、三枝の低い声にかき消された。三枝は予想通り、開腹手術を決めた。しかしここで引き下がってしまっては、この病院で腹腔鏡手術を見ることは叶《かな》わない。

「あの……、おそらく癒着の程度は」

だが、食い下がろうとした衛に返ってきたのは、さらに重厚な声だった。

「開腹だ。聞こえなかったのか？」

恐ろしいまでの威圧感だ。一切の反論を認めない。三枝がそう言っている。無理だ。本能でそう理解する。衛はそれ以上の言葉を呑《の》み込んだ。

「手術室が空き次第、入室とのことです」

口から出た言葉は、すっかり掠《かす》れていた。

「麻酔がかかったら呼べ」

それだけ言うと、三枝は暗い廊下の中に消えた。


午後11時。

手術室にモニター音が響く。目の前には、ドレープで囲われた患者の腹がある。麻酔がすでにかかり、手術準備も完了している。衛は、悶々《もんもん》とした気持ちを抱えながら、三枝の到着を待っていた。

結局なにも言えなかった。三枝の迫力にただ屈したのだ。主従関係を叩きこまれた飼い犬のようだ。

逆らうな。暗にそう言われた気持ちだった。もう二度とこの施設では、腹腔鏡手術の提案などできない。いつか塔子が話していたとおり、三枝に対して腹腔鏡手術を提案するのは禁忌なのだ。

手術室の扉が開き、手洗いを終えた三枝が現れた。

看護師たちが粛々と術衣を用意する。無言のまま術衣に袖《そで》を通すさまは、王の儀式のようだ。威厳を全身にまとっている。

三枝の準備は整った。

切り替えろ、と自らを叱咤《しった》する。迷いを抱えたままだと三枝の手にはついていけない。あのやりとりの後だ。ここで粗相《そそう》してしまえば、ひよっこからも格下げされてしまうだろう。そうなれば自分も佐伯と同じ運命を辿《たど》る。

この土地で何も摑《つか》めないまま逃げ帰るのだけはごめんだ。

対面に三枝が立つ。長身で背筋が伸びた様は、自身に立ちはだかる壁のように感じられた。

「始めていいか?」

低い声で問われる。

「お願いします」

「患者はまだ若い。下腹部横《おう》切開でやる」

術創の見た目を考慮するなら腹腔鏡を選択すればいいのに。そんな考えがまたよぎるが、すぐに脳の奥へと引っ込める。集中しないと手が遅れる。

三枝のメスが一閃《いっせん》する。一瞬の間を置いてから、血が滲《にじ》み出てくる。すかさず鑷子《せっし》で把持したガーゼで、血液を拭《ぬぐ》う。すぐさま、二手、三手とメスが躍る。わずかな隙《すき》にガーゼを走らせ、術野の視界を常に明瞭《めいりょう》に保つ。

縦に走る真っ白な筋膜が姿を見せた。

「筋鈎《きんこう》ください」

言葉と同時に、左手に筋鈎が手渡される。三枝が、クーパーを手に取った気配がした。下腹部横切開ではいつも、右下腹部から筋膜を展開する。それを見越して創部右端に筋鈎をかける。

クーパーが筋膜を展開する。あっという間に赤々とした腹直筋が見えた。筋鈎を外し、術者の邪魔にならないように後ろから筋鈎を回し込み、今度は左の切開創にかける。

三枝がクーパーを逆手に持ち、左の筋膜を展開する。

両側の腹直筋があらわになった。

秒単位で手術が進む。流れるような操作は、熟練したプロが奏《かな》でるピアノの旋律のようだ。衛の手が一つでも遅れれば、曲が崩壊してしまう。衛は無我夢中で手を動かした。

「腹直筋を展開する」

筋組織を左右に広げると、間から薄い腹膜が見えてくる。

ここまで1分。下腹部横切開は、縦切開に比べて時間がかかるはずなのに、やはり異様に速い。

しかし、そこで三枝の手が止まった。なにかと思って顔を上げると、ギョロリとした視線が刺さった。

あまりの威圧感に、背筋が強張る。

「ど、どうしましたか」

無言のまま衛を睨んでいる。なにか地雷を踏んでしまったのかと思うと、背中を嫌な汗が伝った。

たった数秒間が永遠にも感じた。しばらくしてから、三枝がボソリと呟いた。

「ついてきたか」

「え？」

答えは返ってこない。

三枝がまた睨《にら》みを利かせる。

「俺のオペに入るのは、何度目だ？」

「2回目です」

三枝の手術に入ったのは初日の緊急帝王切開だけだ。それ以降は、ひよっことしての仕事を学ぶのが最優先とされ、三枝の手術の助手は当てられなかった。

初回の手術で三枝から、自分の手術のやり方は一度で覚えろと言われたし、手の遅さについて叱咤された。だから、時間があれば手術を見にいったのだ。三枝の手術だけではない。塔子や明日香の手術は、三枝の手順をほぼ模倣していることが分かり、二人の手を食い入るように観察した。

その結果、なんとか三枝の手についていけた。

数秒の沈黙の後、三枝がクーパーを看護師に返した。手術中に手を止めるのを見るのは初めてだった。

「いいだろう」

三枝が薄い腹膜を指差す。

「北条」

「……はい」

「腹の中はどうなっている？」

唐突に問われて混乱する。三枝が再度目を光らせた。

「お前の見立てを話せ」

衛の診断を聞く。三枝はそう言っているのだ。術前には耳を傾けようともしなかったにもかかわらず、だ。

向き合って訊かれるとさらに緊張感が増す。しかし、三枝に自身の考えを述べられるチャンスなど、そうはない。覚悟を決めて口を開いた。

「CTでは7センチの子宮内膜症性のう腫を認めます。ダグラス窩《か》にのう腫内容の貯留もあり、破裂の診断は正しいと思います」

大事なのはここからだ。衛は唾《つば》を飲み込んだ。ゴクリ、という音が体内に響き、肩が震える。

「のう腫表面の不整は認めますが、子宮後屈《こうくつ》もそれほど強くなく、他の内膜症を疑う所見もないため、癒着は強くないと考えます」

本来なら腹腔鏡手術を選択するべき症例だ、という言葉は心の中に留《とど》めた。

無言で聞いていた三枝が、手術看護師に左手を差し出した。

「メス」

手渡された鋭利なメスが無影灯に照らされて鋭く光った。

三枝が小さく息を吐いた。

「画像情報だけで全《すべ》てを見た気になるな」

その言葉と共に鑷子《せっし》で腹膜を把持する。衛は慌てて対側の腹膜を摑んだ。

「腹膜を展開する」

張力がかけられた腹膜にメスが当てがわれた。薄い膜は容易に左右に開けた。

「中を見ろ」

言われるまま腹腔内を覗き込む。魚が腐ったような悪臭が鼻をついた。膿瘍《のうよう》特有の臭いだ。どうやら、のう腫が細菌感染を併発していたようだ。破裂してから随分と時間が経《た》っている可能性がある。

腹腔内に無影灯の光を当てる。そこには想像をはるかに超えた光景が広がっていた。

「どうだ?」

「内膜症が、想像していた以上に広がっています」

子宮内膜症は、血液を伴った古い内膜細胞が病巣の本体であり、その外観は溶けたチョコレートのようだと表現される。

粘度の高い組織が、のう腫表面だけでなく、腸管や子宮に張り付いていた。内膜細胞は、炎症を繰り返すことで周囲の臓器との癒着を生む。各臓器が互いにへばりついているのは、触れてみなくとも明らかだ。

CT画像から想像していたよりも、はるかに状況が酷《ひど》かった。

三枝はそれを術前から見抜いていたのだ。

「お前はラパロチームの人間だったな」

「はい」

「この症例でラパロをやった場合、どうなった？」

「まずはカメラで腹腔内を覗いて、この状況だと腹腔鏡手術は困難なので、上級医を呼ぶか、もしくは……」

「わざわざ開腹チームを呼び出して腹を開けるか？」

答えはわかりきっている。三枝の口調からそれが窺《うかが》えた。

「そのとおりです」

帽子から覗く瞳が鋭く光る。

「この病院で、そんなことができると思うか？」

「……できません」

腹腔鏡手術はそもそも人手が取られる。その上で、開腹手術専門の医師を呼んで術式を変えるなど、医師と時間が豊富な場所でしかできない選択だ。仮にこの症例で腹腔鏡手術を強行していれば、スタッフに余計な時間と負担を強いるし、タイムロスの合間に他の急患が入り、現場が大混乱に陥ったかもしれない。

完敗だ。三枝の見立てと方針に間違いはなかった。おそらく、自分の伊豆中での居場所はなくなるだろう。そう覚悟した。

「北条」

鋭い声に体が硬直する。恐る恐る顔を上げると、三枝が真《ま》っ直《す》ぐにこちらを見据えていた。

「なぜ俺がこの状況を予測できたと思う？」

想定外の言葉に、頭が真っ白になる。

「考えろ」

急《せ》かされて、慌てて思考する。

「自分が見落としていた画像所見があったのかと……」

「違う。画像から見える所見など、人によってそうは変わらない」

即座に否定されて戸惑う。他になにかヒントがあっただろうか。レントゲン、それとも超音波？

「この患者の住所はどこだ?」

またもや、問われたのは住所だった。

「岩科南側《いわしななんそく》です。西伊豆の松崎町の」

さっきから住所をしきりに気にかけている。しかし、それが何を意味するのかが分からない。

「気軽に受診できる病院が少ないんだ」

その言葉にハッとする。鰻を待つ間に、塔子と話していたことを思い出した。

「伊豆半島の地形によるものですか?」

三枝が首から上だけをすとんと落とした。

「患者の家からこの病院まで、車でも最低1時間はかかる。バスと電車を乗り継いだら2時間だ。近くに産婦人科診療所もない」

「だから、そもそも病院にかからないってことですか?」

「そうだ。月経痛が酷くても、それだけで病院まで足を運ぼうとは思わない」

子宮内膜症があるにもかかわらず、38歳まで未診断だった理由がそこにあったのだ。

東京であれば、婦人科専門の開業医は数多《あまた》ある。早期に診断されやすいし、酷くなる前に予定手術を組むこともできる。それどころか、内服治療で進行を遅らせて、手術そのものだって回避できたかもしれない。

「だから、のう腫が破裂するまで、病院にかかることなく悪化させてしまったんですね」

しかし、三枝は首を振った。

「この患者はおそらく、何度も破裂を起こしている」

「え？」

「多少のう腫が破裂して痛かろうが、救急車を呼ばずに我慢してきたんだ」

画像を見ただけでは、そんなことなど想像すらできなかった。三枝はそこまでの見立てをして、開腹手術を即断したのだ。

その思考の一端に触れ、深さと鋭さに震撼《しんかん》する。

三枝が淡々と告げる。

「俺は病院を増やすことはできない。しかし、我慢を重ねてようやく訪れた患者に対し、一度の手術で確実に治療を完遂することはできる」

それが、三枝のこの土地の医療を支える者としての矜持《きょうじ》なのだ。画像所見だけで勇み足を踏み出そうとした己の浅はかさを知り、言葉が出なかった。

「手術を再開するぞ」

「……はい」

三枝の手が次々と癒着を剝離していく。腹腔鏡での癒着剝離は何度も目にしてきたが、それよりも圧倒的に速い。強固な癒着を剝《は》がすと所々出血が起こる。そこを確実に把持し、糸をかけていく。

「結べ」

声と同時に糸を受けとり、結紮《けっさつ》をする。これ以上失態を重ねるわけにはいかない。緩まぬよう、かといって糸を切らぬよう、速く、確実に結紮を行う。

糸を切った三枝が、静かに語り始めた。

「技術革新は、人の目を鈍らせる」

喋《しゃべ》りながらも、その手が止まることはない。

「CTは、人体にX線を当てて、検出機で画像化しただけのものだ。それ以上でも以下でもない。画像からは見えてこないことも山ほどある」

卵巣周りの癒着が全て外された。凄《すさ》まじい技術だ。様々な医療機器が日進月歩で開発されているが、それに頼らずとも完璧《かんぺき》に手術を遂行できることを、その手が示している。

三枝は新しい技術を否定しているのだろうか。たしかに、頑《かたく》なに新技術を受け入れない老医師は存在する。しかし、この聡明《そうめい》な医師が、そのような理由で技術を拒絶するとも思えなかった。

「CTは、医療革新の一端を担《にな》っていると思うのですが」

勇気を振り絞って言ってみる。

三枝は、腹腔内に視線を落としながら口を開く。

「目を増やすか、腐らせるか、だ」

「目を……増やす？」

「検査の仕組みを知り、限界を知るものは、新たな技術によって己の目が増える。しかしそれを意識せず、技術の恩恵を自身の実力だと思い込んでしまえば、単に目が腐る」

論旨の全容は摑めない。

ただ、以前田川が与えてくれた助言に近い気がした。その土地をじかに目にしなければ、実情は摑めない。そして、それを糧《かて》にするかしないかは本人次第だ。

「医師として成長したいのであれば、目を増やせ。それが己の技術に繫《つな》がり、やがて、どんな状況にも対応できる医師を作る」

語気の強い語り口は、どこか衛を鼓舞するようなものだった。

どうやら見放されたわけではないらしい。そう感じて安堵《あんど》する。

「ボヤッとするな」

一瞬だけ気を緩ませたことさえ、この人は見逃さない。衛は今一度集中力を高めた。

「すみません」

手術が進む。卵巣のう腫を摘出し、子宮や腸の癒着を全て剝がし、腹腔内の至るところに存在する内膜細胞を電気メスで焼灼《しょうしゃく》した。最後に生理食塩水で、腹腔内をこれでもかとばかりに洗浄する。

腹膜を開いたときの悪臭はすっかり消え、周囲の臓器と強固に癒着していた卵巣が、再び自由を取り戻していた。

「手術終了だ」

徹底した手術を終えたのは、深夜0時をゆうに越えてからだった。三枝が術衣を脱ぎ、マスクと清潔手袋を外す。こちらは全身汗だくだというのに、三枝のスクラブには汗染《じ》み一つない。本当に人間なのかと疑いたくもなる。

「北条」

「はい」

「ドレーンからの排膿《はいのう》をきちんと確認しておけ。抗菌薬の投与も忘れるな」

即座に、脳内に教授ルールが浮かんでくる。毎日ルールを確認している努力のたまものだ。

「わかりました」

首から上だけをカクンと落とすと、三枝が背を向けた。ようやく夜間の緊急手術が閉幕した。あまりの緊張感から解放され、衛はその場にへたり込んだ。

「そうだ」

緊張が抜けた瞬間を見計らったかのように、三枝の声が飛んできた。

「は、はいっ」

慌てて、直立不動の体勢をとる。三枝が顔だけゆっくりとこちらに向けた。珍しく口角が上がった表情が、逆に恐ろしい。

「今度鰻《うなぎ》を食うときは、先に俺に言っておいてくれよ」

なぜ鰻のことを知っているのか。困惑する隙も与えず、三枝は手術室を去っていった。

朝6時。医師控え室の窓からは、燦々《さんさん》と陽光が降り注ぐ。

衛はソファーに沈み込むように横になっていた。もう一方のソファーには塔子が同じ体勢で横になっている。流石《さすが》の塔子も疲労の色が濃い。

腹膜炎の術後も忙しかった。分娩《ぶんべん》があり、3件の術後の患者管理に追われ、新たな妊婦の入院もあって、結局一睡もできなかった。

お互い、会話もなく、ソファーでぐったりしている。

おもむろに、塔子がテレビ番組をつけた。

静岡テレビの朝の情報番組だ。

『今日はテケトリさんが、イルカに会いに行ってますよー』

ライブ画面に変わる。

「あ、三津《みと》シーパラダイスだ」

相当の引き画面なのに塔子が場所を言い当てる。12時間前に見た光景だ。梅ちゃんの出前を待っていたのがたった半日前ということが、もはや信じられない。

「三に津で、みと……って読むんですね」

やはり、伊豆半島の地名は読みにくい。

塔子がむくりと上半身を起こした。

「そうそう。沼津にある水族館よ。日本で初めてバンドウイルカの飼育に成功した場所なの。ちょっと寂れているけど、アットホームでいいとこだよ」

こんな疲労の中でも、スラスラと解説が始まる。

「近いんですか？　ここから」

「駿河湾方面に走ってすぐだよ。車で連れてってあげようか？」

先ほど受けた三枝からの叱責を思い出す。

地名を覚えろ。目を増やせ。

テレビに映っている場所を、実際に見てみたいと思った。

「お願いします」

その言葉に塔子が目を丸くした。

「素直じゃん。どうしたの？」

塔子がこちらを覗き見てくる。

「なんですか？　ジロジロ見て」

何か閃《ひらめ》いたのか、塔子が悪戯《いたずら》っぽく笑った。

「さては彼女と別れちゃった？」

「あれだけ忙しい当直中にそんな大イベントあるわけないでしょ」

即座に否定され、塔子が小さく口を尖《とが》らせた。

「なんだ。つまらない」

「つまらないってなんですか。もう早く寝ましょうよ。今からでも、ぎりぎり2時間は眠れますから」

「あっ」

塔子が驚いたように目を見開いた。

「……なんですか」

「当直明けに無理矢理寝ようとすると……」

嫌な予感がする。

「先生！　お産です」

ナースステーションから響いた八重の声に、衛は耳を疑った。

第四話　城ヶ崎塔子の夏休み

夏の訪れと共に、伊豆はにわかに活気付く。

色とりどりの観光バスが駅前のロータリーに停まり、閑散としていた夜の温泉街に、浴衣《ゆかた》を着た人たちが闊歩《かっぽ》する。古い旅館の石垣に囲まれた『あやめ小路《こうじ》』を、ガイドブックを片手に持った外国人が物珍しそうに歩いている。

城ヶ崎塔子は、来訪者たちが幸せそうな空気を振りまいてくれるこの季節が、一番好きだった。

道ゆく人たちに、そっと教えてあげたくなる。

お兄さんがた、そこの蕎麦《そば》屋『ひぐらし』さんは、ガイドブックには載っていないけれど、山菜の天ぷらが美味《おい》しい隠れた名店ですよ。

そこの若いカップルさん、あっちの角を曲がったところの焼き鳥『鳥光《とりみつ》』さんは、観光地気分は味わえないけれど、鶏ガラからひいた白湯《パイタン》ラーメンが絶品なんですよ。

もちろん、そんなことを言うのは野暮《やぼ》だ。旅の食事は一期一会《いちごいちえ》、当たるも八卦《はっけ》当たらぬも八卦、おいしくてもそうでなくてもきっといい思い出になる。

そもそも、この地にハズレの店は極めて少ない。

御多分に洩《も》れず、食事処いおりも大いに賑《にぎ》わっている。

土曜日の昼下がり。店内はよそゆきの洒落《しゃれ》た服で着飾った観光客で満席だ。これから夏休みにかけては、まさにかき入れどき。普段、地元民がゆるりと時間を潰《つぶ》すこの店が、行楽シーズンの昼には表情を一変させる。

定食が飛ぶように売れ、様々な客層が店に入っては出て、恐ろしいほどの回転率となる。幸せな旅の思い出をまたひとつ増やしたお客さんたちが店を出ていく様子を見ると、こちらまで心がほっこりする。

運よく奥座敷につくことができてよかった。ビールで喉《のど》を潤《うるお》しながら、塔子はホッと一息ついた。

陽光が燦々《さんさん》と窓ガラスから注ぎ、来訪者たちが遠くの土地の空気を運んでくれる。大将たちも活気に溢《あふ》れている。

馴染《なじ》みの店のいつもの席で季節の変わり目を肌で感じることができるのは、この土地で長く過ごした者だけの特権だ。

大将が包丁でまな板を叩《たた》く音、女将《おかみ》の軽やかな足音、伊織の明るい返事、箸《はし》が丼《どんぶり》の底をつつく音、控え目な咀嚼《そしゃく》音、楽しそうな子供たちの声。

飛び交う音を楽しんでいると、目の前からボソボソと声が聞こえてきた。

「こないだの手術で、目を増やせって教授から言われたんですよ」

伊豆中《なか》に来て1ヶ月のひよっこ医師、北条衛だ。土曜日の仕事終わりに、明日香を含めた3人で、早めの夕食を摂《と》りに来ている。これから火曜日までの短い期間であるが、夏休みを取ることができた。土日はゆっくりと体を休め、週明けにはドライブにでも興じようかと思っている。

目の前のふたりは、先日の当直で衛が三枝と入った子宮内膜症の手術の話をしているらしい。

あの夜は実に忙しかった。

梅ちゃんの極上鰻丼《うなどん》のジンクスどおりに当直が荒れてしまったわけだが、衛がご飯一粒も残さず完食したのには驚いた。『食が太い人間は土壇場に強い』が、塔子の持論だ。

それほど体格が良いわけではないのに食べっぷりがいいとなると、色々と美味しいものを食べさせたくなってしまうのが人情である。だが、あまり押しつけがましいとパワハラと言われてしまうので、匙《さじ》加減が難しい。自分が若かった頃を思えば、時代も変わったものである。

それにしても、三枝からあの言葉をもう引き出したのかと心中で唸《うな》った。

『いい医者になりたいなら、目を増やせ』は、三枝の持論である。しかし、誰彼かまわずその金言を授けるわけではなく、育つ見込みがないと判断した者に対しては、決して口にしない。真意が伝わらないとわかっているからだ。

その辺り、三枝の人に対する評価は実にシビアだ。

事実、前任の佐伯は着任直後に三枝の逆鱗《げきりん》に触れ、指導してもらうどころか、あっという間に本院に送り返された。

そこで、本院側が急遽《きゅうきょ》代わりの人員として見繕ったのが衛だったというわけだ。

急遽派遣が決まった若手医師で、しかも佐伯と同じラパロチームからの選出ということで、またも三枝に門前払いされるような人間かもしれないとハラハラしたものだが、中々どうして筋のいい若者が来てくれた。

主張が強いタイプではないが、素直なのがいい。

といっても、単なるイエスマンを三枝は嫌う。

言われたことを、自分なりに解釈しようとする姿勢がいいのだ。長いことさまざまなタイプの若手を見ているとわかる。こういう人間が、実は後々ぐんと伸びる。

その当人は、目の前に並んだ金目鯛《きんめだい》の開きとシシャモを交互に見ながら首を捻《ひね》っている。

「魚を見ても色んな目がありますよね。金目はこんなに大きいのに、シシャモは小さい。きっと見えてる世界が違うんですよね」

それはちょっと思考の方向性が違うんじゃないかと思うが、あえて口出しはしない。すぐに手を差し伸べることが必ずしも良い結果に繋《つな》がるわけでもないし、若い子が答えを探して彷徨《さまよ》う姿を見るのが面白い。行ったり来たり、時に迷って後退したり、そうして人は成長していくものだ。その過程を目の当たりにするのは堪《たま》らない贅沢《ぜいたく》だし、いい酒の肴《さかな》になるとも言える。

「うーん。それは違うっしょ」

明日香が眉根《まゆね》を寄せ、あっさりと否定する。

彼女はせっかちで、あまり待てるタイプの人間ではない。

おそらく明日香の体内時間は、他の人の倍くらいの速さで流れている。だから、至極ゆっくりと時間が過ぎていそうな下水流《しもつる》くんと一緒になったのが、未《いま》だに信じられない。

まあ、一時間に一回だけ出会える時針と分針みたいな関係が、お互いに心地良いのだろうと勝手に納得している。

「じゃあ明日香さんは、教授がなにを言っているんだと思います？」

今度は衛が眉をひそめて訊《き》き返す。

一本に結んだ髪が、まるで尻尾《しっぽ》みたいにぴょこりと跳ねた。明日香はしばしば動物的な動きをする。愛猫《あいびょう》の美沙子の仕草と重なるので、時折その長い尻尾髪を撫《な》でつけてやりたくなる衝動に駆られる。

「ほら、手術してるときって、頭に勝手に色んな映像が流れ込んでくるでしょ？」

「映像……って、ラパロのモニター画面みたいな？」

「違うよ。もっと、パパパパッと浮かんでくるやつ。横からとか、後ろからとか、前からも、たまに子宮の内側が見えてきたりしない？」

「内側？　それって、子宮鏡手術の視野の話ですか？」

明日香がぶんぶんと首を振って、尻尾を躍らせる。

「知らない。私、子宮鏡手術できないし。でもきっと教授が言ってるのは、頭の中にバンバン映像が浮かぶってことだよ」

衛の顔にはハテナマークが張り付いている。

無理もない。外科医にも色々なタイプがあるが、ふたりはまるで逆の系統だ。

明日香は感覚派で天才肌。対する衛は理論派で努力の人だ。田川の話では、毎晩欠かさずに腹腔鏡《ふくくうきょう》の練習キットを触っているほど勤勉らしい。

衛がいやいやと頭を掻《か》いた。

「やっぱり手術の視野はひとつですよ。じゃなきゃ危ないです。ラパロの手術でも、画面に映った範囲以外のところで勝手に手を動かすなって、口酸《ず》っぱく注意されますもん」

「ひとつの方が危ないじゃん。私は、たまに少し未来の映像が浮かんだりもするよ」

「未来？」

「そういう時はすごく楽になるよ。だって、答えが見えたテストを解くようなもんだから。答えに向かって手を動かすだけ」

口をぽかんと開けた衛が、「おかしいですよ」とボヤく。

それからも、魚を突《つつ》きながら、あーでもないこーでもないと、手術談義に花を咲かせる。

双方の技術論は全く嚙《か》み合っていない。でも、それもいいと思う。

伊豆中は、多様な人間が集まらざるを得ない場所なのだ。

そして常に医者が少ない。だから、価値観や考え方が違う者同士でも、チームを組まざるを得ない。一見するとそれは短所だけど、考えようによっては長所だと思っている。

水と油だって、攪拌《かくはん》すればドレッシングになるし、さらに卵黄《らんおう》と少しの酢が加われば、美味しいマヨネーズの出来上がりだ。水と油は混ざらないと最初から決めつけてしまったら、マヨネーズはこの世に生まれていない。

どうにも、食べ物から離れることができない。

田川ならきっと、もう少し洒落《しゃれ》た表現をするかもしれないなと思いつつ、金目鯛の開きを口に運ぶ。やはりいつ食べても最高だ。嚙めば嚙むほど、甘みが滲《にじ》み出てくる。いおりで仕入れている干物は、ボイラー乾燥ではなくきっちり天日干ししたものなので、旨味《うまみ》が格段に強いのだ。

身を飲み込むと、ふたりが揃《そろ》ってこちらを見ているのに気づく。

「どうしたの？」

「塔子さんは、教授の言葉の意味をどう考えますか？」

はっきりとした答えがないと気持ち悪いのだろう。さすが理論派の優等生だ。

「私にはわかんなーい。教授に直接訊いてみたら」

つっけんどんに返すと、明日香がぴょこんと跳ねた。

「あ、ずるい」

「別にずるくないよ」

むすっとするふたりを見ながらビールを飲み干すと、襖《ふすま》がすっと開いて、伊織があらわれた。妊娠30週になろうとしている伊織の腹は、ずいぶん大きくなっている。すでに作務衣《さむえ》はきついらしく、割烹着《かっぽうぎ》を着ているが、それがよく似合っている。

「お待たせしました」

盆に大ぶりの丼を載せている。大きな腹で視界が遮られる中、伊織はお盆を慎重に衛の目の前に置いた。

むせかえるような甘い脂《あぶら》の香りがこちらまで届いてくる。なんだろうと思って覗《のぞ》いてみると、削ぎ切りされた分厚いステーキ肉が、とろみのついた餡《あん》をまとって美しく輝いている。

なんとも魅力的な絵面《えづら》だ。しかし……

「こんなメニュー、頼んだっけ？」

そもそも、いおりでこの一品を見たことがない。見た目だけで食欲をそそる丼に、がぜん興味が湧《わ》いた。

伊織がニコリと微笑《ほほえ》んだ。純真無垢《むく》なその笑顔は、初めて会った高校生の頃から変わらない。

「伊豆牛の治部煮《じぶに》丼。大将から北条先生に、サービスだそうです」

「治部煮ってなに?」

「女将の故郷の、金沢の郷土料理です。お肉や野菜を甘い餡で煮込んで、ワサビを和《あ》えています。鳥肉を使うことが多いんですけど、北条先生がいつも美味しそうにワサビを味わっているから、牛肉でアレンジするのを思いついたって、大将が言ってました」

「じゃあ裏メニューってことじゃん」

地元の店の懐《ふところ》に短期間で入りこむとは北条衛おそるべしと驚いていると、口を尖《とが》らせたのは明日香だ。

「ずるい」

「別に、ずるくないですよ」

明日香が伸ばそうとした箸を避けるように、衛が治部煮丼をスッと遠ざける。箸は虚《むな》しく空振りする。

「それにしても、北条。あんた、そんなにいおりに通ってたの? 知らなかった」

「ご飯食べようと思ったら、大体ここに来てます。近いし、美味しいし。当直とみんなと飲みにいく以外は、ほとんどここです」

「ってことは、週3くらい来てるってことじゃん」

「俺、これって決めたら、毎日それでいい人間なんです」

「私と真逆《まぎゃく》だ」

衛がいおりの常連になっていたとは意外だった。

「それで大将から北条にサービスなんだね」

伊織がこくんと頷《うなず》く。

「いつも相談に乗って下さっていることへのお礼の意味もあるみたいです」

「相談？」

衛を見ると、どこか照れくさそうに頰を赤らめた。

「伊織ちゃんの妊娠中のことについて、色々訊かれているんです。栄養のこととか、出産に伴うリスクのこととか」

生真面目《きまじめ》な性格だから、教科書や論文を一生懸命調べて答えているのであろう。

しかし、意外にも伊織は渋い顔をした。

「でも、おかげさまで最近、大将が過保護になる一方なんですよ」

どういうことかと思ったら、皮肉っぽく笑ったのは明日香だ。

「衛くん。自信がないから、慎重なアドバイスになって、大将を脅しすぎちゃったんでしょう」

「うっ」

バツの悪そうな表情を見せた衛を見て納得する。

妊娠出産は、なにが起こるかわからない。リスクについて尋ねられても、どこまで話せばいいかの線引きは難しい。

「伊豆中にいたら、嫌でもそうなっちゃいますよ」

たしかに、重症症例を連日のように見ていれば、慎重になる気持ちもよくわかる。でも、若い頃はそれくらいが丁度いい。自分を過信している医者が一番扱いにくいし、なにより危ない。

盆を抱えた伊織が、つらつらと不満を述べはじめる。

「あれ食べろ、これは食べるな。外に出るときは女将と一緒にしなさい。伊豆長岡から外には出ちゃいけないって、もう大変です」

さすが愛《いと》しの一人娘の初孫だ。愛情と心配はセットなのである。

「それじゃあ、旦那《だんな》さんにも会いにいけないじゃん」と返すと、伊織が口を尖らせた。

怒った顔にも愛嬌《あいきょう》がしっかりと残っており、いまいち怒りが伝わってこない。

「そのとおりなんさ。さっすが塔子さん、よくわかってる」

「伊豆高原は、車でも結構時間かかるもんね」

伊織の夫、勝呂《すぐろ》浩太《こうた》は伊豆高原の農家の跡取り息子だ。妊婦健診の折に、何度か会ったことがある。日焼けした顔にドングリみたいな瞳《ひとみ》をした、いかにも純朴で真面目そうな青年だった。跡取りとして仕事を覚えるのに、毎日大変らしい。

伊豆高原はここから30キロほどの距離にあるが、山道を越えなければならないので、車でも1時間近くかかる。

「そうなんですよ。しかもこれから夏野菜の収穫期で忙しいんで、たまにこっちに来てくれても、いつもとんぼ返りさ」

まるでロミオとジュリエットだ。近頃、若いカップルの悩みを眩《まぶ》しく感じる自分がいる。

「ですから、店には出るようにしてるんです」

「それは大将から禁止されなかったの？　だって、いまの季節は相当忙しいでしょう」

伊織の瞳が悪戯《いたずら》っぽく光る。

「交換条件です。何ヶ月も家でだらだらするだけなんて耐えられないですもん。女将だって出産ギリギリまで店に出てたんでしょって反論したら、渋々首を縦にふりました」

胸を張った伊織が、手付かずの治部煮に気づいた。

衛が餌《えさ》をおあずけされた犬みたいに肉を凝視している。ついでに、隣の明日香はそのおこぼれを狙《ねら》っている。

「ごめんなさい。私ったらずっと喋《しゃべ》っちゃって。どうぞ、熱いうちにお召し上がり下さい」

いただきます、と手を合わせてから、衛が治部煮丼をかきこんだ。しばらく咀嚼しているが、涙を流さんばかりの表情だけで美味《うま》いことが伝わってきた。

嚥下《えんげ》したタイミングを見計らって、伊織が声をかける。

「どうですか？　大将から感想を聞いてこいって言われてるんです」

衛の目が輝いている。

「牛肉の旨味と甘い餡のバランスが最高です。それに最後に、ワサビが優しく鼻を抜けるのが堪らなくいいです」

なかなかに食リポが上手《うま》い。今まで食べた肉でいちばん美味しいとか、トロットロとか、ジューシーとか、安易なフレーズを使わないのがよい。

「俺、毎日これでもいいかも」

これが衛にとって最大級の賛辞なのだろう。実際、連日足を運んでいるからこそ、その言葉に重みがある。きっと大将も喜ぶだろう。

明日香が狙っている気配を察した衛が、丼を差し出す。

「食べますか?」

「うん、もちろん。ありがとう」

明日香の箸が伸びる。治部煮丼がごっそりと減ったのを見て、衛が悲しげな表情を見せた。

明日香も治部煮丼を口にして目を輝かせた。

「衛くん。ここにきてから初めて、めっちゃいい仕事をしたね」

「できれば仕事で褒められたいですけど」

「大丈夫、大丈夫。衛くんなら、すぐにひよっこを卒業できるよ」

「言葉が軽いです」

でも明日香は、冗談でもお世辞は言わない。彼女なりに衛を評価しているのがわかった。

「塔子さんもどうですか？」

視線を落とすと、丼の中身は半分に減っている。それでも自分に勧めてくるあたり、やはり性格の良さがうかがえる。

「じゃあ一口だけ」

治部煮丼を口へと運ぶ。はじめての料理を食べるときは、いつもワクワクする。

餡の甘みの後、一回噛んだだけで口の中が肉の旨味で満たされる。

衛のプレゼンどおりだ。あとからワサビの辛味が優しく鼻腔《びこう》を刺激する。これはすぐに次の箸を伸ばしたくなる。

「絶品だね。すごい美味しい」

「お口に合ってよかったです。大将に伝えておきます！」

満面の笑みが返ってくる。

すると、フロアから「伊織」と女将の声が響いて、伊織がハッと肩を上げた。

「いけない。あんまり楽しくて、話し過ぎてしまいました」

女将に向かって「今行きます」と声をかけると、ペコリと頭を下げる。

「では、ごゆっくりして下さいね」

背を向けて、パタパタと歩いていく。あどけない高校生だった伊織が立派に成長して、いまや母になろうとしていると感慨深いものだと思っていると、カウンターの前で、なにやら女将と話し込みはじめた。

先ほどとは打って変わった神妙な表情に違和感を覚える。

「どうしたんだろう。なにかあったのかな」

呟《つぶや》くと、衛と明日香もフロアに目を向ける。

女将と伊織がテーブル席に歩み寄り、20代後半と思《おぼ》しき女性に話しかけている。

たしか幼稚園生くらいの男の子を連れた3人家族だ。土産物屋の袋が椅子《いす》に置かれている。父親と子供はトイレにでも行っているのだろうか、席を外していた。

「マタ旅ですね」と、明日香がため息まじりに言った。

細身の母親は腹だけが膨れている。その大きさから察するに30週くらいだろう。

「妊婦さんの旅行って、結構多いんですね」

「これからもっと増えるよ」

衛の言葉に、明日香が間髪《かんはつ》を容《い》れずに答えた。

伊豆長岡は首都圏から足を延ばしやすく、閑静で温泉もあるので、妊娠中の旅行地としても人気がある。

「本当は勧められないけど、マタニティ雑誌でもマタ旅は大々的に取り上げられてるし、自治体だって積極的にプロモーションしてるからねえ」

ボヤいた明日香の言うとおり、行楽シーズン、伊豆には妊婦連れの観光客が増える。それにつれて、受診の相談も急増する。

出血した。破水かもしれない。転んで腹を打った。お腹《なか》が張る。中には、旅館で出された刺身を食べてしまったが、ネットで調べて不安になってしまったが大丈夫か？なんて相談もある。

「観光地の病院の宿命だよね」と口にしながら、塔子は妊娠女性の様子を注意深く観察した。

屈《かが》んだ女将たちと話す顔には、不安が浮かんでいる。やがて、一瞬だけ顔を歪《ゆが》ませた。女性の右手が反射的に腹をさするような仕草を見せた。

おそらく子宮が張っている。そう直感した塔子は立ち上がった。

衛が驚いたようにのけぞる。

「どうしたんですか？」

「あの妊婦さん、なにかあったんだ。ちょっと行ってくる」

「お、俺も行きます」と腰を上げようとしたところを、手で制す。

「大丈夫。ここはお店だし、他のお客さんの目もあるからさ。私だけの方がいいでしよ。困ったら手伝い頼むわ」

返答に困っている様子の衛の横から、「はーい」と元気な声が返ってくる。酒に弱い明日香の顔は、すでに赤く染まっていた。

じゃあねと言って、テーブル席に向かう。

「どうしましたか?」

声をかけると、3人が同時に顔を上げた。

「塔子さん」

「伊織ちゃん、よかったら状況を説明してくれる?」

「いいんですか?」

「もちろん」

即答すると、伊織の顔がパッと明るくなった。

「こちらのお客さんから、お腹が張っているみたいで、どこかに病院がないかと相談を頂いたんです」

女性が、怪訝《けげん》そうな表情を見せた。

「この方は?」

「よかったですね。実は、近くの大学病院の産婦人科の先生なんですよ」

「伊豆中央病院の城ヶ崎と申します」

軽く頭を下げて自己紹介すると、ホッとした顔を見せた。

「白井《しらい》美樹《みき》と申します。すみません、急に」

安堵《あんど》した表情をみて直感する。相当長い時間、我慢していたのだ。

「ちょっと失礼します」

美樹の隣に屈んで、腹に手を当てる。服の上からでも子宮が張る感覚が伝わってきた。

経過を注意深く観察する。

収縮した子宮が徐々に緩む。次の張りは、すぐには来なかった。

「どのくらいの間隔でお腹が張っていましたか？」

「えっと……」表現の仕方がわからないのか、美樹が戸惑った。

「10分に1回くらいですか？」

質問を重ねると、首を振った。

「いいえ、そんなに頻繁では……。歩く時間が長かったときとか、子供を抱っこしたあとかに少し張っていたんですけど、今回のはちょっと強かったので、心配になってしまって」

ヤバい張り方じゃない。美樹の話し方からそう思い、胸を撫で下ろす。おそらく疲れによるもので、緊急性の高い状況ではない。少し休めば落ち着くだろう。

するとトイレを済ませたのか、父子がやってきた。父親は美樹より年上だろうか、30過ぎのメガネをかけた細身の男性だ。恐竜のTシャツを着た男の子は、スポーツ刈りの頭髪に、クリッとした目が印象的だった。

父親が、テーブルに集まった面々の姿を見て眉をひそめる。

「どうかしたのか？」

美樹が、どこかバツが悪そうな顔をしてうつむいた。塔子が代わりに状況を説明する。

「失礼しました。産婦人科医の城ヶ崎と申します。奥様のお腹が張っているようなので、診させて頂きました」

「お腹が？　そんな……、美樹はなにも」

きっと言えなかったんだろうなと、彼女の恐縮した様子を見て思う。

出産前、しばらく遠出できる機会がなくなるからと、旅行を計画する家族も多い。これから産まれてくる赤子に手がかかるようになるから、息子にいい思い出を作ってやりたいと夫が旅行を提案したのかなと、3人家族の雰囲気を見てなんとなく想像する。

「おそらく問題ないとは思いますが、念のため、診察を受けておいた方がよいと思います」

夫の顔に戸惑いが浮かんだ。

「お帰りはどちらですか?」

「神奈川の平塚……です」

「電車ですか? それとも車?」

「く、車ですけど……」

「でしたら、時間的には余裕がありますかね?」

「でも」と、夫が不服そうに声を上げる。

「帰りに伊豆パノラマパークに寄る予定で、病院に行ってしまうと……」

伊豆パノラマパークは、伊豆長岡からほど近い観光地だ。ロープウェイで標高452メートルの山頂まで登ると公園やカフェがあり、富士山や駿河湾を一望することができる。

しかし、山頂で子宮が張ってしまったら、不安は今どころではないだろう。だからこそ美樹は、ここで女将に相談を持ちかけたのだ。

夫は、せっかくの計画を変更するのに踏ん切りがつかない様子だ。目線を合わさないまま、言い訳でもするように、ぶつぶつと独りごちている。

男の子が美樹の袖《そで》を摑《つか》んだ。

「えー、ロープウェイに乗れないの？」

不満そうな声を聞いた美樹の肩が、申し訳なさそうに下がる。

そして、また子宮が張ったのか、わずかに眉間に皺《しわ》を寄せた。しかし、すぐに元の笑顔をつくる。

息子に不安を感じさせまいとする美樹を見て、胸が痛んだ。

おそらく、旅の間ずっとこんな感じだったのだろう。妊娠中には、子宮収縮をはじめとしたマイナートラブルは起こりがちだが、その不安は男性には共感されにくい。10ヶ月もの長きにわたって、子宮に子を宿しているのは、やはり母親自身なのだ。

美樹は、夫にはっきりと計画変更を訴えることは難しそうだ。

塔子は、男の子と目の高さを合わせた。

「お兄ちゃん、お名前は？」

男の子が、エヘンと胸を張る。

「卓《すぐる》だよ」

「卓くんか。いいお名前だね。新しく生まれてくる赤ちゃんは、男の子なの？　それとも女の子かな？」

「妹だよ。環奈《かんな》って名前なの」

「もう決まってるんだね。じゃあ、ママのお腹にいるのは環奈ちゃんなんだ」

「そうだよ」

卓の両肩をそっと摑む。クリッとした瞳と視線が合う。

「実はね」

つぶらな瞳が、真《ま》っ直《す》ぐに塔子に向いている。こちらの話をきちんと聞こうとする姿勢がうかがえる。

「環奈ちゃんが、ちょっと疲れちゃったって言ってるの」

卓が、ちらりと美樹の大きな腹に目をやった。

「そうなの？」

「うん。だから、環奈ちゃんが大丈夫かどうか、モシモシしてからお家に帰った方がいいと思うんだ」

卓の小さな手が、美樹の腹をさする。

「……卓」

「ママ、大丈夫？」

美樹の目が潤《うる》む。それを隠すかのように頷いた。

「大丈夫よ」

「環奈は？」

「もちろんよ。でも、お姉さんが言うとおり、モシモシだけしてもらってもいいかな？」

卓が、勢いよくうなずいた。

「いいよ！」

抱きしめてあげたいという衝動をなんとかこらえ、塔子は卓の頭をよしよしと撫でた。

その様子を見ていた夫が、観念したように口を開く。

「わかりましたよ。でも、病院なんてすぐに受診できるんですか？　あまり遅くなっちゃうと……」

「それは任せてください」

言いながらスマホを取り出して、通話ボタンを押す。数回の呼び出し音の後、すぐに繋がった。

「神里、当直お疲れさま。落ち着いてる？」

『お疲れさまです。お産待ちが何人かいますけど、おおむね落ち着いてます。これから田川先生と、当直飯を決めようかと思ってたところです』

「そんなときに悪いんだけどさ、一人急患を受けてくれない？」

『いいですよ』と即答される。不満ひとつ言わずに願いをきいてくれる神里は、底抜けにいい後輩だ。

『どんな方ですか？』

「妊娠30週くらいの、1回経産婦さん。旅行でこっち来てたんだけど、お腹が張ってるみたいなの」

『それ、やばいやつですか？』

「多分違う。念の為に診てほしいだけなんだけど」

『オッケーです』

「胎児心拍モニターも、きっちり30分測定して欲しいの」

この検査は、妊婦が寝たまま胎児心拍と子宮収縮を測るというものだ。30分もあれば美樹も十分に休める。それからゆっくりと車で帰ればいい。

『わかりました』

「恩にきるわ」

電話を切ろうとした指が、『あ！』と言う言葉で止まる。

「どうしたの？」

『そういえば、久しぶりに楽永《らくえい》の焼肉が食べたいなって思いまして』

神里は、かの有名な神里医院の経営者一族の末っ子だ。きっと彼なりの処世術なのだろうが甘え方が絶妙に上手い。

「このやろ。じゃあ、来週あたりみんなで行こう。奢《おご》ってあげるから」

『やった！』という言葉を最後に、電話がさっさと切れた。

スマホをしまって、夫に顔を向ける。

「すぐに診てもらえるように、手はずを整えておきました」

「あ、ありがとうございます」

まだ不満気ではあるが、一応納得したようだ。

やりとりをはらはらした様子で見ていた伊織と女将に向く。

「女将さん、病院に案内お願いできますか？　救急外来窓口に行って、産婦人科に連絡済みって言ってもらえば大丈夫ですので」

女将の顔がパッと明るくなる。

「もちろんです、塔子先生。わざわざありがとうございました」

伊織が袖に飛びついてくる。

「塔子さん、大好き」

そんなに真っ向から言われると流石に照れる。

「気にしないで。ここの人たちは、みんな家族みたいなもんだし、治部煮丼も貰《もら》っちゃったし」

慌《あわ》てて言った言葉は、変に裏返ってしまった。

支度を終えた白井一家が、女将に付き添われて店を出る。

卓が、ぶんぶんと手を振っている。手を振りかえすと、去り際《ぎわ》に美樹が小さく頭を下げた。夫にはまだ納得いかない部分もあると思われるが、きっといつか知るはずだ。なにも起こらないことが、実は一番の幸せなのだと。

お気をつけて。と心の中で声をかける。

マタ旅とはいえ、せっかく伊豆長岡を選んでくれたのだ。嫌な思い出は持ち帰って欲しくない。きっとあの家族は、4人になってから改めてこの地を訪れてくれる。

スマホの壁紙にしている美沙子のことが、ふと恋しくなった。

豹《ひょう》柄のベンガル猫の美沙子と一緒に暮らして8年になる。人懐《なつ》こい性格で運動量も豊富だが、瞬発力も落ち、寝ている時間も長くなってきた。流石に老化が始まってきたのを実感する。人間の年齢に換算すると、50歳手前だから無理もない。気づいたら自分の年齢を抜かしてしまったわけだと思うと、少し寂しい。

あと何年一緒にいられるかは分からないが、できるだけ同じ時間を過ごしてあげたいと思う。

もう一杯くらい飲んだら帰ろうかな。

すっかりへベレケになった明日香と、いまだに金目鯛の大きな目を見て唸っている衛を見て、そんなことを思った。

第五話　峠を越えてきた命

日曜日の朝、衛は田川が運転する旧式のスバルに揺られていた。13年も乗っている2代目レガシィアウトバックだと説明されたが、免許も持っておらず車に疎《うと》いため、さっぱりわからない。

これから二人で、釣りに向かうところだ。

伊豆半島のことをもっと知りたい。そんなことを話していたら、当直明けに誘われたのだ。なんでも伊豆半島には面白い釣り堀があるらしく、伊豆の土地や道も学べて一石二鳥らしい。

7月中旬、梅雨が明けた空には太陽が燦々《さんさん》と輝いている。

右の視界には緑が生い茂る山々が続く。開けた窓から爽《さわ》やかな風が吹き込んでくる。緑が吐き出した酸素を吸い込むと、肺が洗われるような気がした。

左を見れば、車と並走するように狩野川《かのがわ》が流れている。豊富な水量が陽光を反射して輝く水面はどこから見ても美しい。さすが伊豆半島が誇る一級河川だ。半島の大動脈のように中央を脈々と流れ、様々な恵みをこの土地にもたらしている。

「せっかくだから下道《したみち》で行こう。国道136号線、修善寺《しゅぜんじ》まで狩野川に沿って走るルートだ」

ハンドルを握る田川が言った。ずんぐりした体軀《たいく》にスキンヘッド、さらに本日は真っ黒で丸いラウンドフレームのサングラスをかけている。正直、危ない組織の重鎮にしか見えない。

田川と比較してしまえば、容貌《ようぼう》まで含めて特徴らしい特徴がない衛が田川の隣に座っている様子は、側《はた》からみれば奇妙に映るだろう。

「せっかくだからってことは、高速道路もあるんですか？」

信号待ちの間に、田川がサングラスを外す。意外とつぶらな瞳《ひとみ》が姿を見せた。

「伊豆縦貫自動車道っていう、バイパスの有料道路だ。この辺からだと、大仁《おおひと》から修善寺を抜けて、月ケ瀬《つきがせ》まで山の中を突っ切ることができる。ゆくゆくは下田までバイパスを繋《つな》げる計画らしいな」

地名は頭に入れたものの、まだ道までは覚えきれていない。

「北条は車を運転しないからわからないか。だがやはり、道路事情も頭に入れておいた方がいいぞ。道がわからないと到着時間の予想も立てにくい」

「たしかにそうですね」

「まあ、母体搬送を飽きるほど受けていれば、車を運転できなくても条件反射で時間が読めるようになるけどな」

「精進します」

30分ほど車を走らせたところで、国道136号線は山の中に伸びていった。

田川が右方向を指差す。

「あっちが修善寺温泉だ。源氏にもゆかりがある歴史のある温泉街だぞ」

山に挟まれた土地に、狩野川の支流が伸びる。そこには朱色の橋が架けられ、周囲に数寄屋《すきや》造りの古い宿が点在している。まさに山奥の温泉郷といった美しい風景だった。

「たった1時間前まで病院で働いていたなんて、信じられないような光景ですね」

田川が口角を上げた。

「これが伊豆中《なか》で働く醍醐味《だいごみ》だ。普段は馬鹿《ばか》みたいに忙しいけど、オフになれば、都内の人間が何時間もかけて観光に来るような場所が、目の前に山ほどある」

「釣り堀はあの温泉街の方ですか?」

「もっと先だ。これから道が細くなるぞ」

「えっ……、うわっ」

田川がハンドルを左に切った。フロントガラスに見えたのは、生い茂った緑に囲まれたトンネルだ。上から蔓《つる》が伝った左上の看板には、『越路《こしじ》トンネル』と表示されている。

「今走っているのは下田《しもだ》街道だ。狩野川に沿って天城《あまぎ》峠を抜けて南の下田まで伸びる、有名な峠道だぞ」

オレンジのトンネル灯は、出口から差し込む光にあっという間にかき消された。視線の先に覗《のぞ》くのは、緑の山々だ。

「天城峠って」

「超有名な曲だから聞いたことあるだろう、『天城越え』」

詳しい歌詞は知らないが、サビのワンフレーズはもちろん知っている。

「あれって伊豆の歌だったんですか？」

「なんだよ、知らないのか。あれは訳ありカップルが下田街道を旅する歌なんだよ」

「なるほど」

「曲がるぞ。舌を噛《か》むなよ」

「うわっ」

これまでの道よりも大分曲がりがキツい。遠心力で体が大きく左に振られる。摩擦に耐えきれなくなったタイヤが、甲高い音を立てる。

「タイヤが滑ってるな。そろそろ替え時なんだよな」

田川がボソリとつぶやいた。

「だ、大丈夫なんですか？」

今度は体が右に押しつけられる。同時に、ガハハという笑い声が返ってきた。

「それは、神のみぞ知るってやつだ。そんなことより、ロマンを感じるんだ。北条」

「は？」

「誰もが知る曲に描かれた道をなぞるなんて、情緒があるじゃないか。燃え上がる恋に思いを馳《は》せながら、ドライブを楽しむとしよう」

見た目からは想像できないような、洒落《しゃれ》た言動だ。

しかしそれから約30分の山道は、車慣れしていない衛にとって情緒を楽しむ余裕などなかった。視界のどこかに常に山肌が映る。細い道は左右に曲がり、高低差も激しくなっていく。山道を抜けて集落になったかと思えば、またすぐに山に入る。急な曲がり角の崖肌《がけはだ》に、『アユ』『ボタン鍋』『モクズガニ』などと雑な文字で書かれた木製看板が立っているが、そんなものを目で追っているうちに三半規管が破壊された。

吐きそうだ。

そろそろ限界だと思ったところで、田川が右の方を指差した。

「着いたぞ。あそこが今日の目的地だ」

視線を上げると、茶色の看板に、『浄蓮《じょうれん》の滝』と白い文字が書かれていた。その下にパーキングやトイレのピクトサインが記された様は、まるで道の駅だ。広い駐車場には十数台の車が停車している。見渡すと、神奈川や東京などの首都圏ナンバーが多い。

土産屋の前にスバルが停車した。衛は車を飛び出すと、膝《ひざ》に手をついてアスファルトの地面を見つめた。

「大丈夫か?」

「……なんとか」

前半は耐えられたが、後半になるにつれカーブが激しくなった。

少し落ち着いてから顔を上げると、着物姿の若い男女の銅像が視界に入る。男は遠くの空を指差している。

「なんですか? これ」

「観光名所の一つ、伊豆の踊子像《おどりこぞう》だよ。そこの展望台の先から見えるのが、かの有名な浄蓮の滝だ」

これまた聞いたことがある名前だ。

「伊豆の踊子もこの辺りの話だったんですか？」

「あからさまに伊豆ってついてるじゃないか」

田川が呆《あき》れたように言った。

「『伊豆の踊子』川端康成。悩みを抱えた青年が旅芸人一座と下田を目指す話だ」

「こちらも下田なんですね」

「そう。下田は歴史の息づく場所だよ。ペリーが下田を開港させて日本の鎖国が終わったなんて話も有名だ。まあ今は若者でごった返しているかな。本州では珍しい真っ白なビーチがあるからね。北条も一度行ってみるといいよ」

「下田はもうちょっと先ですか？」

「まだまだ。峠道を走って小一時間かかる。『天城越え』の歌詞にも、『伊豆の踊子』の冒頭にも、九十九折《つづら》りって言葉が出てくるほどの難所だ。せっかくだからこのあと行ってみるか？」

峠道の記憶が蘇《よみがえ》り、再び吐き気に見舞われた。

「今日は遠慮しておきます」

田川に豪快に笑い飛ばされた。

「塔子さんが、ここにきたら一度は下田街道を走っておけって言うんだけどな」

「それ、こないだの当直で言われました」

たしかに塔子の言う通りだ。地図で見るのと、実際に道を走るのではまるで印象が違う。

先日の当直で三枝が言っていたことも同様だ。子宮内膜症からの腹膜炎を発症したあの患者の住まいは、西伊豆の岩科南側《いわしななんそく》だ。

そこから伊豆長岡に行くには、西の海岸線を延々と走るか、この峠道に乗って半島中央を北上するしかない。それがどれだけ大変なことなのかが身に染《し》みてわかった。

「じゃあ、釣り堀に行こう」

田川が銅像の横を先導してゆく。その先には、薄緑のビニールひさしが伸びたひなびた売店と、浄蓮の滝を示す石碑がある。

「そっちは滝って書いてありますよ」

「いいから、まあついてこい」

言われるがまま、ずんぐりとした背中を追う。石碑から右に進むと、下り坂になっている。そこを降りていくと空気がひんやりとしてきた。しばらくすると道が左へと折り返す。曲がった先には長い下り階段が続いていた。左には苔《こけ》に覆《おお》われた石畳が連なり、右側は切り立った崖から鬱蒼《うっそう》とした緑が伸びている。

鮮やかな緑に囲まれた階段は湿気をまとっていて、その先から涼やかな風が吹いてきた。水を含んでいるが不快感はない。むしろ、清涼な水分が体を洗い流してくれるような感覚すら覚え、吐き気が治まってゆく。それと共に聴覚が戻ってきた。

階段の先から水の音が聞こえてくる。

その音に引き寄せられるように歩みを進めていくと、水音がさらに強くなった。ドドドという音は、心臓の鼓動に似ていて、気分が高揚する。

視界の先に浄蓮の滝が見えた。その力強さに圧倒された。

崖から大量の水が流れ落ちては、青い水面に大きな水しぶきをあげている。跳ねた水が、風に乗ってこちらまで運ばれてくる。

「すごいだろう」

田川が感慨深げに訊《き》いてきた。

「すごいです」としか返しようがなかった。

「ここで釣りができるんだ。最高だろう。さあ、早く行こう」

田川が道の右に建つ木屋根の小屋へと進んでいった。滝の迫力に圧倒され目に入っていなかったが、小屋の横に釣り竿《ざお》が並んでいる。それにしても、こんな場所に釣り堀があるのかと、まだ半信半疑な心持ちだ。

「ほら、これ持って」

長い釣り竿にビク、それにイクラが入った袋を渡される。田川の後ろについていくと、悠然たる風景が開けた。大量の水が注ぎ落ちる滝壺から、右に渓流が伸びている。大きな岩の間を、まるで生き物のように透明な水が流れている。釣り場に向かう階段を降りると、川の右側にコンクリートで舗装された狭い足場が続く。すでに数人の釣り人が竿を構えていた。

「向こう岸まで行こう。あっちは岩場になっているから、渓流釣りの気分が味わえる」

5メートルはあろうかという川幅の中央にある大きな岩の左右に、細い木の板を置いただけの道を通って対岸へと渡る。木の板がぐっとたわむ。間近で見る水の流れは速く、落ちてしまえば容易に流されてしまいそうなほどだった。

対岸に着いてから、説明を受ける。

「針にイクラを二つ付けて、上流から流すんだ。基本的にはこの動作の繰り返し。釣り堀とはいえ、ここは意外と釣れないからな。でもその分ビッグサイズも潜んでいるから、頑張っていこう」

教わったとおりに、白い水しぶきが上がっている場所を狙《ねら》って針を落とす。先についている小さな浮きが、川の流れに乗ってさらさらと下流へと流れていった。

「そこまでいったら餌《えさ》を上げて、また上流に落とすんだ」

何度か繰り返すうちに慣れてくる。

衛は浮きに見入った。流れが速い場所ではあっという間に流れ、水が停滞している場所では、くるくるとその場で回る。まるで生きているかのようだ。

「面白いですね」

「釣れたらもっと面白いぞ」

そう言いながらも、川面《かわも》に集中している。衛は再び餌を上流に落とした。上流に入れては下流に流し、また着水させる。その作業に没頭した。

遠くから重低音の滝の音が響き、せせらぎの爽《さわ》やかな音が協奏する。滝から吹き降りてくる風は爽やかで、耳をすませば鳥の囀《さえず》りが風に乗って届く。都内に住んでいた頃には、聴いたことのない音の重なりだった。

20分ほど経《た》っただろうか。しかし、魚は釣れなかった。

「腹が減って限界だ」と、田川がぼやく。

浮きの流れに没頭していたため忘れていたが、昨晩からなにも食べていなかった。時刻は11時に差し掛かろうとしている。田川の腹の音に同調するように、衛の腹も鳴った。

「昼を過ぎると人が増えてくるからな。もう少しだけ粘って、ダメだったら諦《あきら》めるか」

無念そうに呟《つぶや》く。見れば観光客らしい釣り人も増えている。

「できたら釣れた魚を見たかったですけど」

「ついでに食べたかったよな」

言葉に合わせるように田川の腹の音が響いた。思わず笑ってしまったところで、突然竿を持つ手に抵抗があった。

「えっ」と声を上げた瞬間、物凄《ものすご》い力で糸が引っ張られる。腰を落として耐える。そうしないと川に引き込まれてしまいそうなのだ。

「かかった！　でかいぞ」

田川の声で、ようやく魚が食いついたことを理解した。

「どうすればいいんですか？」

「どうって、引き上げるんだよ。竿を立てろ」

竿を上げようとするが容易ではない。細い竿が頼りなく曲がっている。

「こっちまで寄せたら、ビクでキャッチしてやる。ようやく食いついた飯だ。逃すなよ」

「そっ、そんなこと言われても」

「気合いだ！　お前は産婦人科医だろ。救わねばならない小さな命が、そこにあると思え！」

「意味がわからないです」

なんとか竿を立てると川面に魚が跳ねた。太陽の光を反射して、魚体がきらりと輝く。

「こっちに引き寄せろ」

水しぶきが近づいてくる。屈《かが》んでビクを構えていた田川が、ついに水しぶきをその中に捕らえた。

「やったぞ」

放心状態だった。あまりに力を入れすぎて手が痺《しび》れている。魚が竿を引っぱる感覚がまだ残っている。

「ほら北条。見てみろ」

川辺の水に浸したビクを覗き込む。流線形の魚体は、30センチはあろうかというい型だ。銀の体表に、小判の形のような青みがかった模様が並ぶ。さらに小さな朱色の斑点《はんてん》が散らされていて、なんとも美しい。

「この魚は？」

「アマゴだ。ニジマスよりも釣るのが難しいんだよ。サイズもいいし、大当たりだ」

田川が興奮しつつ解説してくれる。

「さっそく焼いて食べよう。受付に持っていけば捌《さば》いてくれる」

田川からビクを渡される。ズシリと重いビクの中ではアマゴが暴れていて、思わずバランスを崩しそうになるほどだった。

捌いてもらってから、再び対岸に移動する。イートスペースは、木造りの大きな屋根の下に簡素なプラスチックテーブルを並べただけのものだった。

卓上ガスコンロの上にアマゴを置く。網からはみ出るほどだったので、斜めにして火をゆき渡らせる。ほどなく、皮目からパチパチと音が響く。滝、清流のせせらぎに、鳥の囀り。変わらず聞こえてくる音に、新たな要素が加わった。

やがて美味《うま》そうな香りが立ち上り、鼻をくすぐった。

「こんな贅沢《ぜいたく》もあるんですね」

思わず呟くと、田川がしみじみと口を開いた。

「人間の暮らしのあり方って、本来こういうものだったんじゃないかな」

「どういうことですか？」

「毎日、目の前の仕事に集中して、働いて、腹一杯飯を食って寝る。余った時間は自然と共に過ごし、自然を感じ、自然に感謝する。それが、太古から積み重ねられてきた人間の生き方だったはずだ」

やはり田川は、見た目に似合わぬ詩人だ。

「自分が自然の一部であると理解すれば、たいがいのことはどうでもよくなるはずだ。都会に住んでいた頃にはこんなこと考えもしなかったけどね」

東京の天渓大学本院にいた頃の生活を思い返していた。大勢の医師が先進的な治療を競うように経験し、論文発表や学位取得などの学術的なキャリアを積むことが使命とされていた。全《すべ》ての医師が一様に同じ方向を向いており、常に何かに追われるような息苦しさがあった。

「なんとなくわかる気がします」

伊豆中に着任以来、仕事自体ははるかに忙しくなった。医師の数は圧倒的に少ないし、連日のように母体搬送要請の電話が鳴る。しかし、今の方が不思議と心が楽なのだ。

田川が、パチパチと音を立てるアマゴを見つめながら口を開いた。小さな憂《うれ》いが浮かんでいる気がした。

「ここの生活には魅力を感じるよ。伊豆に腰を据えて、生活を謳歌《おうか》している塔子さんをうらやましく思えるくらいにね」

田川の言っていることは分かる。しかし、やはり同期のことが気になる。仮にこの地で新しい視点を得ることができたとしても、その対価としてキャリアを差し出している。結果的には、将来本院に戻っても、ただ同期よりも出世が遅れるだけかもしれない。

医師の世界は独特だ。こと大学病院という教育機関では、学術的なキャリアを積まない者は一定以上の役職にもつけない。

大学病院の出世から外れたのが、塔子に他ならない。

伊豆中で叩《たた》き上げられた塔子の実力は本院の医師たちよりも遥《はる》かに高いが、これ以上の地位は目指せない。部長という肩書きこそついているものの、大学病院の序列としては、一般医局員である衛とあまり変わらない。不条理だが、それが大学病院のルールだ。

「塔子さんは、博士号を取らなければ、昇進は望めないんですよね？」

アマゴを見つめていた田川が、顔を向けた。

「なんだ。北条には出世欲があるのか？　意外だな」

「いや、別にそういうわけではないんですけど」

出世を望んでいるわけではない。だが、地位が上がらないと高度な医療に携わることが出来ないというジレンマがある。とりわけ先端技術は、腹腔鏡《ふくくうきょう》からロボット手術に移行しつつある。ロボット手術は腹腔鏡よりもさらに手術操作に関わる人数が少ないため、出世しないことにはロボットに触れることすらできない。

腹腔鏡手術の普及が進む中、腹腔鏡手術の専門家の目は一斉にロボット手術に向いている。それなのに、腹腔鏡手術すらほぼ行われない伊豆中にいるのは、やはり辛い。

「なんでそんなに、塔子さんの出世が気になる？」

ほどなくその正体が見つかった。

自身の焦燥が塔子の立場と重なるのだ。衛の現状の先にあるのが塔子だ。もしも塔子がなにかを諦めて伊豆の医療に従事する道を選んだのであれば、自分だってこの地で経験を積むことに、不安を感じざるを得ない。

塔子から不満など感じられない。もとより彼女は、チームの士気を落とすような態度は決して見せないだろう。

「塔子さんは伊豆中の医療を支えていますけど、本院から派遣されてくるのは、佐伯先生や俺みたいに、産科に疎《うと》い医者ばっかりじゃないですか」

それが苦にならないのだろうか？

「そうだな。本院は専門志向がますます進んでいるからな。でもそれが日本の医療業界が作り出した流れだ。おそらく、どこの大学病院も同じ問題を抱えている」

「でもそれじゃあ、割を食ってるのは……」

「伊豆中であり、塔子さんでもある」

塔子は、心から今の生活を望んでいるのだろうか。

考えれば考えるほどそう思えなくなる。

本院ではそんな医師に出会うことなどなかったからだ。

「塔子さんも、元は本院の人間だったんですよね？」

「そのはずだよ。私自身はこれまで、塔子さんと一緒に仕事をする機会はなかったけどね」

同じ目標に縛られ、同じ思想を強要される集団を飛び出す決断をした理由は、一体どこにあるのだろうか?

「塔子さんは、なにがきっかけで、伊豆長岡への移住を決断したんですかね?」

「わからん。確かに大学病院では珍しい考え方だけどね。ともあれ、その生き方には惹《ひ》かれるところがある」

その意見には衛も同意するところだ。キャリアを気にしなくてもよいのなら、そんな生き方もありではないかと思う。

「田川先生も、こちらに移住したいと思いますか?」

「私には無理だ。東京に残してきた娘は高三と中三で、受験勉強の真《ま》っ只中《ただなか》なんだよ。娘たちの将来を考えたら、ここへの移住は厳しい」

塔子は独身だ。独り身であるがゆえの身軽さが、移住の決断の後押しをしたという面もあるのだろうか。

自らに置き換えて考えてみる。たとえ衛が移住を決意したとしても、沙耶は受け入れてくれるだろうか。

田川は、目の前の清流をどこか羨《うらや》ましげに眺めている。

「私も特別アカデミックな人間ではないから、医師としては東京にしがみつく必要なんてないんだけどね。……そもそも、東京っていうのは不思議なところだよ」

「不思議なところ、ですか？」

「恵まれた場所のはずなのに、住んでいるだけで次々としがらみが生じるんだ。周囲の人間たちを見ていると、自分の心にも何かを成しとげなくちゃっていう強迫めいた思いが生まれてくる。でも一旦《いったん》レールに乗っかってしまったら、いざ降りようとするときには大変な決断力を要する。他人との比較が気になって、それがそのまま枷《かせ》になる。人が多くて便利すぎるというのも考えものだな」

言わんとしていることはなんとなくわかる。だが、まだ田川の言葉を全て理解できるほどの経験は有していない。

「残念ながら私が新たな概念に触れるには、歳《とし》を重ねすぎていた。でも北条は、若いうちにそれを経験することが出来た。意にそぐわぬ異動に思うことはあるだろうが、プラスに捉《とら》えることはいくらでもできる。自分の考え方次第だ」

若いうちに視野を広げるのはいいことだと伝えたいのだろう。ただそれは、学術的なキャリアを捨ててまで得る価値があるものなのか？

しばし考え込んでいると、田川が笑顔を見せた。

「まあ、ややこしい話は終わりだ。せっかく美味い魚が目の前にあるんだからな。そろそろ食べ頃だぞ」

見れば、アマゴがこんがりと焼けている。ところどころ焦《こ》げ目がついた皮を見ていると、口内に唾《つば》が溢《あふ》れてきた。割れた皮の隙間《すきま》から真っ白な身が姿を見せていた。腹が盛大に音を鳴らす。それを聞いた田川が割り箸《ばし》を差し出した。

「食べてみろ」

箸を伸ばす。パリッとした皮の先まで進めると、しっとりとした感触が手に伝わった。真っ白な身を骨から外して口へと運ぶ。

「うわっ」

舌に身を載せた瞬間、思わず声が出た。今まで経験したことのないくらいの身のきめ細かさなのだ。焼き魚など飽きるほど食べてきて、魚の食感とはこういうものだと当たり前のように理解しているつもりだったが、それとはまるで違う。細胞一つ一つの大きさが異なると思わせるような繊細さが、舌を優しく撫《な》でた。

「アマゴは、ヤマメと並んで、渓流の女王と呼ばれる魚だ。絶品だろう」

無言で頷《うなず》く。その拍子に上品な脂《あぶら》の香りが鼻に抜ける。女王という言葉は大袈裟《おおげさ》な表現ではないと、味覚が訴えてきた。

「これも経験だ。経験が増えれば増えるほど人生は潤《うるお》う。潤いのある人生を送れるかどうかは、君自身が選択することができる」

田川が、またもや詩的な言葉を紡《つむ》いだ。

果たして一匹のアマゴは、瞬《また》く間に骨だけの姿になった。大きいとはいえ、大の男二人の胃を満たすにはいささか少ない。

「食べ足りないです」

「このまま下田まで足を延ばして、金目鯛《きんめだい》のフルコースでも食べて帰るか？」

田川が悪戯《いたずら》っぽく言う。衛は大きく首を振った。

「下田街道は、もう懲《こ》り懲《ご》りです」

「じゃあ観光客で混み合う前にここを出るか。修善寺で美味い蕎麦《そば》でも食って、温泉に入って帰ろう」

観光客たちとは逆行するように、衛たちは浄蓮の滝を後にした。


しかし、下田街道が再び衛の前に立ちはだかったのは、わずか3日後のことだった。

異動してから最も落ち着いていた日のはずだった。婦人科の予定手術1件と、予定帝王切開が2件、さらに手術の合間に正常分娩《ぶんべん》を1件取った。それで業務は終了。分娩進行中の妊婦もおらず、定時の5時には夕方のカンファレンスも終わり、病棟に残されたのは衛と塔子の当直組だけだった。

「せっかく暇だから、鰻《うなぎ》食べない？　鰻」

当直飯リストを広げた塔子が、長いまつ毛をはためかせながら勧めてくるが、それをなんとか躱《かわ》し、『大磯《おおいそ》食堂の絶品トロ鯵《あじ》弁当』という無難な選択をした。「なんだ、つまらないの」と口を尖《とが》らせた塔子は、『絶品トロ鯖《さば》弁当』を頼んだ。

これだけ美味いものを食べるのが好きにもかかわらず、塔子はモデルばりにスラリとしていて無駄な肉が一切ないのが不思議だ。

そんな穏やかな空気が一変したのは、午後8時のことだった。食後、ナースステーションで八重も含めた3人で雑談し、塔子がそろそろ解散しようかと告げた矢先に、衛の首にぶら下がっている真っ赤な携帯電話が鳴った。

災害の緊急速報アラームを思わせる音を聞いた瞬間、対面に座る塔子の表情が固くなった。

「伊豆中周産期センター当直の北条です」

電話に出つつ、水性マジックを手に取る。

緊迫した声が耳元に届いた。しわがれた声の主は、おそらく歳を重ねた男性だ。

『下田の白井《しらい》医院です！』

数日前に何度も聞いた地名に体が硬直した。ホワイトボードに『下田　白井医院』

の文字を書き込む。それを見た塔子の表情が一層険しくなった。

「詳しい状況を教えてください」

『31週4日の切迫早産です。石川直美《いしかわなおみ》さん、28歳、1回経産婦。胎児推定体重は1650グラム』

情報を書き込んでいく。電話口からは焦燥が伝わってきた。

「切迫の状況を訊いて」

塔子の鋭い声が飛ぶ。

「切迫はどの程度ですか？」

『子宮口が2センチ開いています。破水はないですが、陣痛様の子宮収縮を不定期に訴えています』

「えっ」

子宮の出口は、通常は分娩が始まるまでピタリと閉じている。それが開いているということはつまり、31週にして分娩が始まっているということだ。陣痛が本格的に強くなれば、小さな胎児はあっという間に子宮から飛び出てしまうかもしれない。

「北条先生。他の情報は？」

八重の声にハッとする。厳しい状況を耳にして、手が止まっていた。慌《あわ》てて書き込んだ文字を見て、塔子が眉《まゆ》をひそめる。

「まずいね。すぐに受けて」

衛は電話口に向かって、はっきりと告げた。

「受け入れ大丈夫です。準備ができ次第、ご連絡ください」

『ありがとうございます。よろしくお願いします』

それきり電話が切れた。ホワイトボードの自身の文字を見て背筋が強張《こわば》る。

「塔子さん。下田って伊豆の一番下の下田ですよね」

「それ以外にどこがあるっていうの」

思い出されるのは先日の峠道だ。下田は、浄蓮の滝からさらに1時間もかかる場所だ。

「ここまで1時間半はかかりますよね？」

「それじゃ無理。夜の峠道だから2時間以上かかる」

その言葉に唖然《あぜん》とする。破水でもしようものなら、救急車内であっという間に子供が生まれてしまう。妊婦が2時間も耐えられる保証などない。

「そうだ！　ヘリ搬送はどうですか？」

伊豆中は三次救急に特化した急性期病院で、ドクターヘリでの搬送にも対応している。屋上にある大きなヘリポートは病院のシンボルだ。こんな状況こそヘリの出番のはずだ。

反応したのは八重だった。しかしその表情は険しい。

「ドクターヘリは、夜は飛べないんですよ」

「そんな、じゃあ……」

「天城越えをするしかない」

塔子が唇を固く結ぶ。その顔には強い決意が浮かんでいた。

「新生児科の当直は下水流《しもつる》くんね。いますぐ連絡して。それから八重ちゃん、手が空いている看護師を会議室に集めて！」

「わかりました！」

塔子の指示を聞いた八重がすぐに動き出す。

「これから2時間、なにが起こるかわからない。だからどんな事態になっても対応できるように準備しておくの。いい？」

有無を言わせぬ迫力だった。

車内分娩になるかもしれない。到着直後に緊急帝王切開になるかもしれない。最悪、胎児の命を諦めざるを得ないかもしれない。そして、どんな状況でもここにいる人員だけでやるしかない。自分は間違いなくその中の一人なのだ。

衛は、拳《こぶし》を握りしめて頷いた。


会議室に移動するやいなや、中央のテーブルにA２サイズの伊豆半島の幹線道路地図が広げられた。地図を見つめているうちに、会議室の扉が開いた。

「すまん。遅くなった」

熊のようなシルエットは下水流だ。真一文字に結んだ太い眉と、低く静かな声色には緊張が漂っている。

「ごめんね下水流くん。当直で助かった」

「おう」と、下水流がのっそりと答える。

「状況は？」

「これ読んで。向こうの病院から届いた情報」

診療情報に目を通した下水流が、ゆっくりと顔を上げた。

「救急車で出そうなの？」

多くを語らない下水流の言葉には重みがある。

「出るかもしれない」

「31週4日か」

両手を組んだ下水流が唸《うな》った。

「救急車で生まれてしまったら、救命は無理でしょうか?」

衛の問いに、下水流が首を振った。

「28週未満なら絶望的だ。31週であれば、肺の成熟はそれなりに期待できる」

「それじゃあ」

わずかに生まれた希望は、下水流の厳しい表情に打ち消された。

「楽観できる状況では全くない。正直、その子の生命力次第だ」

「そんな」

「だからこそ、私たちは最善を尽くすために準備するしかないの」

塔子が言った瞬間、携帯電話が鳴った。

「スピーカーで出て」

「わかりました」

机の上に携帯を置く。救急隊の声が会議室に響いた。

『こちら下田消防救急隊です。これから白井医院を出発します。バイタルは、心拍数75、サチュレーション97。血圧127の75です』

八重がホワイトボードに情報を書き出していく。

塔子が電話口に向かって声を張った。

「よろしくお願いします。搬送中は10分おきに状況報告をして頂けませんか」

『了解しました』

「もう一つ、慣れないことをお願いしてしまって申し訳ありませんが、石川さんのお腹に手を当てて、子宮が硬くなる頻度を測ってほしいんです」

通話先から、わずかに戸惑いの気配が漂う。

『わかりました、やってみます。他になにかありますか？』

塔子が下水流に目配せする。今度は下水流が携帯に向かって喋《しゃべ》る。

「あったらでいいので、ラップを用意しておいてください」

『ラップ？』

「食べ物を保存するための、あれです。もしも子供が生まれてしまったら、羊水は拭《ふ》き取らないでよいのでラップで体を巻いて下さい。それからパルスオキシメーターを繋いで、酸素飽和度が極端に低下していたら小児用マスクでバッグマスク換気をしてください」

バッグマスク換気は、患者の口にポリウレタン製のマスクを密着させ、空気が入ったバッグを押して肺に送る人工呼吸法だ。

『で……ですが、我々は』

これから搬送する石川に、不安を感じさせないようにするためだろう。電話口を手で包み込んだような籠《こも》った声が返ってきた。その声は不安気だ。

それも当たり前で、新生児、とりわけ31週の早産児にバッグマスク換気をするのは、成人のそれに比べてはるかに高い技術を要するからだ。口元にマスクをあてるのが難しい上に、送り込む空気の量を間違えると、小さな肺が破けてしまう可能性もある。

下水流が電話口に語りかけた。

「慣れていないのは承知です。処置による合併症が起こる可能性も理解しています。でも、あなた方にお願いするしかないんです。こちらまで命を繋いで頂いたら、我々がなんとかしますので、頼みます」

ゴクリ、と唾を飲み込む音が聞こえた。

『わかりました。これからそちらに向かいます』

返答には強い決意が浮かんでいた。サイレンの音が鳴りはじめ、電話が切れた。

夜の天城越えが始まる。

病院までの到着時間は、2時間強。病棟にいる誰しもが、1分1秒を惜しむかのように奔走した。

分娩室には胎児蘇生《そせい》のためのベッド、インファントウォーマーが準備された。上方に設置されたセラミックプレートからは赤外線が発せられ、ベッドが高い温度に保たれている。赤子を処置する際に体温を奪わぬためである。

下水流は、NICUと会議室を行き来している。衛は手術室スタッフたちと連携を取った。児《じ》の状態次第では緊急帝王切開を行う可能性もあるからだ。

慌ただしく動いている合間に、救急隊からの10分おきの連絡が入る。その度に皆で準備の手を止めて、報告に耳を傾けた。

幸い、3回目までの電話においては特別な変化はなかった。救急隊からの連絡内容と現在位置が、ホワイトボードに時系列で記録されていく。海沿いの道を抜けて、いよいよ峠道に入るとの報告があった。衛は、地図で確認して改めて天城峠の厳しさを実感した。山間を縫って道が右へ左へと曲がりくねっている。

田川と走った下田街道を思い出す。曲がり道からは常に崖肌が見えた。細い道も多い。さらに現在は暗闇《くらやみ》だ。運転操作を間違えたら大事故にも繋《つな》がりかねない。

地図を凝視していると、隣で下水流が口を開いた。

「俺たちが救急車を運転できるわけじゃない。到着してからのシミュレーションをしておこう」

その意見に塔子が頷いた。

「そうだね。やろう」

塔子と下水流が、様々な事態への対応を話し合っている。車内分娩したら。帝王切開になった場合の流れは……。真剣な会話からは、一つの取りこぼしも許さぬという覚悟を感じた。

会話を聞き漏らさぬように集中する。なにか指示をされたら、即座に動かねばならない。たとえひよっこだとしても、自分はチームの数少ない医師のひとりなのだ。

さらに2回の電話が鳴った頃に、車内の状況が変わった。

『石川さんの子宮収縮が強くなっています』

ガタガタと車が激しく揺れている音が、スピーカー越しに聞こえている。

「今、どのあたりですか？」

『ちょうど河津《かわづ》七滝《ななだる》ループを越えたところです』

衛は地図を目で追った。峠道を3分の1ほど進んだところに、円がある。これが河津七滝ループ橋だ。720度のループで、45メートルもの高低差を埋めている。今走っている道にはそれだけの高低差があるのだ。そのぶん車の振動も大きく、子宮収縮が強まるのを助長しているのだろう。

塔子が携帯に向かって身を乗り出し、厳しい面持ちで口を開いた。

「体勢を横に向けてください。それと、子宮が張ってもできるだけいきまないように伝えて下さい」

『やってみます』

5回目の電話は、救急隊員の低い声で切れた。塔子が祈るように真っ赤な携帯電話を見つめている。

電話の間隔が段々と長くなっているように感じる。しかし時計を見れば、その電話はきっちり10分おきだった。こちらの受け入れ準備は全て済んでいる。あとは1分1秒でも早く救急車が到着するのを祈るほかない。その時間は、普段とはまるで違い、とてつもなく長いものだった。

8回目の電話は、予定より早くかかってきた。

「少し早いですね」と、八重が時計を見ながら言った。

今度は錯覚ではない。10分経たずに鳴った携帯に嫌な予感がよぎる。塔子も下水流も眉間《みけん》に皺《しわ》を寄せていた。

「出て、北条」

通話ボタンを押す指が震えてしまった。電話が通じた瞬間、切迫した声が会議室に響いた。

『石川さんが嘔吐《おうと》しました！　指示をお願いします』

塔子が即座に電話をつかんだ。

「顔を横に向けて。絶対に誤飲をさせないで下さい。肺炎になる可能性もあるし、咳《せ》き込みが強くなると赤ちゃんが出てしまいます」

『わかりました。石川さん、横を向きましょう。こっちのお盆に全部吐き出していいですよ』

石川が嘔吐する声が聞こえる。苦しそうな声がしばらく続いてから、救急隊から『ひとまず落ち着きました』との声が届き、ホッとする。

「今、どこですか？」

『もうすぐ浄蓮の滝を通過します』

ようやくそこか。それが正直な思いだった。予断は許されない。険しい道も続く。

けれども、あと20分ほどで峠道が終わる。衛はじっと携帯を見つめた。

永遠とも思えるような20分がようやく過ぎた。10回目の電話は福音にさえ思えた。

『天城峠を抜けました！　これから、月ケ瀬インターから縦貫道路に乗って、そちらに向かいます』

救急隊員の力強い声に、塔子が拳を握りしめた。

「お願いします！　なにかあったらすぐに連絡して下さい！」

『了解しました』という声で、通話が終了した。

塔子が安堵《あんど》した表情を見せた。

「有料道路に入れば直線が多くなる。スピードは出せるし、振動が減るから石川さんの負担も軽くなる」

「あとどれくらい時間がかかるんですか？」

「30分以内ってところ。それからは私たちの出番よ」

塔子の真《ま》っ直《す》ぐな眼差《まなざ》しに引き寄せられるように頷いた。

難所は越えたはずだった。しかし、わずか5分後に絶望的な知らせが届いた。

『石川さんが破水しました』

21時45分、破水の文字がホワイトボードに書き込まれる。

その報告に塔子が唇を嚙《か》み締めた。

「出血は混じっていますか？」

『ありません。見える範囲は、ですが』

「子宮収縮は？」

『かなり痛がっています』

先ほどの安堵の表情から一転、厳しい表情を見せた。ただ一点を見つめている。塔子からの指示は、すぐには出なかった。

それもそのはずだ。破水すると子宮内の容積が一気に少なくなり、伸び切った風船が元の姿に戻るが如《ごと》く筋組織が縮もうとする。石川はいつ分娩になってもおかしくない状況なのだ。

下水流が口を開いた。

「救急車搬入口で生まれる可能性もあるの？」

「それどころか、車内分娩だってありうる」

即答した塔子に向かって、下水流が頷いた。

「わかった。じゃあ、搬入口にもクベースを用意しておこう」

クベースとは箱型の新生児保育器だ。種々のバイタルモニターを備え、温度管理もでき、1％刻みで酸素濃度をコントロールすることも可能な、いわば新生児用の移動式集中治療室である。

早産児の蘇生は、生まれてからの時間が勝負だ。秒単位で体温が奪われてゆき、呼吸不全が生じれば、脳が障がいを受ける。下水流は救急車が着き次第、すぐに治療ができる手はずを整えようとしているのだ。

「お願い」

塔子が短く答えた。視線は真紅の携帯に釘付《くぎづ》けのままだ。

電話口から呻《うめ》き声が聞こえてきた。手負いの動物のような声は石川のものだ。塔子が電話に向かって叫んだ。

「石川さんと話させてください！」

『了解しました』

電話が石川の耳元に近づくにつれ、呻き声が大きくなってゆく。

「石川さん、聞こえますか？」

『はい』

陣痛の間隔が空いたのだろうか。その声は打って変わって弱々しい。

「私は、伊豆中央病院産婦人科の城ヶ崎です」

『産婦人科の、先生？』

「私たちは、あなたの到着を待っています。もう少しです。あとちょっとだけ頑張りましょう」

再び、呻き声が聞こえてきた。先ほどよりも辛《つら》そうだ。

「しんどいとは思いますが、なるべくいきまないで下さい。ここまで来てくれたら、私たちがなんとかします。あれだけの峠道を乗り越えてこられたんだもの。石川さんなら絶対に耐えられます」

まるで分娩に立ち会っているかのように、塔子の声は優しく、それでいて力強かった。呻き声に悲鳴が混じる。腹に力を入れまいと、口から力を吐き出すかのような大きな悲鳴だった。

1分ほど続いた悲鳴が、ようやく収まった。

『頑張ります。そちらに着いたら……私の赤ちゃんをお願いします』

「お待ちしています」

電話が切れた。振り向いた塔子が勢いよく机に両手をついた。

「搬入口で待機しよう！」

鼓舞するような声に武者《むしゃ》震いがした。


出発の連絡からちょうど2時間後。サイレンの音が近づいてきた。

衛は、搬入口で救急車の到着を待っていた。長袖《ながそで》ガウンを着て、清潔手袋を二重に付けている。塔子も同じ格好だ。クベースの横には下水流が待機している。

パトライトの光が搬入口のガラス戸の先に見えると、うるさいくらいに響いていたサイレンの音が消えた。塔子が即座に救急車の後ろ扉へと駆け寄る。

後ろ扉が上に開くと、悲鳴が耳を貫いた。妊婦用の患者衣を纏《まと》った石川直美は、ストレッチャーの上で体をくの字に曲げている。その顔は汗だくだ。車内に乗り込んだ塔子が彼女の横にかがみ込んだ。

「城ヶ崎です。すぐに診察しますね」

患者衣の下に右手を滑り込ませると、小さな声が上がった。

塔子の表情が強張る。

「北条先生。ステーション、プラス1センチまできてる」

分娩の進行度合いを示す所見だ。児頭が腟《ちつ》の出口からわずか4センチの位置まで降りてきていることを意味する。児頭がたった4センチ進めば排臨《はいりん》となり、膣から頭が見える状態になる。

「いきんだら1回で出ちゃうかも」

下水流が塔子に問いかける。

「ここで出産にするの？」

「分娩室で産む。赤ちゃんの頭は私が抑えながら移動する」

「じゃあ俺は、先に分娩室に行ってるわ」

「お願い！」

下水流が駆け出した。塔子が救急隊に向かって叫ぶ。

「このまま産科病棟まで行きます！」

塔子が膣に手を入れたままという体勢で、ストレッチャーが救急車から引き出される。移動を手伝うためストレッチャーに手をかけようとした瞬間に、石川と目が合った。べたりと額に張り付いた前髪の隙間から、すがるような視線が突き刺さる。強い眼光に体が硬直した。

「北条！　行くよ」

塔子の声に我を取り戻す。衛は慌てて救急隊に指示を出した。

「あっちです。病棟は5階です」

エレベーターに向かって走る。振動で子宮が張ったのだろうか、悲鳴が上がる。扉が閉まると、狭い空間に悲鳴が反響する。その様に衛は絶句した。こんな状態で彼女は何十分も救急車に揺られて耐え続けてきたのだ。

「あとちょっとだから頑張って！」

塔子は石川を励まし続けている。5階に到着すると、八重らが石川を出迎えた。

「今、プラス2センチ」

その言葉一つで状況を理解し、緊迫した表情で頷いた。分娩室に向かいながら、八重がテキパキと石川の腹に胎児超音波ドップラーをあてた。ドクドクと胎児心拍を告げる音が鳴り始める。

「ベビーの心拍、170です」

「赤ちゃん、元気ですよ」

石川の目が潤《うる》む。唇を一文字に結ぶと、力強く頷いた。

ストレッチャーが分娩室に到着すると、助産師らと救急隊が石川を分娩台へと移乗させた。その動きに無駄は一切ない。ストレッチャーが離れたところで、下水流が声をかけてきた。

「北条先生。もう一人の先生がＮＩＣＵに呼ばれてしまった。悪いけど胎児蘇生を手伝ってくれないか」

この病院は常に人手が足りない。いつどんな状況に陥るかわからないし、足りない人手は残った者で補うしかないのだ。

「わかりました。分娩が終わり次第、そちらに付きます」

「こっち準備できたよ。そっちは？」

塔子の声が飛ぶ。

「いつでも大丈夫だ」

下水流が静かに答えると、塔子は改めて石川に語りかけた。

「辛い中でよく頑張りましたね」

慈愛に満ちた声だった。

塔子の右手が膣からゆっくりと抜かれた。

「もういきんでいいですよ」

「わ、わかりました」

自身の臍《へそ》を覗《のぞ》き込むように上体を屈めると、全ての力を下半身に集中させる。

羊水と血液にまみれた児頭が見えてくる。

わずか一度のいきみで、児頭が飛び出さんばかりの勢いだ。

「赤ちゃんにストレスかけないように、切開を入れる」

塔子が会陰《えいん》の右下にクーパーで切開を入れた。膣壁を広げると、あっという間に児頭が進む。通常は、頭、肩、足と回旋をしながら出てくるのだが、小さな赤子は一気に娩出された。

「赤ちゃん、出た」

塔子の鋭い声が飛ぶ。しかし産声《うぶごえ》は上がらなかった。

「こっ、子供は泣かないんですか?」

石川の声は不安で震えている。

「すぐに赤ちゃんの処置をします」

赤子を下水流へと受け渡す。酸素の供給が絶たれたままの赤黒い赤子は、下水流の大きな両手に収まるほどに小さかった。

「北条先生、手伝って」

「わかりました」

インファントウォーマーに赤子が寝かされる。苦しそうに鼻を広げているが、呼吸様運動に伴い胸骨が陥没する。上手《うま》く呼吸が出来ていない状況だ。

「サチュレーションをつけて」

羊水を拭き取りながら、下水流が指示をする。酸素飽和度を測るためのテープを赤子の手のひらに巻く。衛の親指くらいしかない小さな手は、手荒に扱えば壊れてしまいそうなほど弱々しい。衛は震える指でテープを巻き終えた。ほどなく、赤子の血液内の酸素濃度が表示される。

「サチュレーション、72です！」

八重の緊迫した声が響いた。

かなり低い。赤子の体に酸素が行き渡っていないのだ。この状態が続けば、脳に障がいを来《きた》す可能性が高くなる。

分娩台から焦燥感に満ちた声が上がる。

「本当に大丈夫なんですか！　泣かなくていいんですか？」

必死な声に、背中をじとりと汗が伝った。赤子は呼吸しようとしているが、胸が下がるばかりだ。口元に酸素を流しても効果がない。このままでは、石川や救急隊の2時間にわたる頑張りが無駄になりかねない。この瞬間の一つ一つの処置に、重大な責任がかかっていることを痛感した。

下水流が足裏を何度も叩く。刺激で呼吸を促しているのだ。何回刺激を与えただろうか。しばらくすると、わずかな反応があった。

赤子が弱々しい啼泣《ていきゅう》を上げる。微《かす》かに聞き取れるほどの小さな声だ。しかし、それからまた啼泣がなくなった。

「挿管するしかないか」

下水流が呟《つぶや》いた。その声を逃さず、衛は気管内チューブを手に取った。

「3ミリですか？」

「いや、2・5で」

包装紙を開き、指示されたチューブを手渡す。内径わずか2・5ミリのチューブは、ストローよりはるかに細い。

下水流が、蒲鉾《かまぼこ》のような小さな口に慎重に喉頭鏡《こうとうきょう》をかける。その奥の一点を見つめ、チューブをそっと差し入れた。

「よし、入った」

その声から確信が窺《うかが》えた。難易度の高い早産児への挿管を、一発で成功させたのだ。

挿管チューブをバッグに繋いで酸素を送る。赤子の胸骨がようやく上がった。何度か繰り返しているうちに、血中酸素濃度が上昇してきた。

「サチュレーション、91まで上がりました」

八重の声に歓喜が混じる。

「わかった。ベビーをクベースに移そう」

下水流が赤子を慎重に移す。そして、酸素バッグを押しながら石川に話しかけた。

「これからNICUに移動して、治療を継続します。落ち着いたら改めて状況を説明します」

石川の瞳《ひとみ》には不安が浮かんでいる。それも無理はない。赤子の状況はまだ予断を許さないからだ。

「お……ねがい……します」

か細い声が返ってきた。下水流がキャスター付きのクベースを移動させる。分娩室を後にする様子を、石川はひと時も目を逸《そ》らすことなく見つめていた。

「北条。こっち手伝って」

塔子の声に意識を引き戻される。母体に目を移すと、膣から多量に出血していた。

「子宮が緩いの。お腹の上から圧迫して」

条件反射のように体が動く。分娩台横に置かれた足台に乗って、下腹部に両手を添え、体重をかけた。しばらく圧迫していると、子宮が固くなる感触が手のひらに伝わってきた。

「大丈夫ですか、石川さん」

下腹部を圧迫したままの体勢で石川を見る。真っ直ぐな視線に貫かれた。見開かれた瞳には、不安が浮かんでいる。

「赤ちゃんは……。赤ちゃんはどうなりましたか。大丈夫なんですか？」

震える声で訊《き》かれ、答えに窮する。衛は、思わず視線を切ってしまった。顔を背けた先には、創部の処置をする塔子の姿があった。衛の視線に気づいて顔を上げる。

「どうすればよいですか？」と目で問いかける。塔子が首を振った。

「赤ちゃんの蘇生に立ち会ったのはあなたよ。あなたの言葉で答えなさい」

こちらの不安を見透かしたような、はっきりとした言葉だった。

再び石川に向き合う。その視線は未《いま》だ衛に釘付けになっていた。潤んだ瞳を見て思う。どんな言葉をかければよいのだろうか。2時間もの峠道を越え、激しい陣痛にも耐えた彼女が聞きたい言葉とはなんだろうか。そう思った瞬間に、石川の言葉が脳裏に蘇《よみがえ》った。彼女がずっと気にしていることを理解する。

「石川さん」

真っ直ぐに目を見て、言葉を伝える。

「赤ちゃん。ちゃんと泣きましたよ」

「……えっ」

「小さな声でしたけど。確かに聞こえました。石川さんの赤ちゃんは、頑張って泣きましたよ」

その目に涙が浮かぶ。一筋涙が頬を伝うと、堰《せき》を切ったようにボロボロと涙が溢れた。ずっと堪《こら》えていたのだろう。これまでの不安を全《すべ》て吐露するかのごとく、彼女は泣き続けていた。

しばらく涙を流すと、嗚咽《おえつ》混じりに口を開いた。

「ありがとうございました」

たったそれだけの言葉に、心に熱いものが込み上げた。

「呼吸がとても弱かったので、今は口に細い管が入っていて、呼吸を助けています。これから、新生児科の先生が必要な検査や治療をおこなってくれます。あとで様子を見にいきますので、また状況をお伝えします」

石川が、真っ赤に目を腫《は》らしながら何度も頷いている。その姿を見ると目頭が熱くなった。涙がこぼれてしまいそうになり、その姿を直視できなくなった。

「出血はおさまったみたい。もう圧迫はいいよ、北条先生」

涙をそっと袖口で拭《ぬぐ》う。塔子に顔を向けると、満足そうな笑みが返ってきた。

こうして、天城越えの長い夜は終わった。


当直明けの朝、衛は塔子と二人で病院の廊下を歩いていた。ＮＩＣＵからの帰りだ。

「赤ちゃん、元気そうでよかったね」

塔子の声は弾んでいる。それもそのはずで、石川直美の子は一時的な呼吸障害はあったものの、挿管チューブも数日で外せそうなくらい経過が順調なのだ。回診では、石川によい報告ができそうだ。

こんなに充実感に満たされた朝はない。そんなことを思った。

昨晩はチームが完全に機能した。全員がなすべきことに全力で取り組んだ結果、母子を助けることができた。その一員であれたことに、心が震えた。

たとえ田舎で人が少なくても、工夫次第でなんとかなるのだ。石川の母親としての頑張りを、そして、生まれてこようとする胎児の小さな命を、救急隊、産科、新生児科で、タスキのように繋げた。少ない人員だからこそ、より自身の責任を実感できたし、彼女の心境を近くで感じたことで寄り添えた気がした。

こんな気持ちは、医師が余るほど多く分業制が確立した本院では、経験したことがなかった。だからだろうか。あれだけ緊張した夜を過ごしたにもかかわらず、窓から注ぐ陽光を清々《すがすが》しく感じる。

「北条」

悦に入《い》っていたところで、塔子に話しかけられてハッとする。振り返ると、ニヤニヤした顔でこちらを見ている。

「なっ、なんですか?」

「感動した?」

「そりゃあ、感動しましたよ。母子共に助かったんだし」

塔子の口角が、さらに上がった。

「だって泣いてたもんね」

唐突に言われて、迂闊《うかつ》にも反応が遅れた。

「泣いてませんよ」

否定の言葉が虚《むな》しく響く。ケラケラと愉快そうに笑われた。

「茶化さないでくださいよ」

すると突然、塔子が笑うのをやめて足を止めた。正面からジッと見据えられる。あまりに真摯《しんし》な表情で見つめられ、頬が熱を帯びるのを自覚したが、自制できない。

「ちょっと……。なんですか? ジロジロ見て」

塔子が真剣な表情を見せた。

「茶化してないよ」

ハスキーがかった声が、真っ直ぐに耳に届いた。その言葉には一切の揶揄《やゆ》も感じられない。

「え？」

改まって言われて戸惑っていると、頭にポンと手が置かれた。突飛な行動に、全く反応できない。

「北条は動けてたよ。自分ができること、すべきことを考えて、的確に判断していた。北条がちゃんとしていたから、私も下水流くんも安心して行動できた。立派だよ」

たったそれだけの言葉に、昨晩の記憶が次々と蘇り、脳裏を駆けめぐる。電話を受けたときの緊張、祈りながら待っていた長い時間、なにかできないかと巡らせた思考。赤黒い子がわずかに泣いた瞬間。そして、母親の涙。

「だからあなたは、石川さんに伝えるべき言葉を、あなた自身で見つけることができた」

あまりに率直に褒められて、返す言葉を失う。

頰の温度が上昇していることだけが自覚できた。

「1ヶ月でこんなに成長するなんて、えらいえらい」

途端に破顔した塔子が、まるで幼児をあやすかのように、衛の髪をワシャワシャと掻《か》き回した。

「やっぱり茶化してるじゃないですか」

塔子の手を振り払うと、ようやく普段の雰囲気が戻った気がした。塔子が両手を挙げて大きく伸びをする。

「田舎の医療ってのも面白いもんでしょ。昨日の母体搬送なんて、東京では味わえないよ」

「そりゃあ、東京に搬送に2時間もかかるような医療過疎《かそ》の地域なんてないですから」

そう言いつつも、内心では塔子の言葉に共感している。大変ではあるが、ここでは大きな喜びを味わえる。田川と釣りをしながら話していたことを思い出した。

「塔子さんは、こういう過疎地の医療にやりがいを感じて今の生き方を選んだんですか？」

思い切って訊いてみる。

昨日の塔子を見ていれば、やはり現状に対する不満があるようには見えなかった。

この土地の医療に向き合い、それに喜びを感じているとしか思えない。

塔子がキョトンとした表情を見せた。

「なによいきなり」

「いえ……。塔子さんがなんでここに移住してまで、ここの医療に携わっているのかが気になってて」

このタイミングならなにかしら答えてくれるかと思ったが、代わりに背中を勢いよく叩かれた。

「誰にだって色々事情があるもんなのよ。他人《ひと》の人生をあんまり詮索《せんさく》するもんじゃないわ」

必要以上に明るい声に、柔らかな拒絶の意を感じた。やはりなにかあるのかもしれない。そう思い話を変えようとするものの、疲労で頭が働かない。

すると、視線の先にずんぐりした体軀《たいく》のスキンヘッドが見えた。田川だ。妙な沈黙が生じたところだったので、正直助かった。こちらに向けて右手を振る。

「昨日の当直は大荒れだったみたいじゃないか。お疲れさん」

「そうですよ、たがっさん。まさか母体搬送の救急車が夜の天城越えをするとは思わなかったですよ」

塔子が昨日の天城越えの経緯を説明した。身振り手振りを交えた話しようは、今まさに救急車が峠道を走っているかのような臨場感を帯びている。田川が興味深そうに相槌《あいづち》を打つ。

聞き終えると、衛の肩を軽く揉《も》んでくれた。

「大変だったな。でも、しっかり役に立ててよかったじゃないか。これでひよっこも卒業かな」

「まだまだですよ。おろおろしながら、塔子さんと下水流先生の手伝いをしていただけですから」

ガハハと田川が笑う。

「しかし北条も、こないだから下田に縁があるな」

「なになに、どうしたの？」

興味を寄せる塔子に、田川が先日の釣りの話をした。その話を聞いて、不満気に頬を膨らませる。

「そこまで行ったら、下田まで行かなきゃダメじゃん。峠道を抜けると、目の前に海がパッと開けるの。本当に最高なんだから」

今度は悪戯《いたずら》っぽい表情を浮かべた塔子が、顔を寄せてきた。

「なんですか？」

「私の車で下田まで案内してあげるよ。私なら、ここから1時間であなたに海を見せてあげられるよ」

逆側から田川が耳打ちしてくる。

「塔子さんは、私よりはるかに峠を攻めるぞ」

その言葉に背筋が寒くなった。吐かずにいられる自信は微塵《みじん》もない。

「お断りします。もう下田街道は懲《こ》り懲《ご》りです」

「なによ可愛《かわい》くない。じゃあさ、『ひよどり』って食事処《どころ》に行かない？　竹藪《たけやぶ》の中の古民家をリノベーションしたお店で、七輪で干物を焼いてくれるの。甘鯛《あまだい》なんて絶品だよ」

伊豆グルメの話をする塔子は、実に楽しそうだ。

「その店はどこにあるんですか？」

塔子が長い人差し指をグルグルと回した。

「河津七滝《ななだる》ループを越えて、横道にちょこっと入ったところ」

「ほとんど下田じゃないですか！」

思わずつっこむと、ふたりが体を揺らして笑った。

「伊豆の道にだいぶ詳しくなったじゃん」

「そりゃあ2時間も地図と睨《にら》めっこしてましたから」

慎重に運転してくれる人となら、一度下田まで足を伸ばしてみてもいいかもしれない。

赤子の無事を伝えたときの石川の涙声を思い出しつつ、そんなことを思っていた。

最終話　今日の名医とあしたの名医

目の前にグレーの無地のタオルケットが広がっている。衛は、己の欲求のままにそこに飛び込んだ。硬いマットレスが体を三度跳ね返し、軋《きし》んだバネの音が耳に届く。

8月中旬、当直明けの夜である。36時間勤務を終え、ようやく医師寮に帰ってきたところだ。

体の芯《しん》まで疲れ切っている。

八重に引きずり回されるように5件ものお産を取り、合間に三枝と婦人科手術、それに明日香と緊急帝王切開にも入った。

最近、さらに多忙さが増している。2ヶ月間の働きぶりが評価され、衛と神里のひよっこ組に与えられる仕事が飛躍的に増えたからだ。

三枝の手術の前立ちを許され、来月からは、いよいよ術者としての鍛錬を積むことも決まった。初日のどたばたぶりを思えば大きな進歩だ。だが、人員が増えたわけではないので、下《した》っ端《ぱ》仕事がなくなるわけでもない。

タオルケットのゴワゴワした質感を楽しんでいるうちに、腹が減ってきた。枕《まくら》横に置いてあるデジタル時計は、午後8時35分を示している。

伊豆牛の治部煮《じぶに》丼《どん》が脳裏に浮かんだ。

いおりはまだ開いている。外に出ようかとも思ったが、流石《さすが》にその体力は残っていない。今日の夕食は、部屋に買い置きしてあるカップラーメンに決める。

いおりには、いつでも行ける。

まさか、こんなに足繁《しげ》く通う店ができるなんて、伊豆に来る前には想像すらしなかった。社交性が高い人間ではないことは自覚している。だが流石に、これだけ通えば会話も増える。衛は、いおりの面々の事情に、今や伊豆中《なか》の誰よりも精通している。

早いもので伊織は32週になった。お腹《なか》の子は男の子だ。若さも手伝い、妊娠経過は順調そのもので、児《じ》の推定体重は2000グラムを超えつつある。

店に引きこもる生活にあきあきしているらしく、『あとどれくらいで出産できるんですか？』と、毎度のように訊《き》かれる。『正期産は37週からだから、もう少し先ですかね』などと返すと、『そういうことじゃないんです』と、頰を膨らませる。

大将の質問に対する自分の答えが、軟禁生活の理由であることは重々承知しているが、それも致し方ない。

なにせ過保護である。目に入れても痛くないほどに伊織を溺愛《できあい》している様子は、大量に浴びせられる質問内容からも伝わってくる。

伊織がいない隙《すき》を見計らって訊いてくるのがちょっとずるい。その場に伊織が加わると、衛の返答がブレてしまうことを、分かっているのだ。

『やっぱり、慎重になるに越したことはないですよね?』なんて言われてしまうと、『そんなことないですよ』と返せるものではない。その代わりと言ってはなんだが、最近、治部煮丼の肉が一枚、また一枚と増えているような気もする。

家庭事情にも随分詳しくなった。

食事処《どころ》『いおり』を構える尾崎《おざき》家、そして、伊豆高原の野菜農家である伊織の夫の勝呂《すぐろ》家。両家とも喉《のど》から手が出るほど跡取りを欲している。『どうにも、もう一人産まないといけないみたいさ』と、最後に伊織がボヤいて、いつもこの話題は締めくくられる。

店を出るときは、こちらが恐縮するくらい女将《おかみ》が深々と頭を下げてくれる。

『どうぞ、伊織と子供のことをお願いします』

この土地の人々は優しい。衛たちがこの地で唯一《ゆいいつ》の病院の医師であることを認識し、尊重してくれている気持ちもひしひしと伝わってくる。

だからこそ、託される願いは重い。

周産期医療に従事していると、医師としての使命感を日々実感する。何十年も紡《つむ》がれてゆく命の原点を支えているのは、自分たちに他ならない。

塔子は、そして三枝は、こんな厳しい仕事に長く従事し、地域の人々の信頼に応《こた》えてきたのだ。今や、この自分もその一翼を担《にな》っている。その自覚がないと、救える命だって救えなくなる。充実感と責任感を実感しながらも、いよいよ瞼《まぶた》が重くなる。

いおりには明日、改めて顔を出そう。そう思ったところで、明日の土曜日は、また当直だと思い直す。仕方がない。だったら日曜日の昼だ。しっかり働いて、腹を空《す》かせてから治部煮丼を腹一杯食べよう。

いおりには、いつだって行ける。

そう思いながら、落ちるように眠りについた。

伊織が急変したのは、翌日のことだった。

やけに静かな土曜日は、不幸にも、伊豆半島の周産期医療が最も手薄になった夜だった。

午後6時、塔子とそろそろ当直飯でも頼もうかと話していた矢先に、病棟の救急電話が鳴った。

取ったのは八重だ。二、三、先方と言葉を交わすとすぐに表情が硬くなり、塔子に受話器が手渡された。

「いおりの女将さんからです」

その言葉に、衛の背筋が強張《こわば》った。自身で入院判断ができる八重が塔子に電話を預けたということが、緊急事態を予感させた。相槌《あいづち》を打つ塔子が、眉間《みけん》に皺《しわ》を寄せる。

「すぐに来てください！　救急車を呼ぶより、そのまま来る方が早いので！」

塔子が鋭く指示を飛ばして電話を切る。

「伊織ちゃん、どうしたんですか？」

「破水したみたい。それに出血もあって、相当お腹を痛がってるらしいの」

そのまま、厳しい表情でナースステーションのカレンダーを睨《にら》んだ。

土曜日から日曜日にかけて、文字が書き込まれている。

『三枝、田川、神里　学会　浜松　日曜日正午帰り』

東海地域の大きな学術集会だ。三枝は座長を依頼されており、田川と神里は演者として伊豆長岡を出ている。学会で病院が手薄になることは、決して珍しいことではない。

カレンダーには、さらに書き込みがされている。

『下水流夫婦　東京　日曜夜帰り』

どうしても外せない用事があると明日香が語っていた。

今宵《こよい》、伊豆中央病院総合周産期センターには、衛と塔子ふたりの医師しかいない。

どんな事態になろうとも、応援は呼べない。

そう思うと、腕がぞわりとあわだった。

塔子が、決意したように口を真一文字に結んだ。

「時間がない。手分けして準備をしよう」

「カイザーの用意もしておきますか？」

八重の進言に、塔子が頷《うなず》く。

「多分……、ほぼ間違いなくそうなる」

「わかりました。急いで準備します」

そう言って、八重は分娩室《ぶんべん》へと駆け出した。

こちらもただ待っている訳にはいかない。

「俺は、カイザーの指示出しと、新生児科に連絡します」

肩がポンと叩《たた》かれる。

「頼んだ。私は麻酔科に連絡しに行く」

余計な言葉は一つもない。それだけ切迫した状況なのだと実感させられた。

10分後に伊織が到着した。

仕事中に倒れたという彼女は、割烹着《かっぽうぎ》を着たままの姿だ。

作務衣《さむえ》姿の女将に抱えられたその顔は真っ青で、額には脂汗《あぶらあせ》を浮かべている。ストレッチャーに移乗させると、大きな腹を抱えるように体をくの字に曲げ、呻《うめ》き声を上げた。

診察室へと運びながら、八重が胎児心拍モニターを腹部に取り付ける。

ほどなく胎児心拍音が廊下に響いた。

「胎児心拍、70です」

嫌な汗が額を伝う。心拍が正常の半分まで落ちている。機械から吐き出される記録紙にはさざなみのように線が刻まれ、不定期に子宮が収縮する様子を告げている。

女将が取り乱した様子で声をかける。

「伊織！　大丈夫だからね。頑張って！」

伊織は言葉を返すことができず、痛みの合間に小さく頷くのみだ。

しかし衛は、その様子をただ見ることしかできなかった。

目の前で苦しんでいる患者は親しい人物だ。

ここで自分が動かなくてどうする？

そう思いつつも、重圧と恐怖が身体にまとわりつき、手足が言うことをきいてくれない。口がカラカラに乾き、言葉も発せなかった。

不甲斐《ふがい》なさを覚えているうちに、ストレッチャーを持つ手がぶるぶると震え出した。自身の手が力んでいるのか、それとも虚脱しているのかすら分からない。

塔子が声を上げた。

「すぐに診察をします。付き添いは女将さんだけですか？　旦那《だんな》さんや大将は？」

一呼吸遅れて、うわずった声が返ってくる。

「しゅ……主人は、店を閉めてからこちらに来ます。浩太くんは今向かっていますが、すぐには……」

「緊急手術になるかもしれません」

腰の前で重ねた女将の手が視界の端に映った。小刻みに震えている。女将も恐怖のただ中にいるのだ。

やがて女将は、毅然《きぜん》とした姿勢で前を向いた。

「先生に全《すべ》てお任せします」

気丈な声だった。

その言葉に込められた覚悟にさらに重圧が増す。塔子に向けて放たれた言葉にもかかわらず、だ。

女将の顔を直視できず視線を外す。その先には伊織の苦しそうな表情があった。逃げ場を探すようにさらに目を背ける。目に入ったのは塔子の手だった。強い決意を示すかのように、拳《こぶし》が硬く握りしめられている。

「最善を尽くします」

一礼すると、塔子がすぐさまストレッチャーを押した。それに引っ張られるように、衛は診察室へと足を踏み入れた。

伊織の苦しげな声が大きくなる。それをかき消さんとするように、心臓がばくばくと音を立てた。

診察室に入るやいなや、塔子が伊織に声をかける。

「下、診察しますね」

割烹着の下に着用していたゆるいマタニティー用パンツを躊躇《ちゅうちょ》なく剝《は》ぎ取る。あらわになったショーツは、赤々とした血に染まっていた。

「採血と点滴を取って！」

空気を切り裂くような塔子の指示が飛ぶ。すぐさま八重が反応する。用意しているのは、18G針。輸血も容易に可能な太い留置針だ。

「お腹、超音波をしますね」

伊織の腹に超音波プローブが当てられる。激しく鼓動する心臓が見えた。

「児の心拍は戻ってる。でも多分、子宮が張ればすぐに落ちる」

やがて、プローブを持つ塔子の手が止まった。画像には胎盤が映っている。本来、3センチほどしかない厚みが、倍以上に腫《は》れ上がっている。

塔子の瞳《ひとみ》に確信が浮かんだ。

「やっぱり胎盤が剝がれてる」

診察室の空気が張り詰める。

胎盤早期剝離《はくり》。突然、胎盤が剝がれてしまう疾患だ。胎児は妊娠中、胎盤を介してしか酸素を受け取ることができない。胎盤が剝がれることは即《すなわ》ち、児の生命の危機につながる。

恐ろしいのはそれだけではない。

妊娠満期の子宮には、毎分500㎖もの血液が注がれている。その血液が胎盤剥離面から流れ出て、失われてしまうのだ。母体の血液量は約5000㎖。そのうちの20％、およそ1000㎖の血液が失われると、伊織自身がショック状態に陥る。つまり伊織は、母児共に生命の危機に瀕《ひん》しているのだ。

「グレードAカイザーをします！」

塔子が即断した。

グレードAカイザーとは、最も緊急度が高い帝王切開を示す医学用語だ。母児の救命を目的に、医師の宣言から20分以内に児の娩出を目指す。手術室に移動し、麻酔をかけ、執刀を開始し、胎児を娩出するまでの全ての時間を合わせての20分である。助産師、手術室看護師、麻酔科、産科、全てのスタッフがよどみなく動き、なおかつ、術者の執刀技術も伴わないと遂行できない。

「伊織ちゃん、ごめんなさい。詳しく説明できる状況じゃないんだけど、胎盤が剥がれてしまっていて、すぐに帝王切開が必要なの」

くの字の体勢で、苦痛に顔を歪《ゆが》めながら聞いている。

「心の準備なんか出来ないと思うけど、今すぐ手術室に……」

そこで突然、伊織が塔子の腕をぐっと摑《つか》んだ。唇を嚙《か》み切らんばかりに歯を食いしばって、汗にまみれた顔を上げる。その瞳には揺ぎない意志が浮かんでいた。

「赤ちゃんを……」

掠《かす》れた声だ。そうでありながら、強い芯を感じさせる。

「息子だけは助けてください！」

その言葉の強さに圧倒される。

塔子が伊織の手を包み込んだ。

「ふたりとも絶対に助けるよ」

伊織は目に涙を浮かべて頷いた。

塔子が顔を上げる。

「手術室に急ごう！」

周囲を鼓舞するような声だった。

だが、今度は自身の足まで震え出してしまった。

グレードAカイザーの経験はただの一度もない。でもやらざるを得ない。産科には、塔子と自分しかいないのだ。

できなかったら？

患者は、ただの顔見知り以上の人物だ。何度も会話し、相談に乗った。家族の顔だって自然と浮かんでくる。それが恐怖に拍車をかけた。身近な人が生命の危機に直面するのはこんなにも怖いことなのだと、今更ながら知った。

「北条、行こう！」

塔子がストレッチャーを押す。それに引きずられるように、衛は震える足を踏み出した。

一つ下の階の手術室に駆け込む。

一番大きな部屋には、清潔帽子を目深に被《かぶ》った麻酔科医の笠原が腕組みをして待っていた。

手術台にはメスやペアンなどの器械が全て準備され、器械出しの看護師が手術用ガウンと清潔手袋を付けて立っている。

さらに、インファントウォーマーとクベースが壁側に置かれており、新生児科医と研修医が、胎児蘇生《そせい》用の器具のチェックをしている。下水流には及ばないものの、経験豊富な中堅の女性医師だ。

笠原が口を開く。

「塔子さん。脊椎《せきつい》麻酔を入れる時間はありますか？」

「ごめん、ない。全身麻酔《ぜんしんますい》でお願い。合併症はない。術前採血は、今結果待ち」

「わかりました。じゃあすぐに酸素化を始めます」

今度は新生児科医に顔を向ける。

「胎児推定体重は1920グラム、胎盤剝離からの推定時間は20分。胎児心拍は、70から150をいったりきたりしてる。5分後に出せると思うから、準備よろしく」

「了解しました」

緊急事態では、リーダーがメンバーをどう導くかが重要であるが、塔子はリーダーシップをいかんなく発揮している。

塔子が伊織の手を握る。

「一緒に頑張ろう」

塔子の手を握り返すのが見えた。

「北条。手洗い行くよ！」

気づけば、すでに手術室外の手洗い場に移動している。

「いま行きます」

震えはまだおさまらない。活を入れるように太ももを叩いてから、塔子のあとを追った。

本日の予定手術を全て終えた手術室の廊下は静まりかえっている。これからグレードAカイザーを行う手術室だけが煌々《こうこう》と照らされ、様々な指示が飛び交っていて、異質だった。

塔子の隣の手洗い場に立つ。フットスイッチを入れると、シャワーノズルから水が勢いよく流れ出す。絶え間なく響く水の音はどこか無機質で、耳障《みみざわ》りに感じられた。

顔を上げると鏡に自分の顔が映る。瞳がゆらゆらと揺れ、まるで焦点が合わない。清潔キャップとマスクをしていてもなお、血の気がひいているのがわかり、情けなく思う。

「怖い？」

不意に訊かれた。塔子を直視できずに、鏡越しに目を合わせる。

「すみません」

「謝らなくていい。だって、私も怖いもん」

あっけらかんと発せられた言葉が、とても本心とは思えず、思わず「嘘《うそ》だ」と呟《つぶや》いてしまった。あわてて謝罪をすると、塔子がおもむろに右手を差し出した。

「ほら」

握れ、と言わんばかりに、衛の前で手を上下に振る。

「失礼します」

促されて、右手をおずおずと握る。伝わってくる感触に目を見開いた。

冷たいのだ。恐怖で体をすくませている衛よりも、はるかに。

「北条」

「……はい」

右手に力が込められた。温もりは一切ない。

「怖くても、足がすくんでてもいいから、手だけは動かして」

「俺に……、できるでしょうか？」

さらに力が入る。まっすぐな眼差《まなざ》しが向けられた。

「できる。北条がやってきたことは、北条を裏切らない。ここで鍛えられてきた経験は伊達《だて》じゃない。自分の手を信じなさい」

「なんでそんなに強いんですか？　怖いのに、どうして皆を導けるんですか？」

塔子の瞳が輝きを増す。

「伊豆の人たちは、私にとって家族だから」

塔子の目尻《めじり》が下がった。

「医療で恩返しするのが、私の使命なの」

その真意は理解しがたい。しかし不思議な説得力があった。

「もうすぐ麻酔がかかりますよ！」

手術室で笠原が叫んでいる。

塔子が手を解《ほど》いた。その瞳には、一片の迷いもない。

「行こう。伊織ちゃんと子供を助けよう」

「わかりました」

いつしか、足の震えはおさまっていた。


手術決定の宣言から、15分が経過した。

伊織には麻酔と筋弛《し》緩《かん》薬が投与されている。気管内挿管が行われると、完全な人工呼吸管理下におかれ、本格的に全身麻酔がかかることになる。

手術室の空気はピンと張り詰めていた。

誰もが息を潜めるなか、モニター音が静けさを破る。

笠原が気管内挿管を終えた瞬間に手術が始まる。誰もが固唾《かたず》を飲んでその時を待っていた。そこから先はなにが起こるか分からない。実際に腹を開けてみないと状況が分からないのだ。

瞬時に状況を判断し、的確な対応をしなければならない。

塔子は衛の対面に立ち、右手にメスを構えている。目を閉じ、静かに息を吐く。手洗い場で不安を吐露していた姿は、もうどこにもない。

――集中しろ。

衛は自身に言い聞かせた。この病院で過ごした2ヶ月を思い出す。初日は三枝のメスに全くついていけなかったが、もはやあの頃の自分ではないはずだ。

飽きるほど手術を見て、必死に手を動かし続けた。

『自分の手を信じるしかない』塔子の言葉を、脳内で反芻《はんすう》する。

笠原が声を発した。

「挿管できました」

塔子が瞼を開いた。長いまつ毛が羽ばたくように躍る。

「始めます」

伊織の真っ白な腹に、躊躇なくメスが入った。ぱっくりと割れた皮下の脂肪層から、一斉に血が噴き出てくる。淡い色の血液は止まる気配がない。

「筋膜まで一気に開ける」

メスを走らせると、瞬《また》く間に筋膜が展開された。

考えている暇などない。

塔子のメスが鋭さを増す。三枝のメスさばきが乗り移ったかのように、その手が加速していく。恐怖で冷え切っていたはずの塔子の手には力がみなぎり、長い指が躍るように動く。

衛はその指先に全神経を集中させた。

やがて、あれだけ煩《わずら》わしかったモニター音が聴こえなくなった。視界には術野だけが映り、心を占拠していた恐怖の心が嘘のようになくなっていく。

思考が止まったわけではない。手も動いている。

自らの手が、他人のもののような、それでいて間違いなく自分の手なのだと確信しているような、不思議な感覚を覚える。

脳内が手術の情報で満たされる。目に見えないはずの部位までが、鮮明に映像として浮かんでいる。腹腔鏡《ふくくうきょう》のカメラで中を覗《のぞ》いているかのように、腹の中を多角的に理解できていることに驚く。

『目を増やせ』

三枝が言っていたことは、この感覚だったのだろうか？

何度も目にしてきた腹腔鏡カメラで見る子宮と、この2ヶ月間で徹底的に目に焼き付けてきた開腹手術の視野がピタリと重なり、詳細な立体的イメージが脳内で構築される。

衛は、自らが集中の高みに立っているのを知った。

時間の感覚がない。それほど経過していないようにも、もう何時間も手術をしているようにも思える。

「全身麻酔開始から、1分経過です」

笠原の声を耳の端で捉《とら》えた。

すでに腹膜が展開され、子宮が顔を見せている。

暗紫色に染まった子宮壁は、胎盤早期剝離の典型的な所見だった。おどろおどろしいその色は、胎盤の剝離面から多量の出血をきたしていることを意味する。

「子宮壁を切開します」

メスが一閃《いっせん》されると、切開層からおびただしい量の血塊が飛び出してくる。その血を掻《か》き分けるようにして、塔子の手が子宮内に滑り込んだ。

「赤ちゃん、出します」

ぬるりと無影灯の光を反射した児頭が姿をあらわした。大きさは満期のそれよりも一回り小さく、血にまみれている。

赤子は慎重に引き出される。

スタッフの視線が一斉に赤子に注がれた。

手足は力なくだらりと垂れ下がっている。それを見た八重が息を呑《の》んだ音を、背中に感じる。

「羊水と血を拭《ふ》き取って」

塔子の指示に、すぐさまガーゼを手に取り、衛は赤子に付着した羊水と血液を拭き取りにかかる。

間を縫うように、塔子が小さな口腔内に吸引チューブを挿し入れる。

血液混じりの羊水が、ゴボゴボと吸い出されてゆく。

やがて、吸引しきったチューブが乾いた音を立てはじめる。ゆっくりと引き抜くと、部屋から再び音が消えた。

誰しもが祈るように赤子を見つめている。

すると、児の胸が小さく上がり、苦し気に息を吸った。わずかな空気を肺に取り込んだ後、拳を弱々しく握り込む。

小さな産声《うぶごえ》が上がった。

一度声の出し方を覚えた赤子は、目一杯の空気を取り込み、さらに大きな声を上げる。

自分は生きている。それを周囲に知らしめるかのように、泣き声はしだいに力強さを帯びていく。

衛はその姿に圧倒された。小さいが、元気な男の子だ。

止まっていた時間が動き出す。モニター音が再び耳に届き、狭まっていた視界が一気に開けるような感覚を覚えた。

同時に、興奮が押し寄せてきた。

赤子が泣き声を上げるたびに、自身の心臓がドクンドクンと脈打つ。

「北条」

塔子が右手を差し出してきた。血まみれの真っ赤な手だ。

「伊織ちゃんの赤ちゃん、一緒に助けたんだよ」

言葉が出てこない。万感の想《おも》いでその手を握る。

清潔手袋越しに温かな体温が伝わってくる。思い出したように指が震え出した。

「今さら怖さを思い出した？」

「いえ……」

心が激《たぎ》っているのだ。伊織の子をこの世に迎えることができたことに、安堵《あんど》と、同じくらい熱い思いが湧《わ》き起こる。

「ありがとうございました」

あまりに素直な言葉が口から飛び出た。

誰に対しての感謝だろうか？　塔子と出産を支えてくれたスタッフへのものか。元気に生まれてきてくれた新たな命に対してのものかもしれないし、痛みに耐えてここまで来てくれた伊織に対する感謝なのかもしれない。

塔子が、赤子を慎重に八重に手渡した。

「子供は新生児科にお願いしよう。私たちはしっかりお腹を閉じないとね。元気な姿を伊織ちゃんに見せてあげよう」

伊織はまだ全身麻酔下におり、残念ながら、息子の誕生の瞬間を目にすることはできなかった。

手術はまだ終わりじゃない。再び気持ちを集中させる。

しかし次の瞬間、けたたましいアラーム音が鳴り出した。

危険を知らせることに特化した音は、異常な不快を感じさせた。一体なにがと思ったところで、笠原が叫ぶ。

「ショックバイタルです！」

悲鳴に近い声に塔子が反応した。

「状況を教えて」

昇圧剤を注入している笠原の顔は青ざめていた。モニターと伊織の顔を交互に見ながら、焦燥したように矢継ぎ早に言葉を重ねる。

「血圧、70の30！　心拍140です！　分娩後にいきなりバイタルが崩れました！　原因は不明。術野に出血点がないか確認してください！」

出血性ショックの重症度を簡易的に知る方法として、心拍数を収縮期血圧で割った、ショック指数というものがある。収縮期血圧70、心拍数140。ショック指数2・0は、重症のショック状態を示唆《しさ》する。2リットル以上の出血が推測される状況だった。

赤子の啼泣《ていきゅう》によって緩んでいた空気が一変した。

塔子が声を張り上げる。

「出血量カウント！　術前結果も読み上げて！」

外回り看護師が忙《せわ》しなく動き出す。

「北条、子宮を見よう」

腹腔内に視線を落とす。目の前に広がっていたのは血の海だ。ぐたりと緩んだ子宮から、おびただしい量の血液が流れ出ている。

「弛緩出血？　子宮を圧迫します！　輸血も用意して！」

「とっくにやってますよ！」

笠原から怒号が返ってくる。

止まる気配がないアラーム音が、焦燥を一層駆り立てる。笠原は汗だくだ。

「上の麻酔科医にも応援呼んでます。バイタルはなんとか保つんで、塔子さんは出血をどうにかして下さい！　そっちが止まらないと、なにしても駄目です」

「分かった」

塔子と共に、目一杯の力を込めて繰り返し子宮を揉《も》み込む。

しかし、全くといっていいほど反応がなかった。本来、極めて収縮力の強い筋肉の塊であるはずの子宮だが、まるで蛸《たこ》の頭のようにブヨブヨと柔らかい。握り込んだ部分がズブズブと入り込む感触はおぞましく、虚《むな》しく指の跡だけがついていく。

出血は止まらない。

絶望感に苛《さいな》まれて顔を上げると、塔子と目が合った。歯を食いしばって、何度も子宮を圧迫している。もはや、マッサージによって収縮することはないと分かっていながらも、必死の抵抗を試みているようだった。

「出血量、羊水込みで１２００ミリリットルです！」

外回り看護師の報告に、塔子が怪訝《けげん》そうな顔を見せている。

「それくらいの出血で、こんな酷《ひど》いショックになるなんて……」

わずかに思案したあとに、指示を飛ばす。

「八重ちゃん！　検査データを読み上げて！」

反応した八重が電子カルテに目を落とす。

「術前採血になりますが……、ヘモグロビン10・4、白血球８０００、血小板10・3、フィブリノゲン90」

データを聞いた塔子が、驚愕《きょうがく》した様子で顔を上げた。

「フィブリノゲンが、90？」

「はい。間違いなく90です」

「嘘でしょ」

フィブリノゲンは血液凝固因子のひとつで、血管が損傷した際に、血小板と共に損傷部位を塞《ふさ》ぐ重要な役割を担う。フィブリノゲンがあまりに低下すると、止血能力が失われ、破綻《はたん》した血管から血液が流れ続けるのだ。

正常時、フィブリノゲンはゆうに２００㎎／dℓを超える。１５０以下で異常値と判断され、輸血や凝固因子の補充などの対応が必要とされる。

「手術前で、すでにこんなに低かったなんて……」

八重が、さらにデータに目を走らせた。

「最新のデータも出ました！　ヘモグロビン、6・5。フィブリノゲン、50です！」

さらに下がっている。出血量を考慮してもなお、信じられないほどの低値だ。

塔子が掠れた声で呟いた。

「羊水塞栓《そくせん》だ」

その表情には恐怖が浮かぶ。

それもそのはずだ。

羊水塞栓症は、産科合併症の中でも最も危険性が高い異常だからだ。羊水中の胎児成分が母体に流入することにより、全身に極めて強いアレルギー反応を起こしてしまうというもので、ひとたび発症すれば、高い確率で母体の命が失われる。

塔子が息を吐いた。

わずかな時間で、覚悟したように口を結ぶ。

そして、毅然とした態度で周囲に声を上げた。

「どんなことをしてでも救命する！」

全ての視線が塔子に集中する。

「笠原くん。フィブリノゲン製剤用意して！　あと、病院中の血を掻き集めて！」

何度目か分からないほどの昇圧剤を投与している笠原が、無言で頷いた。

今度は八重に顔を向ける。

「ＦＦＰは到着次第、全部溶かして！　準備できたやつから、かたっぱしから投与！」

「わかりました！　病棟からも人手を集めます！」

「お願い」

塔子の手は、一瞬たりとも緩むことなく子宮を圧迫している。

「外回りは5分おきに出血と尿量カウントを報告！」

手術室看護師が躊躇なく行動に移る。凄《すさ》まじいリーダーシップだった。

「北条！」

「はい」

「よく聞いて」

突き刺すような視線が、こちらに向けられていた。

塔子からの指示に全神経を集中させた。

「これから伊織ちゃんの子宮を取る」

その意味をすぐには理解できなかった。

塔子の双眼は、ブレることなく衛を捉えている。

「子宮を摘出すれば、循環状態が安定するかもしれない。だからこれから子宮を取る」

羊水塞栓症の治療に、アレルギー反応が最も強く起きている子宮を切除するというのは、たしかに教科書に記されている。

しかし……

「伊織ちゃんは、まだ若い初産婦ですよ」

田川との腹式子宮全摘術が頭をよぎった。

42歳の加藤恭子には大きな子宮筋腫《きんしゅ》があり、生活に支障を来《きた》していた。だが、すでに二人も子供を産んでいるにもかかわらず、子宮を取ることをあれだけ躊躇していた。子宮を摘出することには、女性にとって単なる手術以上の意味があるのだと、田川が語っていた。

「フィブリノゲンを補充すれば、出血が落ち着くかもしれないじゃないですか。それを待ってからでも……」

伊織の子宮には、子宮筋腫も子宮内膜症も、なにひとつ異常がない。ただ、出産により強いアレルギー反応が起きているだけなのだ。急性期を乗り切れば、元の健康な子宮に戻るはずだ。

なにより伊織は、まだ出産を望んでいる女性だ。子宮を摘出してしまえば、二度とその願いは叶《かな》わない。子宮温存の希望がわずかでもあるのに、自分たちの手で彼女の未来を閉ざしてよいのだろうか？

戸惑っていると、突然右手が摑まれた。

「塔子さん」

「ここには私たちしかいない。判断を誤ったら、伊織ちゃんは助からない」

諭すような口調だった。

しかし同時に、あなたの実力が足りないのだと、暗に言われているようにも思えた。これ以上のトラブルが起きてしまっては、今の面子《メンツ》では対応できないと、塔子は判断しているのだ。

さらに力が込められた。

「全ての責任は私がとる」

どう意見されようとも意志は変えない。そう告げている。

この場のリーダーは塔子だ。

「わかり……ました」

そう言って、衛は首を落とした。

だが、この決断は本当に正しいのだろうかという疑念は、払拭《ふっしょく》できるはずもない。

「集中して！」

一喝されて、反射的に背筋を伸ばす。

「帝王切開直後の子宮摘出は、通常の手術よりはるかに難しいの。血管は膨れ上がっていて、薄くて脆《もろ》い。それに、血液が凝固しないから、いくら止血をしても必ずどこかから出血する。そんな条件の中で、速く、丁寧に、確実に手術をしないといけない。子宮摘出術の手技そのもので、もっと状況が悪化する可能性だってある」

その言葉にただひとつの誇張もないことは、真剣そのものの眼差しから見てとれた。

「北条なら出来るでしょう。いや、やってもらわないと困る」

真っ向から言われて、心臓が跳ね上がった。

責任と重圧が一気に押し寄せる。

「塔子さん！　バイタル戻らない！　早くどうにかして下さい」

笠原が悲鳴を上げた。目を移すと、応援に駆けつけた上級医と研修医たちが濃厚赤血球を必死に点滴ルートに押し込んでいる。しかしそれでも、伊織の血圧は上がる気配がなかった。

凝固因子を補充し、なおかつ出血源をどうにかしない限り、状況は好転しない。

出血源とはすなわち――子宮だ。

もはや一刻の猶予《ゆうよ》もない。衛は塔子に向き合った。

「わかりました」

顔を上げた塔子が、高らかに宣言する。

「これから子宮体部切除術を行います。帝王切開の創部から上を切除します」

八重から、「よろしくお願いします」の声が上がる。祈るような、術者を鼓舞するようなその声は、連鎖するように次々と手術室に響いた。

「開創器の大！」

切開した腹部の両端に大きな鈎《かぎ》が掛かる。鋏《はさみ》の持ち手のような部分を閉じていくと、テコの原理で腹部が開かれ、固定された。

真っ赤な血に埋もれて子宮の全容が見えない。

「円靭帯《えんじんたい》、処理します」

それでも塔子は、的確に靭帯を探り出し、針糸をかけて切断する。続けざまに、子宮を包む腹膜を展開する。すると、子宮の両側に螺旋《らせん》状に走る隆々とした血管が姿を見せた。通常時には直径1センチにも満たない血管が、何倍にも膨れ上がっている。薄く引き伸ばされた血管には、大量の血液が絶えず流れている。

その光景に戦慄《せんりつ》した。

「北条。先に卵巣固有靱帯と血管を処理するよ」

卵巣と子宮を繋《つな》ぐ靱帯に視線を向ける。白い索状《さくじょう》の組織の下方には、卵巣動静脈から分岐した血管が、カーテンのように何本も垂れ下がっている。一つ一つの血管が冗談みたいに太く膨らみ、突けば割れた水風船のように血が噴き出てしまうだろう。

「全部の血管と靱帯を露出させていたら時間がかかるし、ひとつ間違えたら、止血できなくなる。だから、まとめて摑んで結紮《けっさつ》する」

言いながら、2本のペアンで卵巣固有靱帯と動静脈を狭む。すかさずその間にクーパーが潜りこんだ。

「……あっ」

思わず声が出てしまう。子宮を栄養する大きな血管を切断してしまえば、いよいよ後戻りができない。

子宮摘出を回避する方法は本当にないのだろうか？

迷いが脳裏によぎった瞬間、卵巣動静脈が切断された。

血管が真っ二つに分れる。

伊織は子宮を失う。それが現実なのだと、はっきりと認識させられるような光景だった。

「針糸かけます」

組織が強固な卵巣固有靱帯に針が刺さり、瞬く間に運針される。

糸を針から外すと、その末端を衛に差し出した。

「結べる?」

「は……、はい」

躊躇してしまい、返事が遅れてしまった。

「北条」

塔子が衛を見据えている。心の弱さを見透かすような目だ。

「迷うのはわかるけど、今はそれを捨ててくれないかな」

ピシャリと言われ、頭を叩かれたような衝撃を覚える。

「ただの結紮だけど、力加減を間違えると血管壁が裂けて大出血する。そうなったらもう、修復もできない」

太い血管の断面がこちらを見ているようで、戦慄した。三枝との初日の手術を思い出す。あの時のように、力任せに縛り上げて糸が切れてしまったらと思うと、手先が震えた。

「迷いを捨てられないのだったら、私は北条に結紮を頼めない」

塔子が覚悟を問うている。できないのであれば、ひとりで結紮まで担《にな》おうというのだ。術者が針をかけ、器械を手放して、糸まで結ぶとしたら、相当なタイムロスになる。

今は時間との勝負なのだ。だから自分が結紮すべきだ。迷いは捨てろ。方針は決定されたのだ。この難局を乗り越えることに全力を尽くすべきだ。

糸の両端を手に取った。

「やります」

「お願い」

ゆっくりと糸を絞り上げる。組織が絞り込まれる感覚が、両手に伝わってきた。

「ペアン、ゆっくり外すね」

組織を把持《はじ》していたペアンが、徐々に外されていく。それに合わせて、さらに糸を絞り込んでいく。互いのタイミングがずれてしまえば、組織が逃げてしまったり、最悪、糸が切れる。

尋常でない繊細さが求められるのだ。

ペアンが完全に外される。ここが勝負所だ。組織を全て糸の輪の中に留《とど》めるように、細心の注意を払って絞り上げた。

最初の結紮が完了した。これだけでは手を離せば糸が緩む。糸の張力を保ちながら、2回、3回と、結紮を繰り返した。

三つの結び目が強固に重なる。これで、手を離しても大丈夫なはずだ。

「切ってください」

結び目から1センチの位置で切断される。

二人で結紮部位を凝視した。

数秒待っても、出血はなかった。

「上出来。これならいける」

塔子の手が再び速度を取り戻した。衛に結紮を任せられると判断したことで、全神経が術野に注がれたのだ。

右の卵巣固有靱帯が切断される。子宮底部を支持する靱帯を失った子宮は、さらに力を失い、だらりと後ろに傾いた。

「次は骨盤腔を展開して、子宮動脈を見つけて縛る。尿管の近くを探るから、血液を吸引して」

子宮の脇《わき》に溜《た》まった血液を吸引管で吸い取る。視野が開けるのを待っていたかのように、塔子のクーパーが結合組織を分けてゆく。

尿管の上方を横断するうねった動脈があらわになる。子宮に最も多くの血流を注いでいる子宮動脈だ。心拍にあわせてどくどくと脈打っている。この血管を処理すれば、出血が減るはずだ。ただし、処理の途中で血管を傷つけてしまえば、大量の血液が流れ出る。

笠原が声を張る。

「フィブリノゲン、来ました。投与開始します！」

待ち焦《こ》がれていた〝武器〟が届いた。これで、異常に低下していたフィブリノゲンを補えば、出血の勢いが弱まるはずだ。

さらに八重からも声が上がる。

「FFPも用意できました。落とし始めます！」

新鮮凍結血漿《けっしょう》。献血で得られた全血液から血球成分と血小板を除き冷凍保存された血漿成分で様々な凝固因子が含まれている。これも、フィブリノゲンの後押しをしてくれる。八重に目を移す。病棟から駆けつけた看護師たちが、次々と届く凍った新鮮凍結血漿を、１秒でも早く使用できる状態にするために、腹に抱えて溶かしている。皆が伊織を救うために一つになっている。

「よっしゃ」

塔子が気合を入れる。糸を持ったペアンが、子宮動脈の下にするりと潜り込んだ。すかさず糸の端を手に取る。

「縛ります」

子宮動脈を結紮する。続けて左側の子宮動脈の処理に移る。塔子があっという間に子宮動脈を露出させ、糸をかける。もう言葉は要らなかった。塔子の呼吸に合わせるように糸尻を受け取り、縛り上げてゆく。

子宮動脈を結紮したことで、血流が激減する。ひとつの命を宿し、８ヶ月もの間育《はぐく》んでいた子宮は、役目を終えたかのように色を淡くしていった。

「体部を切断します」

クーパーが子宮をなぞるように一周し、子宮体部が完全に切り離される。

塔子が、だらりとした子宮を丁寧に引き出した。

「子宮体部切除、完了しました」

伊織の体から完全に切り離された子宮が、看護師の手に渡る。両手で抱えられるほどの小さな臓器。衛は、かたときも目を離すことができなかった。

耳の横に塔子の声が聞こえる。

「バイタルどうなった？　笠原くん」

「最悪の状態は抜けました」

平静さを取り戻した口調が、状況が好転したことを伝えていた。実際に、腹腔内には持続出血はあるものの、先ほどよりは明らかに勢いが減っている。子宮を取り、凝固因子を補充した効果は明らかだった。

塔子が深いため息を吐《つ》いた。

「よかった。じゃあ、子宮の断端を縫合してからお腹を閉じます」

塔子の手がふたたび動き出す。

「北条。もう少し頑張ろう」

「……はい」

介助をしながら、なんとも言えぬ感情が押し寄せてくる。

最悪の危機は脱した。

しかし、伊織と家族はこの後、辛《つら》い事実を知ることになる。

彼女たちは、子宮が失われた事実を受け止められるだろうか。

やはり、他に方法があったのではないだろうか。

当直の相手が自分でなければ……。

閉腹作業は淡々と進んでいく。

かつて子宮があった場所がぽっかりと空き、やがて、暗闇《くらやみ》の中に閉じ込められようとしている。

目を逸《そ》らしたくなる衝動に駆られる。

塔子が手術の終了を告げる頃には、伊織の腹の傷を真正面から見ることができなくなっていた。


術後の指示を出してから、ようやく一息つけたのは午後11時をまわった頃だった。

手術時間90分、出血量5000ミリリットル。濃厚赤血球20単位と新鮮凍結血漿30単位、実に7リットルもの輸血を要した大手術だった。

伊織は抜管できる状態になく、人工呼吸管理のまま集中治療室に移動した。

病棟の医師控え室のソファーに腰を落とす。鉛のように重たい体が生地に沈み込んでいくような感覚を覚えた。

隣のソファーに塔子も座る。

お互いに無言だった。視線は正面に向けているが、焦点は合っていない。薄暗い病棟の中で、医師控え室の蛍光灯だけが煌々と部屋を照らしている。

無機質な光が無影灯と重なる。手術の記憶の断片が、壊れた映写機のように脳内に繰り返し再生された。血だらけの腹腔内、血性羊水にまみれた胎児、浮腫《むく》んで力なく垂れ下がった子宮……。

どれくらいの時間を過ごしただろうか。

沈んだ空気を断ち切るかのように、塔子がすくっと立ち上がった。

「お腹《なか》すいたね。なんか食べる？」

——こんなときに、なにを言っているのだろう？

やたらと明るい声音に心がささくれ立ち、思わず大きなため息をついた。

「いまは、そんな気分じゃないです」

自らが発した言葉に、さらに心が重くなるのを実感する。

しかし塔子は、その言葉が聞こえなかったかのように、控室の棚からカップ麺《めん》をふたつ取り出し、さっさと湯を入れはじめた。

もはや、止める気力すら起きなかった。

目の前に縦長のカップが置かれ、醤油《しょうゆ》の香りが立ち込める。それでもなお、食欲など湧いてこなかった。

壁掛け時計が秒針を刻む音だけが部屋に響く。

3分が経《た》った。

蓋《ふた》を取った塔子が、勢いよく麺をすすりはじめた。

塔子が飯を食べる姿は、衛の陰鬱《いんうつ》な心境とはかけ離れている。足を突き合わせれば触れてしまうほどの距離に、分厚い壁があるように思えた。

「よくこんな状況で飯なんて食べられますね」

うっかりそんな言葉が漏れてしまった。

麺をすすり終えた塔子が顔を上げた。

「だって、ちゃんと食べなきゃしっかりした仕事はできないよ」

「しっかりした仕事……ですか」

自身が仕事を果たせたとは、とても思えない。

「ご家族の顔を見たじゃないですか。皆さん呆然《ぼうぜん》としていました」

手術中、いおりの大将と夫の浩太が病院に駆けつけた。

何時間も待ってからようやく伊織と対面できたのは、集中治療室の中だった。しかも、伊織には意識すらない。

誰一人言葉を発することもできず、伊織を見つめていた。

無理もない。

その腕には何本も点滴が繋がれ、絶えず輸血が落とされていた。ベッド横に吊《つ》るされたバッグに真っ赤な尿が溜まり、腹腔内に留置されたカテーテルからは、未《いま》だ赤々とした血が流れ出ていた。

『伊織は、本当に大丈夫なんですか？』

ボソリと呟いた大将の言葉が、頭から離れない。

「そりゃあ、妊娠中に突然あんな状況になったら、すぐには受け入れられないでしょう」

「でも」

困惑した家族はその後、ＮＩＣＵに通された。

クベースですやすやと眠る赤子を見て、一瞬だけ安堵の空気が流れたものの、再び重いものへと戻った。喜んでいい状況なのかも分からず、戸惑っていたのだ。

追い討ちをかけたのが、別室に移動して塔子が行った病状説明だった。

３人揃《そろ》って座る家族に、真正面から向き合った塔子は、静かに、それでいてはっきりとした口調で告知した。

『伊織さんの救命を優先して、子宮を摘出しました』

3人の目が一斉に見開かれた。

衛はその様子を直視できなかった。彼らに顔向けする勇気すら出なかったのだ。

しばらく続いた沈黙を破ったのは、女将《おかみ》だった。

『他に方法はなかったんでしょうか？』

その言葉が衛の心臓を突き刺した。自らの非力さを責められている気がした。

塔子が即答した。

『誠に申し訳ありません。あの状況では、子宮摘出が最適な治療だと判断しました。全ての責任は私にあります』

毅然とした態度は、衛をかばうような意図を感じさせた。はっきりとした物言いに、女将は言葉を呑み込んだ。

すると、浩太が人目をはばからずボロボロと泣き出した。女将が嗚咽《おえつ》する浩太を慰める。

最後に口を開いたのは、大将だった。

『伊織に、どう伝えればいいですか』

重苦しい大将の声は、衛に向けられているように感じた。しかしそれでも、顔を上げることができなかった。

　いおりで大将から質問をされるときには気軽に答えられていたのに、肝心なときには、まともな言葉がなに一つ出てこなかった。そんな自分にますます嫌気がさした。

　大将に答えたのも、やはり塔子だった。重い空気にもかかわらず、その背筋はまっすぐに伸び、揺らぐことはない。

『出来るだけ、心理的な負担にならないようなタイミングと説明を考えます。少しお時間を下さい』

　結局衛は、彼女の背中に隠れているだけだった。

　手術に際しては覚悟を決めるのに時間を要したし、技術面でも足を引っ張った。伊豆中に来て少しは実力がついたのではないかと自惚《うぬぼ》れていたものの、重要な局面を迎えて痛感させられた。自分はまだ、ひよっこそのものだ。

　陰鬱な気分に押しつぶされそうになった。うつむいた視界に、カップラーメンが寄せられる。

「私たちは、ベストを尽くしたよ」

　塔子の言葉に首を振る。ベストを尽くせたとは到底思えない。尽くすほどの実力すら持ち合わせていなかった。

「食べて」

塔子は、衛を責めるような言葉をなにひとつ口にしない。それが虚しさに拍車をかけた。胸に抱えていた思いが抑えきれなくなった。

「塔子さん」

「なに？」

「相手が俺じゃなかったら、子宮摘出を選ばなかったですよね？」

ずっと抱えこんでいた問いを、とうとう口にした。

答えを聞くのが怖かった。だから訊《き》けなかった。

そうだと認められてしまえば、腹腔鏡の道に邁進《まいしん》することを捨ててまでこの地で築いてきた経験が、技術が、一瞬で崩れてしまう気がしたからだ。

塔子が、腰に手をあて、ため息をついた。

「呆《あき》れた。そんなわけないでしょ。誰が相手でも、判断は変わらなかったよ」

本心ではない。慰めの言葉に違いない。

情けなさを押しつぶすように、拳《こぶし》を握りしめる。

「ひよっこの俺じゃなければ、別の方法で伊織ちゃんを救えたはずですよ。もっと実力がある医者が一緒だったら……」

「なにを言ってるの。そんなスーパーヒーローなんて、漫画やドラマにしかいないよ」

「だって、俺よりもできる人は一杯いるじゃないですか。明日香さんだって、田川先生も、それに……」

興奮しながら脳裏に浮かんだのは、伊豆中において絶対的な腕と、信頼と経験を併せ持つ老医師の姿だった。

「三枝教授だったら、子宮を取らずに伊織ちゃんを助けられたはずですよね？」

塔子が困惑したように眉《まゆ》を下げた。

「教授だってスーパーマンじゃない。同じ状況だったら、きっと子宮を取ったよ」

「嘘《うそ》だ」

「嘘じゃない」

被《かぶ》せるように言われ、全身が硬直する。

沈黙が落ちる。カップラーメンの匂《にお》いが鼻をつく。塔子を直視することもできずにいると、不意に塔子が、体をかがめ寄せてきた。こちらを覗き上げるような体勢になり、真《ま》っ直《す》ぐな眼差しから逃げられなくなる。

「な、なんですか」

駄々っ子のように弱音を吐いた自分の顔を見られるのが、恥ずかしかった。

その体勢のまま、互いに硬直した。

塔子の視線は真剣そのものだ。なにかを言おうとして、躊躇《ちゅうちょ》しているようにも見えた。

やがて塔子は、小さく息を吐き、心を決めたように口を開いた。

「だって教授は、私の子宮を取ったから」

予想だにしなかった言葉に思考が混乱する。

『教授は、私の子宮を取った』

その言葉が、何度も脳内で繰り返される。ようやくその意味を理解して、首を振った。

「こんなときに、一体なんの冗談ですか?」

人が真剣に悩んでいるのに、茶化すなんて洒落《しゃれ》にもならない。

怒りを覚えたところで、塔子が、おもむろにスクラブをたくしあげた。小麦色に焼けた引き締まった腹があらわになる。

「いきなりなにしてるんですか?」

塔子の長い指が、恥骨の上をゆっくりと横になぞった。

「10年前、妊娠中だった私は、この病院で当直中に倒れたの」

目を凝らすと、消えそうなほど淡い手術痕《こん》がある。

「ここ、緊急帝王切開の傷跡だよ」

先ほどの告白は事実だったのだ。衛は、力なく腰を落とした。

捲《まく》り上げたスクラブを戻した塔子が、10年前の出来事を静かに語り始めた。

塔子は、当時婚姻関係にあった男性医師との子を腹に宿していた。順調に育った胎児は女の子で、美沙子という名が付くはずだった。

日に日に大きくなる腹を抱えながらも、塔子は溌剌《はつらつ》と働いていた。今と変わらず忙しかった伊豆中は、働き頭である塔子が抜けてしまっては業務を維持できなかったのだ。

そんな中で悲劇がおきた。

「今日みたいに、週末の人手の手薄な日だった。私は、下の子と一緒に当直していたの」

相手は、入局3年目のラパロチームに入ったばかりの男性医師だった。つまり、衛よりもさらにひよっこの医師だ。

「夜中に突然お腹が痛くなって、血が流れてきた。意識が飛びそうになって、これはヤバいって思った」

そのまま塔子は、ナースステーションで倒れた。

突然の出来事を見て、ひよっこ医師は狼狽《ろうばい》した。混乱して、正常な判断ができず、その結果対応が遅れた。

「それから先の記憶は、あやふやなんだけどね」

あまりに異常な状況を見た助産師が、独断で三枝を呼んだ。

自宅から駆けつけた三枝は、塔子を見た瞬間に血相を変えて、グレードAカイザーを決めた。慌《あわ》てふためくひよっこ医師を叱咤《しった》しながら、汗だくになって塔子が乗ったストレッチャーを押したという。

「信じられないくらいの腹痛のなかで、麻酔がかかって……。ようやく目が覚めたのは、集中治療室の中だった」

抜管できたのは、術後3日目のことだった。

そしてその後、病状説明を受けた。

「教授に頭を下げられた」

羊水塞栓症で出血が止まらず、子宮を取らざるを得なかった。そう謝罪された。伊織と全く同じ状況だ。

唯一、伊織と異なることがあった。

「美沙子もだめだった」

いつしか、塔子の声は湿っていた。

在胎週数31週、重度の新生児仮死で生まれた美沙子は、懸命な治療のかいもなく、塔子が目を覚ます前にこの世を去った。

塔子は、我が子の声を聞くこともできず、対面できたのは、すでに冷たくなってからだった。

話し終えた塔子は、涙を堪《こら》えるかのように口を結んだ。

部屋に沈黙が訪れる。

どれくらい時間が経っただろうか。塔子が口を開いた。

「これでわかったでしょ。教授はスーパーマンじゃないし、そのことは、教授自身が一番よく知ってるの」

不自然とも思えるような、明るい声だった。

塔子は、こんなにも大きな悲しみを乗り越えて、この土地の周産期医療に真摯《しんし》に携わっている。

「そんな辛いことがあったのに、なぜ、まだここで産科の道を？」

塔子が首を振った。

「いや、さすがにキツかったよ。すぐには復帰できなかった」

その出来事からしばらく、塔子は病院の仕事から離れた。

目的もなく、時間も考えず、ただ伊豆を巡っていたという。

「なんにもやる気がおきなくてね。医者を続けるどころか、人生そのものも放り投げちゃおうかとすら思ったの」

想像を絶する苦しみだったのだろう。

やがて、塔子の顔に笑顔が浮かんだ。

「でも、伊豆をぶらぶらしているうちに、気持ちが楽になってきた。ご飯は美味《おい》しいし、景色はきれいで、出会う人たちもいい人たちばかりだったからさ。だから、どん底になっても、この土地でなら立ち直れるって思ったの」

放浪した期間は、およそ半年間だった。

3月。春の訪れの時期に知り合った飯屋の主人に勧められて、伊豆半島南部の河津桜を見にいった。ソメイヨシノよりもおよそ1ヶ月前に満開を迎える、早咲きの桜だ。川の両側に延々と続く、満開の桜。濃い桃色が視界一杯に広がる光景を見て、ようやく気持ちの整理がついたのだという。

「私は伊豆に救われた。だから、ここで恩返しがしたいの」

この土地の産科医療に従事するのが自分の生きがいなのだと、塔子は吹っ切れたような表情で言った。

目の前に、改めてカップラーメンが押し出された。

「食べて。伊織ちゃんはまだ安心できる状況じゃない。きっと夜通しの輸血投与が必要になる」

もはや、湯気も出ないカップラーメンを見つめる。

「ふたりで伊織ちゃんの赤ちゃんを助けたんだから、ちゃんと会わせてあげないとね」

衛はカップラーメンを持ち上げ、箸《はし》を手にとって、麺を啜る。伸び切ったぶよぶよの麺は、不思議と心に活力を与えてくれた。

麺を食べる様子を見た塔子が、大きく頷《うなず》いた。

「じゃあ私は先に行ってるから、食べ終わったら手伝ってね」

そう言って、くるりと背を向ける。

「塔子さん」

「なに？」

「ありがとうございました」

礼を言うと、右手を軽く上げて彼女は颯爽《さっそう》と去っていった。

急いで麵をかきこむ。美味《うま》いも不味《まず》いもなかったが、次の仕事に向かうエネルギーを得るために、無心で食べ終えた。

塔子が言ったとおり、伊織にはその後も大量の輸血投与が必要で、体を巡る血液の実に3倍もの血液を投与したところで、ようやく全身状態を落ち着かせることが出来た。その頃には、集中治療室に明るい朝日が差し込んでいた。


2日が経った。

伊織は快方に向かい、明日、抜管を試みることが決まった。

集中治療室には、家族が見舞いに来ている。

『いおり』の営業を当面ランチタイムだけにして、午後は女将と大将が伊織に付き添っている。浩太も、忙しい時間の合間を縫って伊豆中を訪れている。

家族は前を向きつつある。

伊織の子には挿管の必要はなく、肺炎なども起こしておらず経過はよい。

しかし衛は、いまだ大将たちと言葉を交わすことができずにいた。あの夜の決断は、衛の実力不足によるものではないと言われたものの、堂々と胸を張れるわけではない。

田川も、明日香も、神里も八重も、労《ねぎら》いの言葉をかけてくれた。

それでも、心にかかった暗雲は晴れようもない。

実力不足は確かなのだ。その思いは心にへばりついたままだ。

しかしそんな中でも、大量のイベントが当たり前のように押し寄せてくる。分娩《ぶんべん》を取るたび、帝王切開に入るたびに、伊織の子宮を取ったときの光景が、フラッシュバックする。

だれもがあの夜を乗り越えようとしているなか、自分一人が前に進むことができない。鬱々《うつうつ》とした気持ちで、時間だけが過ぎていった。

そんな折、突然三枝に食事に誘われた。

『今夜空いてるか？　ちょっと付き合ってくれ』

直々《じきじき》の誘いを、断れるはずなどなかった。

カンファレンス後に、三枝と病院の外に出る。歩き慣れた道にもかかわらず、どうしても緊張感は拭《ぬぐ》い去れなかった。

薄暗い街灯が三枝の背中を淡く照らす。半袖《はんそで》のワイシャツに、夏用のグレーのジャケットを羽織っている。右手には真っ黒な革鞄《かばん》を持つ。重そうな鞄にもかかわらず、背筋は真っ直ぐに伸びて、いつもと寸分違《たが》わず軽く前傾する姿は、やはりどこか機械めいて感じられた。

やがて辿《たど》り着いたのは、見知った場所だった。

『いおり』

照明が当たっていないタープを見て、違和感を覚える。

「……教授。いおりは今、夜はやっていないないですよ」

「大将に頼んで開けておいてもらった」

ボソリと言うと、戸を開き、薄暗い通路にさっさと入っていった。慌ててついて行くと、店の中は煌々《こうこう》と光が灯っていた。

客がひとりもいない店内は、やけにだだっ広く感じる。壁掛け時計は午後8時を指している。

三枝が、カウンターに向かって軽く左手を挙げた。

「すまない。遅くなった」

声の先を見た衛は、ハッとした。カウンター横に作務衣《さむえ》姿の女将、板場には調理用白衣に身を包んだ大将が立っている。

思わず目を伏せてしまう。

まだ大将とはまともに話ができていないのだ。こんな時間に、こんなかたちで顔を合わせるなど、想像すらしていなかった。

女将が恐縮したような声をあげた。

「いいえ、とんでもございません。お待ちしていました」

続けて口を開いたのは大将だ。

「どうぞ席につかれて下さい。今夜は貸し切りなんで、どこでも」

その声のトーンからは棘《とげ》は感じられない。しかし自分が、伊織が子宮を失う過程に関わった当事者であることは間違いなく、大将たちが本心ではどう思っているのかは、わかりようもない。

後ろめたさで、カウンターを直視することができなかった。

女将が歩み寄ってきた。

「お荷物、お預かりしましょうか」

三枝が首を振る。

「いや。ちょっとその前に、話しておきたいことがある」

そう言って、おもむろに革鞄を椅子《いす》に置く。何が入っているのだろうかと訝《いぶか》しんでしまうほど、ズシリと重厚な音がした。

靴に気を取られていたら、衣擦《きぬず》れの音が耳をさわった。

視線を戻すと目の前には信じられない光景があった。

三枝が深々と頭を下げている。

腕を腰の両側に真っ直ぐに下ろし、腰から上をぴたりと30度の角度で折った様は、武道の立礼《りつれい》を思わせた。長身の三枝の背中は広く、左右が水平に揃っている姿は、後ろから見ても美しい。

折った背中の先に大将らの顔が見えた。ふたりとも目を丸くし、口をあんぐりと開けている。きっと自分も、同じような表情をしている。混乱した思考の中、そんなことを思った。

静寂の中、三枝が頭を下げたまま、ふたりに語りかけた。

「お嬢さんがあんなことになってしまい、申し訳なかった」

決して大きくはないが、確かな芯《しん》があり、心に直接響くような声だった。三枝が謝罪している。しばらくは、誰も反応することができなかった。

ようやく口を開いたのは女将だ。

「教授、そんな……。頭をお上げになってください」

教授が子宮の摘出について詫《わ》びているという事態をようやく理解して、ハッとする。

なにをぼんやりしているのだ？

頭を下げるべきなのは自分であるはずだ。それなのに、これまでずっと逃げ隠れしていた。その挙句、教授に詫びさせるなんて、情けないにもほどがある。

衛は足を踏み出した。

「あ、あの」

三枝の斜め後ろから、大将と女将の顔を交互に見る。ふたりの視線は三枝に釘付《くぎづ》けになっている。

きちんと謝ろう。

大きく息を吸う。しかし、頭を下げようとした瞬間に三枝の左手が上がった。

視界を遮った手の甲に、思わず動きが止まる。

神速の手術を遂行するその手には、数えきれないほどの皺《しわ》が刻まれている。真っ直ぐに伸びた指先からは、衛の動きを制そうという明確な意図が窺《うかが》えた。

なぜ――？　呆然とその場に立っていると、まるで動画を逆再生するかのように頭が上がり、いつもの前傾姿勢に戻った。全く重さを感じさせない動作で黒鞄を再び手に取る。そして、大将に向かって口を開いた。

「北条と少し話がしたい。奥の座敷を使わせてもらっても構わないか？」

時が動き出したかのように、大将が跳ね上がる。

「もちろんです。お時間は気にされないで下さい。食事はどうしましょう?」

「刺身を適当に。それと焼き魚。あといつもの焼酎《しょうちゅう》を」

「氷と水で?」

「頼む」

三枝がくるりと顔を向ける。

「なにか食べたいものはあるか?」

混乱の真《ま》っ只中《ただなか》にいた。図々《ずうずう》しく物を頼める場面ではないことだけは、なんとか理解する。

小さく首を振ると、三枝が頷いた。

「そうしたら、全て二人前で用意してくれ。足りなかったらまた、追加する」

それだけを告げると、さっさと奥座敷へと歩き出す。衛は慌ててその背中を追った。

「どうぞ、ごゆっくり」

料理を運んだ女将が奥座敷を後にした。先ほどの謝罪を意識しているのだろう。かしこまった様子で、何度も頭を下げていた。

座卓に料理が並んでいる。

トコブシの煮付け。刺身盛り合わせは、三枝の好みなのだろうか、鯖《さば》に鯵《あじ》、鰯《いわし》と、青魚が揃う。焼き魚はイサキの西京焼だ。切り身に淡い橙《だいだい》が色づいている。

焼酎も用意された。

鬼の念仏。酒粕《さけかす》から蒸留した伊豆の地酒らしい。三枝が、グラスを手にトングで氷を摑《つか》みにかかる。教授に手酌をさせる訳にはいかない。しかし、グラスを受けようとした手は、鋭い眼差しに制された。

焼酎6対水4、慣れた手つきでグラスに入れると、マドラーで攪拌《かくはん》する。カラカラと、氷が涼しげな音をたてた。

三枝がギロリと目を光らせる。

「水割りとロック、どっちがいい？」

「み、水割りで」

正座のまま足を崩せない。正直、気が休まる時間がなかった。異様なムードの中、三枝が水割りを作る姿をただ見つめていた。

グラスが差し出される。

「おう」と言って、三枝がグラスを掲げた。

自らのグラスを下からかちんと当てて、酒を流し込む。

アルコールの強い刺激ののち、クセのある甘味が舌をつく。その独特の味わいが、酒そのものの味なのか、緊張からくるものなのか判断できない。

グラス越しに三枝を覗《のぞ》く。無表情、というより、いつもの仏頂面《ぶっちょうづら》だ。しばらく焼酎を味わうと、おもむろに鯖に箸を伸ばした。衛は、それにならうかのように鯖を取った。

鯖を咀嚼《そしゃく》してみるものの、やはり味わえない。

思考が頭を駆け巡る。

なぜ自分だけが誘われたのか。それも、よりによってこの店に。あの手術に関することであれば、当事者は衛と塔子のふたりのはずなのに、この席に塔子はいない。

さらに、気になるのは先ほどのやりとりだ。なぜ三枝は、自分に謝罪する姿を見せたのか。その訳を訊かずにはいられなかった。

鯖を飲み込んで箸を置く。三枝に向かって姿勢を正した。

「……教授」

「なんだ？」

鋭い眼光に気圧《けお》されそうになる。それに抗《あらが》うために、両拳をグッと握りしめる。三枝の真意が知りたい。このタイミングを逃せば、きっと次はない。

「なぜ、僕が謝るのを止められたんですか?」

本院に送り返される。そんな可能性が頭をよぎった。

塔子を呼ばず、衛には謝罪をさせない。お前は謝る資格すらないひよっこなのだと、改めて知らしめようとしたのではないだろうか?

それはつまり、見切りをつけられたということなのかもしれない。前任の佐伯のように、ひよっこ未満の烙印《らくいん》を押されたのだ。この施設には必要のない人間なのだと、三行半《みくだりはん》を突きつけようとしているのではなかろうか。

憮然《ぶぜん》とした表情からは、心の内が読めない。

三枝がグラスをことりと置いた。

「逆に訊くが、なぜお前が謝るんだ」

不機嫌そうではあるが、怒っているわけではない。どこかで聞いたことがある言葉だ。三枝と初めて緊急帝王切開に入ったときと同じものであると思い出した。

「お前はあの日、できる限りのことをやったんだろう」

あの夜の記憶がフラッシュバックする。塔子が子宮を取る決断をしたときの悔しさ。

それなのに、叱咤激励されなければ、動き出すことすらできなかったという無力感。

「でも、実力不足は明らかでした」

舌打ちが返ってきた。

「ひよっこが突然なんでもできるようになるわけはなかろう。そんなことは、もとより期待しておらん。お前はお前ができることを全力でやったんだろうと訊いているんだ」

「それは……そうですが」

「だったら、堂々と胸を張れ」

その言葉が、突風のように心の霧を吹き飛ばした。

三枝の眉がわずかに歪《ゆが》んだ。

「お嬢さんの子宮を取らざるを得なかったのは、お前の責任じゃあない。それ以外の治療が可能な体制を整えられなかった、俺の責任だ」

今一度、三枝の眼差しに射抜かれる。

「であれば、ご家族に謝るのは俺の仕事に決まっているだろう」

ぐうの音も出ないほどの正論だった。

教授という高位の立場にある者が、ここまではっきりと自身の責任を認める姿は圧巻だった。

三枝は施設の長としての深い覚悟を有している。

驚くと共に、話に聞いたとおりだとも思った。

昨夜、天渓大学の産婦人科に古くから在籍する医局長に連絡を取り、三枝の過去について聞いた。

三枝は元来、医者の自律性、自主性を重んじる人間だったそうだ。それが一転、現在のようなシステムを徹底するようになったのは、10年前からだ。言うまでもなく、塔子の子宮を摘出せざるを得なかったあの事件に端を発している。

塔子は絶望の淵《ふち》に突き落とされ、死をも考えた。それだけではない。共に当直していたラパロチームに所属していたひよっこ医師も、責任を感じて医局を去った。誰ひとり守れなかったことを悔やんだ三枝は、それ以来厳格な決まりを強いるようになった。

教授ルールだ。

伊豆中は、本院から最も遠い分院であるがゆえに医師の異動が多い。しかも近年、産婦人科は専門分野の細分化が進み、各々《おのおの》の医師の得手不得手が顕著になってきている。

だから、どんな医師が配属されても判断を迷わないように、そして、過度に責任を負わないようにするシステムを構築した。

たとえそれが標準治療から逸脱していようとも、古くさいルールだと揶揄《やゆ》されようとも、三枝は自身の責任の下に、この土地に合った独自のガイドラインを維持することに専念した。それは、塔子とひよっこ医師に対する罪滅ぼしでもあったのだ。

「なあ、北条」

そう語りかけて、焼酎の瓶を掲げた。飲みかけのグラスをおずおずと差し出すと、澄んだ酒が静かに注がれる。

「伊豆には慣れたか?」

グラスの中の波紋を見ながら、ここにきてからの2ケ月を思い出す。初日のこの店での歓迎会、伊織をはじめとした住民たちとの交流。折々に出会う美しい風景。ここに定住したポメラの東条を羨《うらや》ましく思ったことすらあった。

「はい。最初は不安でしたが、人は優しいですし、食事も美味しいし、自然も満喫できる。想像していたよりも住みやすい場所だと思いました」

加えて、本院では得られない経験もできた。

忙しい施設にいるからこそのチームとしての連帯感。自分が目の前の患者を助けなくてはならないという自覚と、救命し得たときの達成感。これまでの人生では得られなかった経験ばかりだ。

「温かいだろう。人も、土地も」

厳格な口調に、どこか柔らかさを感じた。

「この豊かさがなぜ保たれているのか、お前にはわかるか？」

禅問答のように問われて、考える。

海に囲まれた地形、温暖な気候、都心からの絶妙な距離、積み重ねられてきた歴史。

色々と思い浮かぶが、どれも真理ではない気がする。

そのとき、初日に衛を出迎えたポスターが脳裏によぎった。

『ようこそ、水の街三島へ』

ハッとした。自然も作物も人の生活も、全てが半島に脈々と流れる水源に繋《つな》がっている。

「狩野川《かのがわ》があるからでしょうか」

表情を緩めた三枝が、ゆっくりと頷いた。

「そのとおりだ。狩野川が伊豆半島の中心を流れ、土地の隅々まで支流を伸ばし、美しい水を供給し続けている。それがなければ、これほどの恵みは享受《きょうじゅ》できない」

グラスを傾けた。カラリと氷の音が響く。

「俺たちの仕事は、狩野川と同じだ」

透き通った焼酎は、静岡の地酒米『誉富士《ほまれふじ》』から日本酒を醸造する際にできた酒粕を、さらに蒸留させて作られたものだと教わった。その工程には、やはり美しい水の存在は欠かせない。

三枝が、慈《いつく》しむようにグラスに目を落とす。

「豊かな水を流し続け、濁らせることは決して許されない。俺たちが水を供給できなくなることはすなわち、土地そのものが枯れるということだ」

この土地の産科医療を支えることに、並々ならぬ誇りを抱いていることが伝わってきた。

「だから教授は、水の質を保つことに厳格なのですか？」

たとえば佐伯のように、この土地を理解せず、自身の見識からだけで物事を進めようとする人間がひとりでも入れば、たちまち医療の質が保てなくなる。だから三枝は、そのような人間を早めに見極め、弾《はじ》いてきたのだろう。

佐伯のことをどう思っていたのか？　訊いてみたかったが、具体的な話をするのは、はばかられた。それでも三枝は、衛の言葉の裏にある真意を見通しているように思えた。

水割りを飲んだ三枝が、遠くを見るような目をした。

「水量が豊富であれば、わずかな濁りがあろうが質は保たれる。だが、うちはそうもいかない」

この2ヶ月間、様々な場所から狩野川を見てきた。特に、田川と釣りをしたときに見た浄蓮の滝は圧巻だった。凄《すさ》まじい量の水が絶えず流れ落ち、ひとときも休むことなく川に注いでいた。

伊豆中周産期センターを伊豆の産科医療の水源であると捉《とら》えるのなら、狩野川とは水量がまるで違う。伊豆中は、ひとり欠けてしまえば、流れがなくなってしまうような細流だ。

「本音を言えば、もっと豊富な水が欲しい。そうすれば、この土地の人間たちの暮らしを、より豊かにすることができる」

どこか悔しそうに三枝が微《かす》かに口を歪めた。この土地の医療を支える長として、多くの医師を確保するのが悲願なのだ。

だが、その声は本院に届かない。

三枝と本院の方針は、真っ向から対立している。

本院が、より早期からのスペシャリストを養成する方針を打ち出す一方で、三枝は、産婦人科医はジェネラリストになってから専門職に進むべきだと主張し続けている。最先端の総合病院が密集する都心で、世界に誇る売りを得ようとしている本院と、人々が消えゆく土地の最後の砦《とりで》を長年守ってきた三枝では、見えている景色が全く違うのだ。

双方の主張が平行線を辿《たど》るうちに、やがて悪循環が生じた。本院から伊豆中に送られた医者が、三枝の判断で即座に送り返される事例が続いたのである。

水量と水質を保つのは、並大抵のことではない。

その結果、本院に三枝の悪評が渦巻くようになった。

頑固者、高圧的、好き嫌いが激しい、パワハラ上司、封建時代の生き残り、老害……。どれもこれも、衛がここに来る前に耳にしたフレーズだ。

だが、実際に目にしてきた三枝の行動には一本筋が通り、その主張には納得に足る根拠があった。女性軽視、差別主義者という不名誉なレッテルも誤解に基づくものだ。

三枝は、妊娠中の女性医師による当直を金輪際《こんりんざい》禁止した。明確な記載こそないものの、医局長の話では、教授ルールにおける最優先事項のようだ。

もちろんそれも、塔子の一件を踏まえてのことだ。

だから、伊豆中への補充要員として女性医師を提案されても、それならば、その医師が妊娠しても当直させずに済むように複数の人員を送れと、三枝は突っぱね続けた。

近年、産婦人科医を選択する医師の約7割が女性であり、彼女たちのキャリアの中には、妊娠出産というイベントが当然のように含まれる。ジェネラリストの育成をしてこなかった本院は、医師数が多いにもかかわらず、女性医師の産休・育休の穴を埋められないという状況に陥りつつある。

まさに三枝が危惧《きぐ》していたことが東京でも現実化しているのだ。それゆえ、衛のような産科の専門外の男性医師に白羽の矢が立つことになる。

悲しいことに、女性蔑視《べっし》どころか、女性を守るための三枝の主張は、正反対の意味で本院に伝わってしまっている。それでも三枝が信念を曲げることはない。大局を見て、それが正しいことだと信じているからだ。

目の前で水割りを手にする老教授が、大木《たいぼく》に見えてきた。太い幹を見れば無骨だが、空に届くほどの高みに枝を伸ばし、無数の根を地の深くまで届かせつつ地盤を支えている。

三枝の考えは伊豆中の医師たちに浸透し、ひよっこである衛をも支えてくれている。とどのつまり、自分はずっと、この大きな木に守られていたと言えるのだ。それを、今さらながら実感した。

「実はな」

三枝が、ボソリと呟《つぶや》いた。

「来年、新棟の工事が始まるんだ」

「新棟……ですか？　初めて聞きました」

酔いが回ってきたのだろうか。珍しく三枝が微笑《ほほえ》んだ。

「救命センターだ。総合周産期母子医療センターに新生児センター、それに救命救急センターを、7階建ての新たな建物に集約するんだよ。1階には救急車が直接乗り付けることができて、手術室もCTもMRIだって、同じ棟内に揃っている。一つの建物で、産科医療の全てを完結させることができるようになるんだ」

紅潮する顔から興奮が垣間《かいま》見《み》えた。

それもそのはずだ。現状は、地域を支える総合周産期母子医療センターの役割を担《にな》うわりには設備が古く、有り体に言えば、産院の延長に過ぎない。加えて、増築を繰り返した伊豆中では、重要な拠点が各フロアに散っていて、緊急時においては時間のロスも生じる。

それが一気に刷新される。話を聞く限り、まさに最新鋭の施設が誕生するのだ。

「凄《すご》いですね」

素直な感嘆が口から出た。

「俺の医者としての最後の仕事だ」

「どういうことですか？」

「これだけの施設が出来るとあれば、本院はどうしたって人を送らねばならないだろう。今の人員では、流石《さすが》に格好がつかん」

そう告げて、不敵に笑ってみせる。

「川を枯らすわけにはいかない。俺がいなくても、淀《よど》みなく水が流れるように、次の世代にバトンを引き渡してから引退するんだ」

三枝は齢《よわい》七十を迎える。本来ならとっくに退職していてもいいはずの年齢だが、定年を延長し続けている。ひとえに、この土地の医療を未来につなげるためだ。

衛は息を呑んだ。自分とは医師としての格が天と地ほどに違う。

「だからな、北条」

名を呼ばれ背筋を伸ばす。

「ここにいても、お前はしばらく腹腔鏡《ふくくうきょう》の手術はできない」

ずっと悩んでいたことに、突然切り込まれた。三枝の顔から笑みが消えている。

「お前は、腹腔鏡の道を邁進《まいしん》したくて医局に入った人間だったな」

「おっしゃるとおりです」

「悪いが、産科の体制を整えるまでは、他のことに力を割く余裕はない。腹腔鏡手術は年に数件あるかないか。なおかつ、難度の低い手術ばかりになるだろう。おそらくそれは、お前が求めるようなレベルのものではない」

はっきりとした物言いだった。

三枝が言うのであれば、そうなのだろう。三枝はこの組織を熟知しており、俯瞰《ふかん》してきた地域医療について大局的な視野を有している。

ここにいる限り、腹腔鏡のキャリアは積めない。改めて、そう宣告を受けたのだった。そうなってもいいといったんは納得したはずなのに、いざはっきり言われると、未練が顔を出し、あっという間に膨らんでいく。

本院で切磋《せっさ》琢磨《たくま》していた同期たちが遠ざかっていく。時代はロボット手術の全盛期を迎えようとしている。その波に乗ることは、もうないのであろう。

ラパロのプロフェッショナルの道をきっぱりと諦《あきら》めて、産科の道に従事せよ。三枝は、そう告げるためにこの場を設けたのだろうか？

「北条」

活《かっ》を入れるような鋭い声に意識を戻す。すっかり、うなだれてしまっていたことに気づく。

頭を上げると、三枝と視線が交った。

ゆっくりと口が開いた。

「むこうに戻れるように、箕輪《みのわ》に掛けあってやろうか？」

なにを言っているのかが分からず、全身が固まる。

三枝の声が一段階大きくなる。

「本院に戻してやる、と言っているんだ」

二言目でようやく理解する。しかし、突然の提案の裏にある真意が読めない。

「なんで、そんな」

「今回の件は、腹腔鏡の道に進む人間が背負うにはいささか重すぎた。お前にとっては辛《つら》かっただろう」

「それは……」

否定しようとしたが、言葉に詰まる。

伊織の子宮を摘出した場面が脳裏に蘇《よみがえ》る。やはりあれは、自分にとって辛い経験だったのだ。まだ乗り越えられていないからこそ、大将とまともに話ができないし、伊織の意識が戻ったあとにかけるべき言葉も見つけられていない。

正面から指摘されて、それをはっきりと自覚した。

「すぐには無理だが、3ヶ月もあればなんとかなる。半年間で遅れた症例についても、取り戻させるように箕輪に言っておく。悪い話じゃないだろう」

信じられないような提案だった。教授ともあろう人間が、未熟な一医師の将来を慮《おもんぱか》ってくれているのだ。

目の前に蜘蛛《くも》の糸が垂れてきた。

摑めば、自身が求めていた未来への道に戻れる。

しかし一方で、この糸を摑んでいいものかとも思う。

自分はこの土地の医療の現実を知ってしまった。少ない人数でチームとなり、互いに地域医療に従事する医師たちと仕事を共にした。四半世紀もの間、厳然たる覚悟でここを支えてきた三枝の精神を目の当たりにした。

それだけではない。力不足を痛感する毎日の中ではあるが、この地の人々との信頼の絆《きずな》が形成されつつあることを実感している。

果たして、このまま東京に帰っていいのだろうか？

「専門外にもかかわらず、半年間も俺たちに付き合ったんだ。それで十分だ。胸を張って戻ればいい。なにも恥じることはない」

力強い言葉が、背中をじりじりと押した。

三枝は、もとの仏頂面に戻って淡々と焼酎を飲みはじめた。あとは自分で決めろと、その表情が語っている。

正座を崩さぬまま、焼酎に映り込んだ自身の顔を見つめた。

どうする？　どうすべきだ？　どうしたい？

水面に波紋が広がる。自分自身の心を表しているかのようだ。

やがて液面が凪《なぎ》になる。しかし、心が決まることはなかった。

そんな中で、襖《ふすま》の奥から大将の声が響いた。

「お取り込み中、失礼します」

「なんだ」と三枝が反応するのを待ってから、襖が開く。

揃《そろ》って姿を見せたのは、大将と女将《おかみ》だった。神妙な様子で、並んで立っている。

反射的に目を逸らす。

三枝に話があるのだろう。うつむいてグラスの中を見つめることに集中する。伊織のことに違いないと感じ、握りしめた手に汗が滲《にじ》む。

「どうしましたか？」

三枝の声が頭上を通り過ぎる。一瞬遅れて返ってきたのは、意外な呼びかけだった。

「北条先生」

「え？　……はい」

顔を上げる。聞き間違いかとも思ったが、ふたりの視線は確かに衛に向けられていた。

大将は丼《どんぶり》を持っている。それを、衛の目の前に置いた。

温かい湯気が立ち上る丼には、甘い餡《あん》をまとった牛肉が敷き詰められている。伊豆牛の治部煮丼《じぶにどん》だ。

「私と女将からです。どうぞお召し上がり下さい」

言いながら、丼をスッと差し出してくる。

「俺にですか？」

女将がゆっくりと頷いた。

「もちろんです」

「どうして？」

ふたりが、衛の前に並んで姿勢を正した。

「まだ、ちゃんとお話をできていませんでしたので」

大将の真剣な顔つきに、総毛立った。こちらから話をしないまま時間が過ぎてしまったために、しびれを切らせて、事情の説明を迫ってきたのかもしれない。どう説明すればよいのだろう。焦燥に駆られる。自分はまだ、説明できるだけの言葉を持ちあわせていない。

声を出せないままでいると、夫妻が揃って頭を下げた。

「伊織を助けて頂き、本当にありがとうございました」

想定外の行動に頭が真っ白になる。礼を言われたことは、かろうじて理解できた。

しかしながら、自分にそんな資格があるとは思えない。

「いや、そんな……。俺はなにもできなかったんですよ。塔子さんの後ろについて右往左往してただけなんです。お礼をされるなら、塔子さんに……」

おどおどと返答しながら衛は唇を嚙《か》み締めた。自身の情けなさを認め、他人に包み隠さず伝えるのは辛いものだ。

大将は、大きく首を振る。

「私は、北条先生にお礼を申し上げたいんです」

「はい？」

「先生の忠告を聞いておいて、本当によかった」

そう言って、恥ずかしそうに頰を掻《か》いた。

「伊織からは、口うるさい親父だと煙たがられたりもしましたが、店に引きとどめておいて本当によかった」

女将が隣で微笑みを見せた。

「塔子先生から、伊織の病状では1分1秒が勝負だったたってうかがいました。私も伊織を産んだときには難産でしたから、少しはわかります。もしも浩太くんのところに行く途中に倒れでもしたら、子供どころか、伊織だって助からなかったかもしれなかったということが」

その言葉に大将が大きく頷く。瞳《ひとみ》には、うっすらと涙が浮かんでいた。

「だから伊織は、北条先生に命を救って頂いたようなものなんです。こんな丼だけじゃお礼はとても足りないんですけど、どうぞ食べて下さい」

胸が熱くなった。

経験不足が故《ゆえ》に、大袈裟《おおげさ》なくらいに注意喚起するより他なかったことが、たまたまいい方向に転んだだけだ。しかしそれが、結果的に伊織を救うことに繫がった。失敗ばかりだったが、今日までがむしゃらに働いてきてよかった。そんな思いが込み上げてくる。

「ありがとうございます」

それ以上の言葉を口にしたら、感情が溢《あふ》れてしまいそうだった。

「とんでもないです。これからも伊織を、どうかよろしくお願いします」

三度頭を下げて、ふたりは奥座敷を後にした。

再び、三枝と向き合うことになる。間には、治部煮丼がその存在感を示すかのように、上質な肉の香りを漂わせている。

三枝が視線を丼に向ける。

「せっかくのご厚意だ。熱いうちに食べるのが礼儀だぞ」

「……いいんですか？」

「駄目な理由があるか」

勢いよく丼を手に取る。

「いただきます」

米と肉を掬《すく》いあげて、口に放り込む。

旨味《うまみ》の強い牛の味に、ふわりと広がる優しい甘さ、そこに隠れたワサビがピリリと辛い。

何度も食べてきたはずの丼に違いない。しかし、抜群に美味いと感じる。

まるで、自身が経験してきた2ヶ月間が凝縮されているようだ。次々と思い出が蘇ってきて、いよいよ涙を堪《こら》えきれなくなる。

なんとか耐えられるかと感じた瞬間に、ワサビの爽《さわ》やかな辛味が鼻腔を刺激してきて、とうとう涙腺《るいせん》が崩壊した。

一度流れてしまった涙は止めようがない。

咀嚼しながら、嗚咽が漏れ出る。

「ばかもん」

三枝の呆《あき》れたような声が聞こえる。

「いい歳《とし》をした男が、人前で泣くんじゃない」

「すみ……ません」

泣きじゃくりながら発した言葉が、果たして伝わったのかはわからない。三枝は、なにも耳にしなかったかのように、トコブシと焼酎を交互に味わいはじめた。

嗚咽《おえつ》を抑えながら、治部煮丼を食べ進める。

自分がこの病院で得られたもの、足りなかったこと。患者やその家族に与えられたもの、少し返せたこと。自身が医師として本当に目指したい道。

混沌《こんとん》とした想《おも》いが、箸を進めるうちに、次第に一本の光の筋へと変わっていった。

夢中で箸を動かすと、あっという間に丼が空になった。

もう、涙は止まっていた。

静かに丼を置くと、衛は改めて姿勢を正し、三枝に正対した。

「教授」

「なんだ？」

息を整えて、三枝に想いを伝える。

「俺は、もう少しここで学びたいと思います」

三枝の目がきらりと光った。

「この機会を逃せば、しばらくチャンスはこないかもしれないぞ」

本当にいいんだなと、その目が問いかけてくる。

衛は力強く頷いた。心は決まったのだ。

「ここにはまだ、学ぶべきものがあると感じました。それがなにかは捉えきれてはいませんが、もう少し、ここに居させて欲しいんです」

三枝の口角が上がった。

焼酎の注ぎ口を向けられる。衛は、グラスを掲げた。トクトクと、透明な酒が注がれる。

「よろしく頼む」

グラスをコツリとあてて、焼酎を一気に流し込んだ。

強烈なアルコールの刺激の中に、やはりなんとも言えぬ、独特な甘さが広がってゆく。

グラスを重ねるほどに、酒に隠れた甘さが癖になる。

伊豆に来て、好きな酒がまた一つ増えた。

二人きりで飲んでいたのに、いつしか四合瓶は空になっていた。

＊＊＊

8月が終わろうとしている。むせかえるような緑が土地の方々を埋め尽くし、沢山の観光客を迎え入れている。

総合周産期母子医療センターの看板を掲げているにしては、どうにも古臭い病棟に、朝の光が差し込んでいる。

朝のカンファレンスも早々に、一同で廊下を歩く。

視線の先には、緩いウェーブのかかった髪を揺らしながら、足早に進む塔子の姿があった。

個室の前で立ち止まる。プレートに刻まれた名は『勝呂伊織』だ。

微笑みを浮かべた塔子が、軽快なリズムで扉を二つ叩《たた》いてから、勢いよく戸を開いた。

「伊織ちゃん。おはよう！」

「おはよう」「おっはよー」

田川と明日香からも元気な挨拶《あいさつ》の声が続く。当直明けの神里がボソリと呟《つぶや》いた挨拶は、隣の衛にしか届かない。

視線を病室内に移すと、ベッドに腰掛ける伊織の姿があった。朝のニュースから視線を外し、こちらに顔を向ける。

「皆さん、おはようございます」

はじめて『いおり』で見たときと同じ、曇りのない笑顔だった。

入院着ではなく、花柄のワンピースをまとっている。

塔子がベッドに歩み寄って、両手を広げた。

「退院おめでとう」

伊織の眉《まゆ》がさらに下がった。

「本当にお世話になりました」

大量の輸血を要し、一時は命すら危ぶまれた伊織は、術後3日目に抜管をしてから驚異的な回復を見せ、2週間を待たずに退院となった。

明日香が、ポニーテールを尻尾《しっぽ》のように振りながらベッド際《ぎわ》にやってくる。

「おめでとう。一足お先だね」

伊織の子供は、まだNICUに入院している。すでにクベースを脱し、一般産院でも使われているような新生児ベッドで、体重増加の経過を診ているのだ。

「さっき、うちの旦那《だんな》に聞いてきたけど、元気そのものだって。本当はもう退院できそうなくらいだって言ってたよ」

わが子のことのように、嬉《うれ》しそうに言う。

伊織が、両腕をグイと曲げてみせた。

「はい！　望夢《のぞむ》が早く退院できるように、頑張って母乳を届けます」

これから伊織は、毎日歩いて伊豆中に母乳を届けにくる。それが、子供の重要な栄養源となるからだ。いいリハビリになると、彼女も張り切っている。ちなみに、大将と女将は、良い母乳を作るための献立を日々試作しているようだ。近いうちに、『いおり』のメニューには、産褥婦《さんじょくふ》向けの定食が登場するかもしれない。

田川が感慨深げに頷《うなず》いた。

「いい名前をつけたな。人の望みは命を育《はぐく》み、やがて新たな夢に繋《つな》がる。実に未来を感じさせる名だ」

勝呂望夢。伊織と浩太が、待ち望んでいた息子につけた名前だった。田川の言うとおり、素敵な名前だと思う。

伊織は終始ニコニコしている。子宮摘出をしたことを告知したときに見せた戸惑いは、もうどこにもない。

病状説明は、伊織が抜管した翌々日、伊織の両親と浩太を含めて行われた。説明を行ったのは塔子で、もちろん衛も立ち会った。

クベースの中で眠る望夢を見て喜び、小さな背中を恐る恐る触って涙を流した。しかしその後、子宮を失ったことを知って、伊織は言葉を失った。手術直後の家族と同じ、いや、それ以上の悲痛が伝わってきた。浩太も、大将や女将も伊織に慰めの言葉をかけていたが、彼女は顔を上げることすらできなかった。

『気持ちの整理をさせてください』伊織からの申し出で病状説明は終わった。

現実を受け入れるには、時間がかかるだろうと思われた。

しかし、いまや伊織は周囲に明るさを振りまいている。衛が想像していたよりもはるかに短い時間で、伊織は自らの心を立て直したのだ。

花のような笑顔に、堪えきれなくなった様子で、塔子が伊織に抱きついた。

「と、塔子先生」

ハグというには過剰すぎるほどの感情表現だ。感極まった表情で、伊織の耳元で塔子が言葉を発した。

「よく頑張ったね」

嚙《か》み締めるように言うと、抱きしめる腕にさらに力を込めた。伊織は、されるがままに愛情を受け入れ、自らも塔子の背中に手をまわした。

「塔子先生も」

心が通じ合っているようなやりとりだった。

それもそのはずだ。

伊織の気持ちに整理がついたきっかけは、塔子とふたりきりで話をしたからだ。衛との当直の夜、『ごめん、ちょっと行ってくるわ』と言って、塔子は伊織の個室へと消えた。随分と長い時間だった。会話の内容は知りようもないが、塔子が自身の境遇を交えて、伊織と語り合ったのだと推測している。

テレビに映るニュースキャスターが、午前8時30分を告げた。

「あ、塔子さん。もうオペ出しの時間ですよ」

神里がげっそりとした顔で言う。最近思うのだが、神里は憔悴《しょうすい》しきっているときの方が、実は格好いい。その魅力に気づいてくれる女性が近いうちに現れればと、切に願う。

塔子が、渋々といった様子で絡《から》めた腕を外した。

「わかったよ。じゃあそろそろ行こうか」

その言葉を合図に個室の出口にゾロゾロと向かう。明日香が、ハッとしたように跳ねた。

「そういえば教授は？　伊織ちゃんの退院なのに、顔を出さないのかな？」

田川がガハハと笑う。

「誘われるのを待ってたりしてな。あの人、意外とシャイだから」

仏頂面《ぶっちょうづら》が頭に浮かぶ。残念ながら、自分はまだ三枝をシャイな御仁と思える境地には達していない。本当に、共に回診に向かうのを待っていたらと想像すると、背筋に寒気が走った。

明日香の問いに答えたのは伊織だった。

「教授は、大分前に顔を出して下さいましたよ」

「さすがだ」

明日香の返しに、皆でドッと笑う。

しばし笑いあったあと、皆で個室を出る。

教授と言えば……。

衛は、塔子に近づいて、腰をツンと肘《ひじ》でこづいた。

「なによ？」

「もしかして塔子さん、教授になにか言いました？」

塔子にだけ聞こえる声で訊《き》いた。三枝とふたりきりで飲んだあの夜から、塔子が三枝にフォローを頼んだのではないかと疑っている。

「さあね」

はぐらかすような台詞《せりふ》が返ってきた。

「さあねって、なんですかそれ」

塔子がニンマリと笑う。

「で、どうだった？　泣いた？」

やっぱりだと思うと共に、頬が熱を帯びるのを実感する。

「な、泣いてないですって」

声が大きくなってしまった。一同が一斉に振り向く。何故《なぜ》か全員、ニヤニヤしている。

「男泣きは成長の糧《かて》だ」田川が聞いたことのない格言を披露する。

「大丈夫。八重ちゃんには黙っておくから、その代わり治部煮丼奢《おご》ってね」と、明日香。

「ドンマイです」神里はいい奴《やつ》だが、だいたい『ドンマイです』しか言わない。

返す言葉を失っているうちに、塔子がパンパンと手を叩いた。

「はいはい。じゃあみんな、もう時間だから、さっさと各々《おのおの》の業務に戻ろう」

さっきまで一番悪ふざけしていたはずなのに、切り替えが尋常じゃなく速い。

塔子の言葉に従うように、それぞれが颯爽《さっそう》と個室を出て、持ち場へと散っていく。

同僚たちの背中を見て思う。

今度、沙耶《さや》を伊豆に誘ってみようか、と。

この場所でなら素直に話し合える。そんな気がする。

自然に恵まれ、飯もうまい。ついでに人もあたたかい。そして、なにより素晴らしい仲間たちがいる。ここは本当にいいところなんだよと、手を広げて迎え入れられるはずだ。

解説

杉江松恋

生命という偉大なものと、何事にもくよくよしてしまう自分という小さなものと。人と人とが一緒に働くことでこの社会は動いている、という基本を踏まえた上で、登場人物たちの行動を丹念に描くことで、両極端な二つの大事なものを同じ画布の上で表現することに成功した。何ひとつ取りこぼさないように作者が気を付けているから安心で、温かく、動きがあってユーモラスであり、心を揺り動かされる場面があちこちにある。

藤ノ木優『あしたの名医　伊豆中《なか》周産期センター』はそういう小説だ。

分類すれば医療小説に入るが、若い医師の成長を描いた教養小説であり、一つの場所で働き続ける人々に光を当てた職業小説でもある。全六話で構成されており、短篇としても多彩で、物語の起伏も申し分がないので、連作小説としても非常に質が高い。医療小説として完璧《かんぺき》、医療小説じゃなくても完璧、とまず太鼓判を押しておきたい。

題名にある周産期センターとは総合周産期母子医療センターの略だ。静岡県伊豆の国市に存在する天渓《てんけい》大学医学部附属伊豆中央病院は産科救急に特化しており、二十二週の超早期母胎異常から受け入れ可能な、日本でも数少ない施設なのである。そこに東京の本院から北条衛《ほうじょうまもる》という若い医師が赴任してくる。北条にとって産科は専門外もいいところで、腹腔鏡《ふくくうきょう》手術を専門に学んで現代医学の最先端に立ちたい希望を持っていた。だが前任者が異動することになり、北条に白羽の矢が立てられたのである。

赴任前の北条が耳にした伊豆中の評判は、不穏なものだった。センターの設立者である三枝善次郎《さえぐさぜんじろう》が絶対的な権力者で恐怖政治を敷いている。頑迷なほどに封建的な考えを持っており、妊娠出産で職場を空ける女性医師の赴任を拒絶しているという噂《うわさ》もあった。到着早々北条は、そうした悪評を裏付けるような指示を受ける。連絡先を事務に伝えて非番でも呼び出しを受けたら出勤できるようにしなければならない。都内に戻る場合は帰る時刻も含めて申告の義務がある。個人情報ダダ漏れである。さらに、仕事のやり方について微に入り細をうがつマニュアルを手渡された。すべての医師はその指示に従って行動することを義務づけられている。三枝の定めた、いわゆる「教授ルール」である。

何この超管理社会。読者もそう思うことだろう。北条は呆然《ぼうぜん》とする間もない。センターに嵐《あらし》がやってくるからだ。分娩《ぶんべん》が二件、一つはカイザー、つまり帝王切開の必要があり、もう一つも緊急でそうなる可能性がある。さらに沼津市の病院から切迫《せっぱく》早産の母体搬送が打診されてきた。どう考えても手一杯、無理だ。だが断ろうとする北条を、上司となった城ヶ崎塔子《じょうがさきとうこ》部長は怒鳴りつける。「受けなさい！」と。伊豆中が静岡県東地区、富士川の東側に位置する唯一《ゆいいつ》の総合周産期センターだからだ。伊豆中が断れば妊婦は行き場所を失う。

着任早々、北条はこの厳しい現実を思い知らされる。嵐の中、城ヶ崎は思い切った手段に出て、なんとか三つの分娩を成功させるのである。第一話「カイザーと着任祝いの金目鯛《きんめだい》」はこういう話で、センターの医師や看護師たちが一気に登場し、どたばたの中でそれぞれ少しずつ見せ場をもらう。くだんの三枝教授も現れて北条は肝の冷える思いをする。「金目鯛」と題名に入っているのは、嵐が過ぎ去った後で北条の歓迎会が開かれ、そこで伊豆を代表する地魚が振る舞われるからだ。静から動、動から静への移り変わりが鮮やかで、登場人物の表情もそれによって変化するので、読者の受ける印象も立体的なものになる。理想的な物語の始まり方だ。

この話を見ただけでも手腕は明らかで、信頼して読むに足る書き手であることがわかる。本書のどこかにも紹介があると思うが、藤ノ木優は現役の産婦人科医であり、医大時代から書き続けているブログで当初は注目された。『妊娠・出産を安心して迎えるために　産婦人科医きゅー先生の本当に伝えたいこと』（二〇一六年。KADOKAWA）という別名義での著書もある。小説家を目指したのは同書が刊行された後のことで、複数の新人賞に応募した後、第二回「日本おいしい小説大賞」の最終候補に残った『まぎわのごはん』（二〇二一年。小学館文庫）でデビューを果たした。これは料理小説で、続く『あの日に亡くなるあなたへ』（二〇二二年。小学館文庫）で初めて専門である産婦人科を題材にする作品を上梓《じょうし》した。

私が藤ノ木に注目するきっかけとなった作品は、第三作の『アンドクター　聖海病院患者相談室』（二〇二三年。角川文庫）である。同作は、新米研修医と患者相談室で働く医者嫌いの事務員を主役に配した物語で、水と油と対立する二人の関係から医療に関するさまざまなことが浮かび上がる仕掛けになっていた。理想と現実の乖離《かいり》、医師が担《にな》うべき役割といった事柄が自然に語られていくのである。非常に読みやすく、手慣れた書き手だな、と思ったことを覚えている。死と生を扱う医療の現場には、語り始めれば時間の尽きない問題が無数にある。それらに作者は贅言《ぜいげん》を費やさず、ただ人間ドラマで見せる。

おいしいごはん、産婦人科医という重要な仕事、病院で展開する人間ドラマ。

こう書くと三題噺《ばなし》めいて見えるが、つまり過去作で際《きわ》立った特徴となった要素が全部入っているのが『あしたの名医』という作品なのだ。これがおもしろくならないはずはない。第二話「男の夜会とクラフトビール」は、嵐の赴任日から一週間後の話で、先輩の田川《たがわ》医師に導かれる形で、伊豆中が置かれている状況を北条は改めて認識することになる。天渓大学医学部という組織の中ではここは周縁の地であり、飛ばされてやってくるような場所なのだ。田川は自分たちを「寄せ集め部隊」と呼んで憚《はばか》らない。「本院の奴らが、我々を時代遅れの治療をしている集団だと嘲笑《ちょうしょう》しているのも知っている」とも。同時にこうも言う。

「でも我々は、東京の奴らが知らない実情を知っているし、この土地の未来のため、なにができるのかを日夜考えることができる。東京からしか世界を見ることができない奴らには、決して養われない思考だ」

さまざまな位相における医療体制の崩壊が現在、深刻な社会問題になっている。地方と中央の医療格差はその一つであり、本作でも背景としてそのことが常に意識されている。こうした地方医療の問題を大衆小説の形をとった作品で広く知らしめたのは、夏川草介《なつかわそうすけ》『神様のカルテ』(二〇〇九年。現・小学館文庫)が嚆矢《こうし》だろう。自らも長野県で地方医療に携わる夏川は、医師の置かれた状況を冷静に描いた。そうすることで、ともすれば感動の物語に傾きがちだった医療小説を現実に立脚したものに再構築したのだ。夏川以降にも多くの医師や医療関係者が小説家としてデビューしており、藤ノ木もその一人である。

この第二話で、田川の言葉に大きな感銘を受けた北条は、医師としての滾《たぎ》る思いを抑えきれず、あることを行う。それが何かはここでは書かないが、一人の部屋に戻って黙々と作業に勤《いそ》しむ彼の姿を描いて、第二話は静かに幕を下ろすのである。

続く第三話「嵐を呼ぶ極上鰻丼《うなどん》」は、もっともコミカルな話だ。ご存じの方も多いだろうが、静岡は鰻の名産地である。特に、富士山の雪解け水が源の柿田川湧水《かきたがわゆうすい》を有する三島の鰻は絶品で、当直に入った北条はそれを堪能《たんのう》することになる。前述した「おいしいごはん」の要素がこれでもかと詰め込まれており、空腹時に読むと辛《つら》いことになりそうだ。第一話の金目鯛の塩釜《しおがま》焼き、第五話のアマゴなど、涎《よだれ》の垂れそうになる伊豆グルメが本書では多数描かれる。働く現場の小説がおまけとして美食を描くのは定番の趣向なのだが、本書で描かれる食事には単なる彩《いろど》り以上の意味があるように思われる。伊豆で供される食事とは、土地の恵みそのものであり、人が大地の上で生きていることの象徴だからだろう。食べるというのは生命活動の一環であり、子を産み、育てるという大きな営みと根底で結びつくものだからかもしれない。

ともあれ「極上鰻丼」がなぜ「嵐を呼ぶ」のかは読んでご確認を。続く第四話「城ヶ崎塔子の夏休み」は最も短く、作中では唯一城ヶ崎の視点から綴《つづ》られる。いわば幕間《まくあい》劇のようなもので、伊豆中になじんできた北条の姿が彼女の視点から描写されるのである。こうした具合に物語に多様性が持たされているのも本書の美点で、続く第五話「峠を越えてきた命」では、はるばる下田街道を通って運ばれてくる切迫早産の胎児を当直の北条と城ヶ崎は救えるのか、ということが焦点になる。何しろ下田から伊豆中までは車で二時間という道行なのだ。しかも夜の峠道である。産む者、その母体を運ぶ者、病院で待ち受ける者、という全員が一丸となって新しい命の誕生を守ろうとする。緊迫感のある物語であり、本作の中では唯一この話だけが『小説新潮』二〇二三年三月号に読切として掲載されている。

城ヶ崎塔子は、伊豆中ではボスの三枝教授に次いで謎《なぞ》の多い人物で、早々に本院を捨てて伊豆に移住してきたことなど、私生活に不思議な部分が多い。第四話が彼女中心であることからもわかるように、後半の物語は城ヶ崎の秘密が大きな関心事になってくる。なぜ彼女は東京に戻る選択肢を捨て、伊豆で暮らすことを選んだのか。いずれは東京の本院に戻って最先端医療に再び従事したいと考える北条にとってそれは、決して無関心ではいられないことなのだ。第二話の幕切れで北条があることを行ったと書いたが、それが再び大きな意味を持つようになり、伊豆中周産期センターという施設で働く者の考えるべきさまざまなことが浮かび上がってきたところで最終話「今日の名医とあしたの名医」が始まるのである。

この最終話が見事としか言いようのない出来栄《できば》えで、それまでの五話がすべて伏線として生かされた内容になっている。第五話が途切れそうになる命を必死の連携で救う話だったことが話の前提としてうまく活《い》かされているし、その前に三枝・城ヶ崎の謎めいた部分について語られたことも、必要不可欠なピースとしてぴたりとはまる。医療小説としては一見添え物のような「おいしいごはん」の要素まで、なるほどそう使うのかと感心させられる展開となるのだ。大団円という語がこれほどふさわしい最終話も珍しく、一回り大きく成長した北条の姿を頼もしく見せつつ幕は下りる。完璧だ。過去の藤ノ木作品を見返しても、ここまで胸を打つ終わり方をするものはなかったように思う。いつの間にこんなに読者の心を摑《つか》む作家になっていたのだろう、と首をひねりながら読み終えた。

デビュー作がそもそも違っていたわけで、藤ノ木はもともと医療小説に限定されるような書き手ではなかった。現代小説作家として、今そこにある現実を丁寧に観察し、きちんと嚙《か》み砕いた上で自作の文脈の中に落とし込むという基礎力はもともと備わっており、同時に大衆小説に必要な技巧、すなわち登場人物に存在感の厚みを持たせ、彼らの行動に読者が注目せざるをえなくするというキャラクター造形は本作で完成された感がある。さらに北条の医師としての選択や、城ヶ崎の秘められた過去といった要素を呈示し、それらを支持架として用いて物語に導線をこしらえるといった憎い芸当まで披露している。断言してもいいが、これでなんでも書けるようになったはずである。医療でもなんでも。スポーツ小説だろうとミステリーだろうと時代小説だろうとなんでも書ける。

いや、すごいものを読んでしまったなあ。

（二〇二三年八月、書評家）

「第五話　峠を越えてきた命」は「小説新潮」二〇二三年三月号に掲載されたものに加筆修正を行った。

他の短篇はすべてこの作品集のために書き下ろされた。

垣根涼介著
室町無頼（上・下）
応仁の乱前夜。幕府に食い込む道賢、民を束ねる兵衛。その間で少年才蔵は生きる術を学ぶ。史実を大胆に跳躍させた革新的歴史小説。

金原ひとみ著
マザーズ
ドゥマゴ文学賞受賞
同じ保育園に子どもを預ける三人の女たち。追い詰められる子育て、夫とのセックス、将来への不安……女性性の混沌に迫る話題作。

垣谷美雨著
うちの子が結婚しないので
老後の心配より先に、私たちにはやることがある――さがせ、娘の結婚相手！ 社会派エンタメ小説の旗手が描く親婚活サバイバル！

加納朋子著
カーテンコール！
閉校する私立女子大で落ちこぼれたちを救済するべく特別合宿が始まった！ 不器用な女の子たちの成長に励まされる青春連作短編集。

北村 薫著
タ ー ン
29歳の版画家真希は、夏の日の交通事故の瞬間を境に、同じ日をたった一人で、延々繰り返す。ターン。ターン。私はずっとこのまま？

桐野夏生著
残虐記
柴田錬三郎賞受賞
自分は二十五年前の少女誘拐監禁事件の被害者だという手記を残し、作家が消えた。折り重なった虚実と強烈な欲望を描き切った傑作。

瀧羽麻子著
うちのレシピ
小さくて、とびきり美味しいレストラン「ファミーユ」。恋すること。働くこと。生きること＝食べること。6つの感涙ストーリー。

恒川光太郎著
真夜中のたずねびと
震災孤児のアキは、占い師の老婆と出会い、星降る夜のバス停で、死者の声を聞く。闇夜の怪異に翻弄される者たちの、現代奇譚五篇。

辻村深月著
ツナグ
吉川英治文学新人賞受賞
一度だけ、逝った人との再会を叶えてくれるとしたら、何を伝えますか――死者と生者の邂逅がもたらす奇跡。感動の連作長編小説。

津村記久子著
とにかくうちに帰ります
うちに帰りたい。切ないぐらいに、恋をするように。豪雨による帰宅困難者の心模様を描く表題作ほか、日々の共感にあふれた全六編。

月村了衛著
欺す衆生
山田風太郎賞受賞
原野商法から海外ファンドまで。二人の天才詐欺師は泥沼から時代の寵児にまで上りつめてゆく――。人間の本質をえぐる犯罪巨編。

梨木香歩著
村田エフェンディ滞土録
19世紀末のトルコ。留学生・村田が異国の友人らと過ごしたかけがえのない日々。やがて彼らを待つ運命は。胸を打つ青春メモワール。

中山祐次郎著

俺たちは神じゃない
—麻布中央病院外科—

生真面目な剣崎と陽気な関西人の松島。確かな腕と絶妙な呼吸で知られる中堅外科医コンビがロボット手術中に直面した危機とは。

長崎尚志著

闇の伴走者
—醍醐真司の博覧推理ファイル—

女性探偵と凄腕かつ偏屈な編集者が追いかけるのは、未発表漫画と連続失踪事件の謎。高橋留美子氏絶賛、驚天動地の漫画ミステリ。

西加奈子著

白いしるし

好きすぎて、怖いくらいの恋に落ちた。でも彼は私だけのものにはならなくて……ひりつく記憶を引きずり出す、超全身恋愛小説。

早見和真著

イノセント・デイズ
日本推理作家協会賞受賞

放火殺人で死刑を宣告された田中幸乃。彼女が抱え続けた、あまりにも哀しい真実——極限の孤独を描き抜いた慟哭の長篇ミステリー。

原田ひ香著

そのマンション、終《つい》の住処《すみか》でいいですか?

憧れのデザイナーズマンションは、欠陥住宅だった! 遅々として進まない改修工事の裏側には何があるのか。終の住処を巡る大騒動。

橋本長道著

覇王の譜

王座に君臨する旧友。一方こちらは最底辺。棋士・直江大の人生を懸けた巻き返しが始まる。元奨励会の作家が描く令和将棋三国志。

深町秋生著

ドッグ・メーカー
―警視庁人事一課監察係 黒滝誠治―

同僚を殺したのは誰だ? 正義のためには手段を選ばぬ〝猛毒〟警部補が美しくも苛烈な女性キャリアと共に警察に巣食う巨悪に挑む。

舞城王太郎著

阿修羅ガール
三島由紀夫賞受賞

アイコが恋に悩む間に世界は大混乱!同級生は誘拐され、街でアルマゲドンが勃発。アイコはそして魔界へ!?今世紀最速の恋愛小説。

松岡圭祐著

ミッキーマウスの憂鬱ふたたび

アルバイトの環奈は大きな夢に向かい、一歩ずつ進んでゆく。テーマパークの〈バックステージ〉を舞台に描く、感動の青春小説。

麻耶雄嵩著

あぶない叔父さん

高校生の優斗となんでも屋の叔父さんが、奇妙な殺人事件の謎を解く。あぶない名探偵が明かす驚愕の真相は? 本格ミステリの神髄。

真梨幸子著

初恋さがし

忘れられないあの人、お探しします。ミツコ調査事務所を訪れた依頼人たちの運命の行方は。イヤミスの女王が放つ、戦慄のラスト!

三上延著

同潤会代官山アパートメント

天災も、失恋も、永遠の別れも、家族となら乗り越えられる。『ビブリア古書堂の事件手帖』著者が贈る、四世代にわたる一家の物語。

新潮文庫最新刊

青山文平著
泳ぐ者

別れて三年半。元妻は突然、元夫を刺殺した。理解に苦しむ事件が相次ぐ江戸で、若き徒目付、片岡直人が探り出した究極の動機とは。

佐藤賢一著
日蓮

人々を救済する――。佐渡流罪に処されても、信念を曲げず、法を説き続ける日蓮。その信仰と情熱を真正面から描く、歴史巨篇。

諸田玲子著
ちよぼ
―加賀百万石を照らす月―

女子《おなご》とて闘わねば――。前田利家・まつと共に加賀百万石の礎を築いた知られざる女傑・千代保。その波瀾の生涯を描く歴史時代小説。

梶よう子著
江戸の空、水面の風
―みとや・お瑛仕入帖―

腕のいい按摩と、優しげな奉公人。でも、なぜか胸がざわつく――。お瑛の活躍は新たな展開に。「みとや・お瑛」第二シリーズ！

藤ノ木 優著
あしたの名医
―伊豆中周産期センター―

伊豆半島の病院へ異動を命じられた青年産婦人科医。そこは母子の命を守る地域の最後の砦だった。感動の医学エンターテインメント。

山本幸久著
神様には負けられない

26歳の落ちこぼれ専門学生・二階堂さえ子。職なし、金なし、恋人なし、あるのは夢だけ！つまずいても立ち上がる大人のお仕事小説。

あしたの名《めい》医《い》

伊豆中周産期センター

新潮文庫　ふ-61-1

令和五年十月一日発行

著者　藤《ふじ》ノ木《き》優《ゆう》

発行者　佐藤隆信

発行所　株式会社新潮社

郵便番号　一六二-八七一一
東京都新宿区矢来町七一
電話　編集部(〇三)三二六六-五四四〇
　　　読者係(〇三)三二六六-五一一一
https://www.shinchosha.co.jp

価格はカバーに表示してあります。

乱丁・落丁本は、ご面倒ですが小社読者係宛ご送付ください。送料小社負担にてお取替えいたします。

印刷・三晃印刷株式会社　製本・株式会社植木製本所

ISBN978-4-10-104651-8 C0193